WARRIORS

貓戰士

幽暗異象

六部曲之I

探索之旅

The Apprentice's Quest

晨星出版

特別感謝基立・鮑德卓

鴿翅：綠色眼睛的淺灰色母貓。

櫻桃落：薑黃色母貓。見習生：火花掌。

錢鼠鬚：棕黃乳白相間的公貓。見習生：赤楊掌。

雪灌木：毛絨絨的白色公貓。

琥珀月：淺薑黃色母貓。

冬青叢：黑色母貓。

蕨歌：黃色虎斑公貓。

栗紋：暗棕色母貓。

見習生（滿六個月大以上的貓，正在接受戰士訓練）

火花掌：綠色眼睛的橘色虎斑母貓。導師：櫻桃落。

赤楊掌：琥珀色眼睛的暗薑黃色公貓。導師：錢鼠鬚。

貓后（懷孕或照顧幼貓的母貓）

黛西：來自馬場的雜黃褐色長毛母貓。

百合心：雜黃褐色和白色相間的母貓（生了雜黃褐色小母貓—小葉、黑色小公貓—小雲雀、帶有黃色斑點的白色小母貓—小蜂蜜）。

長老（退休的戰士或退位的貓后）

波弟：肥胖的虎斑貓，曾是獨行貓，鼻口灰色。

灰紋：長毛的灰色公貓。

沙暴：綠色眼睛的淺薑黃色母貓。

蜜妮：藍色眼睛的條紋灰虎斑母貓。

本集各族成員

雷族 *Thunderclan*

族長　**棘星**：琥珀色眼睛的暗棕色虎斑公貓。

副手　**松鼠飛**：綠色眼睛的暗薑黃色母貓，有一隻腳爪是白色。

巫醫　**葉池**：琥珀色眼睛、有白色腳爪和胸毛的淺棕色虎斑母貓。

松鴉羽：藍色眼睛的盲眼灰色虎斑公貓。

戰士　（公貓，以及沒有子女的母貓）

蕨毛：金棕色的虎斑公貓。

雲尾：藍色眼睛的白色長毛公貓。

亮心：帶著薑黃色斑點的白色母貓。

刺爪：金棕色虎斑公貓。

白翅：綠色眼睛的白色母貓。

樺落：淺棕色的虎斑公貓。

莓鼻：乳白色公貓，尾巴只剩短短一截。

罌粟霜：雜黃褐色母貓。

煤心：灰色虎斑母貓。

獅燄：琥珀色眼睛的金色虎斑公貓。

玫瑰瓣：深乳色母貓。

薔光：暗棕色母貓，後腿癱瘓。

花落：雜黃褐色和白色相間的母貓，有花瓣狀的白色斑塊。

蜂紋：淡灰色公貓，有黑色條紋。

藤池：深藍色眼睛的銀白相間色母貓。

風族 *Windclan*

族長　**一星**：棕色虎斑公貓。

副手　**兔躍**：棕白相間公貓。

巫醫　**隼翔**：毛色斑駁的灰色公貓，身上的白色斑點很像隼的翅膀。

戰士　（公貓以及沒有子女的母貓）
鴉羽：暗灰色公貓。見習生：蕨掌。

河族 *Riverclan*

族長　**霧星**：藍色眼睛的灰色母貓。

副手　**蘆葦鬚**：黑色公貓。

巫醫　**蛾翅**：有斑紋的金色母貓。
柳光：灰色虎斑母貓。

貓后　（懷孕或照顧幼貓的母貓）
湖心：灰色虎斑母貓。

影族 *Shadowclan*

族長　花楸星：薑黃色公貓。

副手　鴉霜：黑白相間的公貓。

巫醫　小雲：體型嬌小的虎斑公貓。

戰士　（公貓以及沒有子女的母貓）

褐皮：綠色眼睛的雜黃褐色母貓。見習生：針掌。

虎心：暗棕色虎斑公貓。見習生：光滑掌。

石翅：白色公貓。見習生：刺柏掌。

穗毛：暗棕色公貓，頭上有一撮毛。見習生：蓍草掌。

黃蜂尾：綠色眼睛的黃色虎斑母貓。見習生：爆發掌。

曦皮：乳白色母貓。見習生：蜂掌。

見習生（滿六個月大以上的貓，正在接受戰士訓練）

針掌：綠色眼睛的銀灰色母貓，有著白色胸毛。
導師：褐皮。

光滑掌：黃色母貓。導師：虎心。

刺柏掌：黑色公貓。導師：石翅。

蓍草掌：薑黃色母貓。導師：穗毛。

爆發掌：虎斑公貓。導師：黃蜂尾。

蜂掌：白色母貓，耳朵是黑色的。導師：曦皮。

長老　（退休的戰士或退位的貓后）

鼠疤：棕色公貓，背上有條很長的疤。

被遺棄的兩腳獸窩
月池
舊雷族小徑
雷族營地
天空橡樹
風族營地
斷半橋
兩腳獸地盤
馬兒地盤
轟雷路
雷族
河族
影族
風族
星族

綠葉
兩腳獸地盤
兩腳獸窩
空地
兩腳獸小徑
兩腳獸小徑
影族營地
半橋
小轟雷路
綠葉
兩腳獸地盤
湖
半橋
小島
小河
河族營地

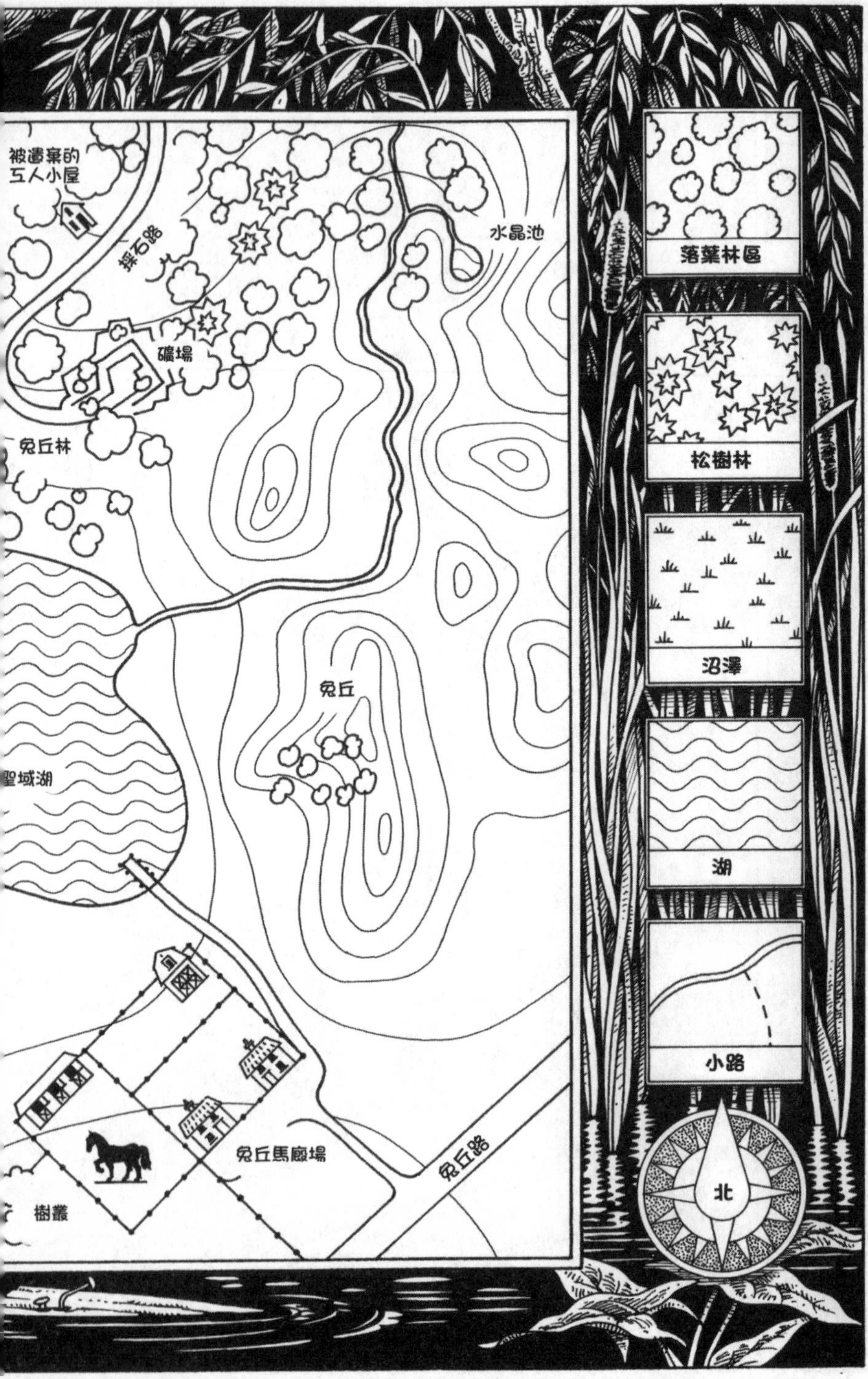
被遺棄的
石人小屋
採石路
水晶池
礦場
兔丘林
兔丘
聖域湖
兔丘馬廄場
兔丘路
樹叢
落葉林區
松樹林
沼澤
湖
小路
北

觀兔露營區
聖域農場
塞德勒森林區
小松路
小松乘船中心
小松島
艾栢河
魏特喬奇路

推薦序

小兔子書坊店主　黃淑貞

天賦是一種不得不的禮物，躲藏在個人內在的幽暗處而不自知，彷彿藏匿在深山中的寶石，需要大量的外力挹注才得以展現真實面貌。只是這樣的天賦無法選擇，更是無法改變，獲得這樣的禮物，相對而言就得擔起責任與代價。

貓戰士中的貓也有著不同的天賦，如狩獵與保衛疆土的戰士、有治癒能力的巫醫等。主角赤楊掌原本被族長認定為是戰士的見習生，跟著族群中的戰士導師一起學習。赤楊掌從剛開始的期待與興奮，逐漸地在見習過程中遇到挫敗，如一直捕不到獵物，甚至開始自我懷疑。當族長告訴赤楊掌有著新的天命——巫醫貓，他曾經自己問自己：「這一定就是他們為什麼堅持要我改成當巫醫貓的原因，根本就不是因為我有多特別，而是因為我當不成戰士。」這樣的自我懷疑總讓人心疼，而我們的成長歷程不也曾經有過自我懷疑，甚至到現在還在尋找天賦。

整部作品中，其實都可以看到赤楊掌對自我的懷疑，渴望獲得族群的認同，即使他作為星族異象的代言人，探索之旅的隊長，甚至在探索之旅的尾聲，內在的懷疑與族群的認同如影隨形，一直放置在赤楊掌的內心幽暗處。河合隼雄在《閱讀奇幻文學》著作中，秉持著一個核心論述：「將幻想視為靈魂的展現。」而這部作品中，除了帶領讀者和貓戰士一起經歷自然驚奇與異域探險，也帶領著讀者反思自我，面對自我與挑戰自我的內在歷程，如恐懼、期待與投射心理，這也就是真實靈魂的呈現，更是大小讀者都會與之相遇的事情。

更值得一提的是，這部作品以貓的視角來敘事，總是細膩的結合角色的動作與情緒，大自然的神祕與危機，不論是「兩腳獸」、「怪獸」、「轟雷路」都讓讀者覺得新鮮有趣。不例外地，作者讓故事行雲流水，節奏快速地舖成，意境優美，令人有種深入其境的錯覺，讀者宛如進入故事情節中正在和貓戰士進行探索之旅，這樣的巧妙共舞關係，讓這作品完美呈現。

這句話「擁抱你們在幽暗處所找到的，因為只有他們才能使天空轉晴。」貫穿這部作品，因此句話開啟了探索之旅，是否完成任務已不是重點，因為更值得被看見的是貓戰士在這旅程中的蛻變與成長，包含其天賦的展現。成長過程總是辛苦與孤獨，酸甜苦澀的經歷彷彿日夜的輪替，無論是故事中的赤楊掌或是現實中的讀者，都是要學會正視自己的恐懼，方能拋開對自我的束縛，探索內在的自我，領略到生而擁有的天賦。

好的故事總在故事讀完後，依然能夠掀起心靈中的漣漪蕩漾，讓讀者回扣現實生活中的恐懼、無奈與挑戰，這些就是我們人生的功課之一，思索著期待、失落、背叛、同儕支持與自我探索，又或者是思考著天賦的不同樣貌與親情手足議題等，隨著赤楊掌的情緒轉折開始反思自我，那如同是一面鏡子，照出自己內在幽暗的真實樣貌。

台灣兒童閱讀學會顧問　林偉信

這本描述部族貓第三代的故事，不僅延續了之前作品的奇幻趣味，更藉由第三代主角貓赤楊掌的見習生活與探索之旅，對天命、抉擇、自信、勇敢、領導，以及如何面對死亡等等的生命議題，做出生動的描繪與說明。

故事中，更透過貓族追尋幽暗異象的預言，引出了原屬於部落一員的「天族」，和四大貓族間的恩怨歷史。並藉由赤楊掌擬幫助天族後代子孫找回部族貓生活方式的探索之旅，揭示出社群共同體的歷史情感，以及對於彌補歷史過失應有的責任與作為。整本故事生動細膩，題旨直指自我成長與族群問題，讓我們在閱讀中，除了享受書中的懸疑趣味外，也能激起閱讀者讀故事鑑今事的深刻感受。

兒童文學工作者　黃筱茵

《貓戰士：探索之旅》說的是雷族的見習生赤楊掌找尋天命，在充盈著未知的情境下，逐漸理解自己天賦的使命的過程。故事轉折高潮迭起，除了再次向讀者們介紹貓的四大部族，也揭露貓咪們神祕的過往。這一冊的貓戰士，不但描繪了貓部族的奇幻經歷，其實也可以說是主角赤楊掌的成長敘事。作者很細膩的呈現赤楊掌對於一開始受訓成為戰士，後來又被納為巫醫見習生的心理衝擊。他在面對各種訓練時，心裡不斷升起各式各樣的疑問，以及自我質疑與鼓舞，就像每個個體在成長過程中必須一一克服心理障礙，才能漸次成熟。讀者在閱讀時，可以從各種層面欣賞這部精采作品：它既是瑰麗的奇幻文學，也充滿細緻的心理描寫。可以激盪讀者們的想像，也可以召喚深沉的思考與勇氣。

悅讀學堂—葛琦霞教育工作室創意總監　葛琦霞

終於盼到《貓戰士》六部曲了，這次的主角由見習貓赤楊掌擔任。由於異象顯示，見習貓必須踏上探索之路，找出預言中的答案。隨著情節的推進，讀者彷彿走進赤楊掌的內心，看到擔心與對自我的否定充滿在牠的心中。看《貓戰士》，對於我這種養了一隻寵物貓的「兩腳獸」真是一大享受。閱讀時彷彿化身為靈巧的貓，仰望星空尋找星族的訊息，俯視腳下的土地，眼睛睜大，耳朵豎起，成為貓戰士事件的一員，探索預言的訊息，非要看到最後一頁才能罷休。正如書名《探索之旅》，這一趟旅程，其實也是赤楊掌的內心探索之旅。闔上書後，馬上對寵物貓咪咪亂叫教育一番，希望牠爭氣點，也要知道自己的天命為何。這本《探索之旅》，果然引人入勝，欲罷不能啊。

新北市書香文化推廣協會理事長　蔡幸珍

期待已久的《貓戰士》出六部曲啦！主角赤楊掌是隻不太會捉獵物的貓，而親姊姊卻是狩獵高手，兩相比較下來，赤楊掌更顯得沒自信，然而天意卻另有安排，選中赤楊掌成為巫醫貓，並藉由「預言」與「異象」引導他展開一場探索之旅。

在作者妙筆生花的文字引導之下，讀者跟著赤楊掌及部族貓展開生死攸關、驚險萬分的探索之旅。不知道目的地在何處？不知道要去找誰？不知道要做什麼事？不知道自己的天命？僅憑著「預言」與「異象」，就迎向未知，真是超級勇敢的！走了一趟探索之旅，赤楊掌性格日趨成熟，從活在資優生姊姊的陰影下走出來，找著自己生命的價值，並證明了「不會抓老鼠的貓，依舊是好貓」呢！

親愛的讀者，你知道自己的天命了嗎？如果你還不知道的話，沒關係，就讓貓戰士們陪伴你，展開一趟探索之旅！

序章

松鴉羽費力爬上通往月池的坡地，腳爪在潮溼的岩面上打滑。寒風吹亂他的毛髮，他渾身發抖，這時他的母親葉池也撐起身子爬上岩堆，站在他旁邊。

「綠葉季快結束了，」她說：「我們得趁現在多補點庫存，尤其是貓薄荷。」

「貓薄荷！」松鴉羽的尾尖不耐煩地抽動。「妳老是嚷著要多存點貓薄荷。妳再這麼固執下去，我們的窩穴早晚被它塞滿，到時就沒空間儲存別的藥草了。」

葉池慈愛地推他一把。「只是以防萬一嘛，你也知道白咳症要是不妥善治療，很容易惡化成綠咳症。長老們……」

「沙暴、灰紋、蜜妮和波弟都健康得很，」松鴉羽打斷她：「老實說，葉池，妳太緊張他們了。再說，舊兩腳獸巢穴那裡本來就長了很多貓薄荷，足夠妳用了！所以別寄望我再去採集更多貓薄荷。」

他話才說完，就聽見坡地下方遠處傳來窸窣的腳步疾行聲。河族巫醫貓蛾翅和柳光正爬上來與他們會合，身上特有的河水腥味迎面撲來。

「我們有很多貓薄荷，」蛾翅不緩不急地說道：「要是雷族有缺的話，儘管跟我們說。」

「謝謝妳，蛾翅。」葉池喵聲道，松鴉羽忍住脾氣，沒吭聲。

說得好像雷族有多缺藥草似的，沒河族就活不下去了。

「我們走吧！」他催促其他巫醫貓。「小雲和隼翔就在前面。我聞得到他們的足跡。」

松鴉羽帶隊繼續往上爬，他雖然眼盲，走在山路上的步伐卻充滿自信，他從月池四周濃密的灌木叢裡鑽進去，再從另一頭鑽出來，甩甩毛髮。他聽見岩間溪水流竄而下的水花聲，於是在腦海裡想像水面上熒熒閃爍的星光。

「歡迎歡迎！」影族巫醫貓小雲在下面的水邊大聲喊道：「我和隼翔還以為你們不來了。」

「我們不是來了嗎？」松鴉羽回答。

他步下通往水池的蜿蜒小徑，小徑早被世代定居湖邊的貓兒們踏平，以致於腳爪不時打滑。

「那是好久以前了……」他喃喃自語，揮不去那苦樂參半的前世記憶，想當初他跟著古代貓走在這條小徑上，更曾經帶著他們啟程前往山區。**那時候的我與半月十分親密……**

松鴉羽強迫自己把思緒拉回現實，快步過去與池邊的小雲和隼翔會合，並等候葉池、蛾翅和柳光魚貫步下小徑。他在水邊坐下來，耳裡聽見其他巫醫貓也沿著池邊一字排開地坐下。

就連蛾翅也坐下來了，他心裡不免又納悶，為何她不相信有星族這回事，卻還能成為巫醫貓。**她來這裡只是想打個盹吧。**

四周貓兒的騷動聲漸漸消失，只剩下潺潺水聲，除此之外，還隱約聽見粗嘎的呼吸聲和偶爾的卡痰聲，松鴉羽不免擔心起日益年邁的影族巫醫貓。

自從焰尾死後，他就沒再收見習生，松鴉羽想到這件事就皺眉，**影族有這麼多年輕的貓，總有一隻適任吧！**

松鴉羽決定不再多想。不管未來如何，起碼眼前各部族都過得很好。有足夠的獵物度過綠葉季，而且健康無虞。他閉上眼睛，感覺猶如嚐到肥美獵物一樣心滿意足。他伸長脖子，以鼻頭輕觸月池的水。

松鴉羽覺察到陽光灑在他的毛髮上，有和煦微風徐徐吹來，風裡聞得到萬物生長和綠意盎然的氣味，他微微抽動鼻子，伸了一個大懶腰，睜開眼睛。

我的星族啊！這是什麼地方啊……

松鴉羽跳起來站好，環顧四周，發現自己身處在寬闊的蔥綠草原上，四周是綠蔭濃密的樹木，遠方傳來了潺潺流水聲。其他巫醫貓眨著眼睛圍在他身邊，一臉不解地看著彼此。

不對啊！松鴉羽告訴自己，驚訝到身上每根毛髮都豎了起來。以前他是能夠進到別隻貓兒的夢裡，但自從上次與黑暗森林裡的貓兒大戰過後，這項異能就消失了，而那幾乎是十八個月前的事了。**但現在我們又進入彼此的夢裡**。四大部族的巫醫貓齊聚在星族狩獵場這片陽光普照的草原上。**難道這意謂星族有重大事情要宣布？**

「發生什麼事了？」隼翔問道，他的眼睛驚懼地瞪大。

小雲一臉不解地猛搖頭。「太奇怪了……」他喵聲道。

葉池和柳光交頭接耳，不安地竊竊低語。松鴉羽緩步走向他們，這時看見林子外面有一群貓兒朝他們趨近，於是他停下腳步。只見那群貓全身泛著星光，步履輕盈，腳爪和耳朵璀璨發亮。為首的是一隻氣宇軒昂、毛色如火燄的公貓。松鴉羽倏地認出對方正是雷族的前任族長，不由得全身發顫。

葉池欣喜地大喊：「火星！」

松鴉羽看見她衝過草地，朝她父親奔去，與祂輕觸鼻頭，不由得感動。

隼翔也跟在她後面去找吠臉。吠臉曾是隼翔在風族的導師，兩隻前後任巫醫貓立刻交頭接耳起來。柳光則朝豹星緩步走去，恭敬地垂下她的頭。

松鴉羽覺得心跳開始加速。**拜託，別又來另一個預言！**他心裡嘟囔。**這是不是代表我們的好日子就要結束了？**

「這是預言，也是承諾。」火星喵聲道。祂直視松鴉羽的眼睛，彷彿知道松鴉羽心裡想什麼。「對所有部族來說，大變革的時代即將到來。**擁抱你們在幽暗處所找到的，因為只有他們才能使天空轉晴。**」

祂說完了，星族祖靈們全都表情感慨地看著巫醫貓們。

大夥兒沉默了一會兒，松鴉羽氣餒地甩動尾巴。「這話什麼意思？」他怒瞪火星，然後又追加一句：「我覺得祢的語意可以再含糊一點，反正我們也猜不出來。」

火星用一種混雜著慈愛與惱怒的目光望著他，同時身形漸漸消失。星族貓的形體只剩下熠熠星光所勾勒的輪廓，看得松鴉羽和其他巫醫貓為之目眩。天色暗了下來，彷彿雲層全湧了上來遮住太陽。

就在松鴉羽的視力消失之前，眼角餘光瞥見另一隻年輕公貓，他一時之間認不出來對方是誰，公貓就站在巫醫貓們後面一兩步的地方。松鴉羽朝他轉身，他卻往後一跳。松鴉羽只驚鴻一瞥到那白色的尾尖。

松鴉羽深吸口氣，捕捉對方的氣味，突然發現，**那是一隻活貓！而且聞起來有很濃的雷族氣味。**

第一章

小赤楊站在育兒室前面，緊張地動來動去。他伸出爪子，戳進被踏平的岩坑地面，然後又縮起爪子，甩掉腳爪間的沙土。

所以現在是怎樣？他反問自己。一想到再過不久，就是自己的見習生大典，胃就在翻攪，**在當見習生之前，是不是有評鑑啊？**

小赤楊總覺得以前好像聽過得做什麼評鑑。可能是幾個月前冬青叢、蕨歌和栗紋被封為戰士時聽到的消息。**但我不是記得很清楚……畢竟我那時候還很小。**

他的心愈跳愈快。他試圖說服自己一定有貓兒告訴過他是否該向大家證明自己已經準備好了。**但我實在不確定自己有沒有資格當見習生，一點也不確定。要是我不夠格，該怎麼辦？**

這時有隻貓兒從後面推了小赤楊一把，若有所思的小赤楊嚇了一跳，霍地轉身，原來是他姊姊小火花。小火花橘色的虎斑毛髮很是蓬亂。

「你是不是很興奮？」她開心地跳上跳下。「你難道不想知道自己的導師是誰嗎？我希望我的導師好玩一點，不要像莓鼻那麼跋扈，也不要像白翅那麼一板一眼，我看她八成連睡覺的時候都在背戰士守則。」

「夠了。」小貓們的母親松鼠飛從育兒室出來，恰巧聽見小火花說的話。「你們的導師不是來跟你玩的，」她補充道，同時舔舔腳爪，再拿腳爪順順小火花身上的毛。

「你們是要跟他們學習。莓鼻和白翅都是很稱職的戰士，如果有其中一位願意當妳的導師，妳就要偷笑了。」

儘管松鼠飛的語氣嚴厲，綠色眼睛卻溢滿慈愛。小赤楊知道他母親有多愛他和他姊姊。雖然他只是隻小貓，但他知道松鼠飛第一次生下自己的小貓時，年紀已經不小。他也還記得在失去他的手足小杜松和小蒲公英時，他們有多難過。小杜松還來不及吸口氣就夭折了，至於小蒲公英的身體始終羸弱，才兩個月大就死了。

為了松鼠飛和棘星，我和小火花一定要成為最優秀的貓兒才行。

但小火花根本不甩母親的告誡，仍然開心地抽動尾巴，甩動毛髮，直到又把全身上下的毛甩得亂糟糟的。

小赤楊真希望自己也像他姊姊一樣有自信。他以前從沒想過誰會是他導師這個問題。好奇的他東張西望空地上的貓兒，心想**藤池應該是不錯的導師**，他瞄著剛跟獅燄和花落狩獵回來的銀白色虎斑母貓，**她很和氣，而且是很棒的狩獵者。不過獅燄就有點可怕了。**小赤楊一看見金色戰士毛髮下那身發達的肌肉，便嚇得發抖，只能強忍住。**應該不會是花落吧，畢竟她才剛當過冬青叢的導師。應該也不是蕨毛或玫瑰瓣，因為他們已經指導過栗紋和蕨歌了。**

若有所思的小赤楊看著刺爪，後者剛剛在空地中央停下來，大力搔抓其中一隻耳背。**他也還可以，只是脾氣好像不太好……**

「嘿，別發呆了！」小火花用力踩踏小赤楊的背。「要開始了！」

小赤楊這才發現棘星已經踏上他窩穴外的高聳岩，岩石就懸空突起於他們上方的坑地岩壁上。

「請所有會自己捕抓獵物的成年貓兒都到高聳岩底下集合開會！」棘星吼道。

空地裡的貓兒們紛紛將注意力轉移到棘星身上，移動腳步前來集合。小赤楊總覺得他父親看起來比其他貓兒都來得氣宇軒昂……甚至也比獅燄和鴿翅這兩位勇猛的戰士還要英勇威武。

他好有自信又好強壯，我真幸運能當他的兒子。

棘星腳步輕快地跳下亂石堆，貓兒們在岩壁下方參差不齊地圍成一圈，棘星走到中間。前任副族長灰紋在小貓們經過他身邊時愉悅喵嗚。最年輕的戰士之一栗紋把頭抬得高高的，似乎很自豪已經完成見習生的課程。松鼠飛輕推她的兩隻小貓，要他們站進貓群中間。

小赤楊的肚子翻攪得更厲害了，他全身肌肉繃得死緊，試著不發抖。**我辦不到！**他心想道，設法不讓自己陷入恐慌。

這時他突然看見他父親正看著他：目光如此溫暖，以他為傲，小赤楊的心終於安定下來。他做了幾個深呼吸，強迫自己放鬆。

「雷族的貓兒們，」棘星開口道：「今天對我們來說是一個好日子，也該是時候任命新的見習生了。小火花，請過來。」

小火花立刻跳進貓群中央，尾巴豎得筆直，興奮到全身毛髮豎得筆直。她一臉自信地看著族長。

「從今天起，」棘星喵聲道，尾尖輕觸小火花的肩膀。「這位見習生將更名為火花掌。櫻桃落，請妳擔任她的導師，妳對雷族貢獻良多，心思敏捷，狩獵技巧高超，請不吝傳授她妳的所學。」

「火花掌！火花掌！」雷族貓開始吶喊。

火花掌雀躍地聽著族貓們高喊她的新名字，兩眼炯亮地站在她導師旁邊。

小赤楊也加入吶喊，看見他姊姊這麼開心，他也好高興。**謝謝星族！原來不需要任何測驗來證明見習生的資格。**

歡呼聲漸息，棘星用尾巴示意小赤楊。「該你了。」他喵聲道，同時以目光鼓勵小赤楊走過來。

小赤楊踉蹌走進貓群中央，腿突然發軟，胸口發悶，彷彿無法呼吸。他停在棘星面前，他父親朝他微微點個頭，他才定神下來。他抬起頭，棘星將尾尖擱在他肩上。

「從今天起，這位見習生更名為赤楊掌。」棘星宣布道。「錢鼠鬚，請你擔任他的導師。你忠誠不二、意志堅定、膽識十足，相信你一定會盡全力將這些特質傳授給你的見習生。」

赤楊掌緩步穿過空地去找他的導師，不太確定自己的感受究竟如何。他知道錢鼠鬚是櫻桃落的手足，但這隻淺棕色的大公貓比他妹妹寡言多了，而且對小貓們從來不感興趣。他在與赤楊掌互碰鼻頭時，表情顯得冷峻。

我一定會盡全力讓你以我為榮，赤楊掌心想道。

「赤楊掌！赤楊掌！」

赤楊掌聽見族貓們都在吶喊他的新名字，不禁靦腆地低下頭，舔舔胸毛，但心中溢滿喜悅。

歡呼聲終於歇止，貓群開始散去，各自回到自己的窩穴休息或是去生鮮獵物堆進食。松鼠飛和棘星緩步過來找他們的小貓。

「表現得很好哦，」棘星喵聲道：「其實沒那麼可怕，對吧？」

「好酷哦！」火花掌回答，她的尾巴在空中不停揮舞：「我等不及要出去狩獵。」

「我們以你們為榮，」松鼠飛喵嗚道，同時不停舔著火花掌和赤楊掌的耳朵四周。「相信有一天你們一定會成為偉大的戰士。」

棘星垂頭附和。「我知道你們兩個日後一定會對雷族有所貢獻。」他說完便退後一步，揮動尾巴招錢鼠鬚和櫻桃落前來。「你們要聽導師的話，」他告訴兩名見習生：「我希望不久就能聽見你們在學習上進步良多的好消息。」

然後他用鼻子親膩地搓搓他們，就轉身離開，回自己的窩穴去了。松鼠飛抱抱他們之後，也跟在棘星後面走了，把赤楊掌和火花掌留給他們的導師錢鼠鬚跟櫻桃落。

表情嚴峻的錢鼠鬚對著赤楊掌眨眨眼睛。「見習生的責任重大，」他喵聲道：「你一定要專心學習我教你的每一件事，因為雷族日後得靠你狩獵和保衛疆土。」

赤楊掌認真地點點頭。

「你必須努力工作來證明自己有資格成為戰士。」錢鼠鬚繼續說道。

赤楊掌抬高頭，試圖讓自己看起來很夠格，但心裡其實很害怕自己做不到。他也聽見櫻桃落在他背後對火花掌講話，結果反而更令他沮喪。

「……探索領地會很好玩！」薑黃色母貓興致勃勃地說道：「而且以後還可以去參加大集會。」

赤楊掌真希望他的導師也像櫻桃落一樣活潑熱情。

「我們現在可以去學狩獵嗎？」火花掌一頭熱地問道。

結果反而是錢鼠鬚回答她：「現在還不行。見習生除了學習戰士的技能之外，也必須對部族履行責任。」

「那我們現在該做什麼？」赤楊掌問道，一心只希望導師對他另眼相看。

櫻桃落開口回答，但眼神帶點愧疚：「今天你們得去幫長老們抓身上的壁蝨，讓他們舒服一點。」

錢鼠鬚朝巫醫貓窩穴的方向揮動尾巴。「去找葉池或松鴉羽拿老鼠膽汁。他們會教你們使用的方法。」

「老鼠膽汁！」火花掌嫌惡地皺起鼻子。「好噁哦！」

赤楊掌的心一沉。**如果這就是見習生的工作，那我恐怕不會喜歡。**

✦
✦
✦

陽光灑進榛木叢下方的窩穴，這裡是長老們住的地方。赤楊掌真希望自己也能蜷起身子在溫暖的陽光下打個盹兒，但不行，他正費力地用爪子刮著灰紋身上的長毛，努力找出壁蝨。火花掌也在幫忙波弟抓壁蝨，沙暴和蜜妮耐心等在旁邊，因為等一下就可以輪到她們。

「哇，這裡有一隻好大的壁蝨！」火花掌大聲說道：「別動哦，我來把牠弄掉。」她用嘴咬著松鴉羽給她的小樹枝，樹枝尾端掛著一球浸過老鼠膽汁的青苔。她笨拙地移動它，直到青苔球觸到波弟身上的壁蝨。

壁蝨掉了下來，老虎斑貓甩甩毛髮，吁了口氣。「舒服多了，小ㄚ頭。」他喵嗚道。

「可是這玩意兒聞起來好噁哦。」咬著樹枝的火花掌口齒不清地說道：「我真不懂你們這些長老怎麼受得了。」她忍住嘆氣的衝動，開始動手扒開波弟身上打結的毛髮，試圖找到其他壁蝨。

「小ㄚ頭，妳聽好，」波弟喵聲道：「雷族裡的每隻貓都跟妳一樣當過見習生，幫忙除過壁蝨。」

「棘星也當過嗎？」赤楊掌問道，那隻伸進灰紋毛髮裡的腳爪突然停下來。

「就連火星也當過啊，」灰紋回答。「我們是同梯次的見習生。我都忘了我們曾抓過多少壁蝨。嘿……」他戳戳赤楊掌：「專心點好不好，你的爪子扎到我的肩膀了。」

「哦，對不起！」赤楊掌回答道。

雖然被罵，但他還是滿足。抓壁蝨的工作雖然討厭，但一定有別的工作比坐在陽光下聽長老們絮絮叨叨還慘吧。他抬頭瞥了一眼，看見沙暴舒服地躺在臥鋪的蕨葉墊上，綠色眼睛一逕看著他和他姊姊，眼裡滿是慈愛。

「我還記得你母親以前當見習生的模樣，」她喵聲道：「當時塵皮是她的導師。你們沒有見過他……他死在那場大風暴裡……但他是我們雷族最厲害的戰士之一，他最討厭一些胡說八道的事情。不過松鼠飛還是成了他的得意門生。」

「她幹了什麼好事？」赤楊掌問道，他很好奇他那一板一眼的母親竟也年少輕狂過。「快告訴我們！」

沙暴嘆口氣：「她哪件好事沒幹過？自己溜出營地跑去狩獵……被卡在灌木叢裡動彈不得，掉進河裡……我還記得有一次塵皮跟我說：『妳那隻小貓要是再不成材，我就扒了她的皮，掛在灌木上，殺雞儆猴地嚇唬狐狸。』」

火花掌張大嘴巴，瞪著沙暴。「真的假的？」

「當然是真的，」沙暴回答，綠色眼睛帶著戲謔：「不過塵皮一定要對她很嚴格才行，因為他看得出來她是雷族的可造之材，但他也知道如果她不先學會規矩，就算再有潛力也沒用。」

「她對雷族的貢獻的確很大。」赤楊掌喵聲道。

「嘿，」灰紋又戳了赤楊掌一次：「別忘了我身上的壁蝨。」

「還有我們的，」蜜妮插嘴道，同時瞥了沙暴一眼：「我們已經等了好久。」

「對不起……」

赤楊掌趕緊在灰紋的毛髮裡搜找，沒多久，就找到一隻吸飽血的大壁蝨。**這隻壁蝨一定害灰紋很不舒服吧。**

他拾起綁著青苔球的棍子，沾了沾壁蝨，這時他剛好抬眼，瞄見葉池和松鴉羽在巫醫貓的窩穴外面交頭接耳。

赤楊掌好奇什麼事那麼重要，兩隻巫醫貓卻突然朝他轉身。一時之間，他竟覺得自己像是被松鴉羽的盲眼和葉池那雙老在深究細探的目光活逮了一樣。

一股不安像小蟲似地囓咬著赤揚掌的胃。**我的星族啊，他們是在背後談論我嗎？我做錯了什麼？**

第二章

赤楊掌在見習生窩裡的第一個晚上幾乎睡不著。他想念育兒室裡的溫暖，還有他母親和黛西睡在身旁的身影。蕨葉叢底下的窪地只住著他和他姊姊，所以有點空蕩蕩的。

火花掌早就蜷起身子，把尾巴蓋在鼻子上睡著了，但赤楊掌始終睡得不安穩，一方面是興奮，一方面也是擔心明天不知道又會有什麼新的體驗。等到第一道淺白的曙光滲進蕨葉叢裡時，他竟就完全醒了。

這時垂成拱型的蕨葉突然一分為二，一顆頭顱探進來，嚇了他一大跳。他發現原來是櫻桃落，這才鬆了口氣。

「嗨！」薑黃色母貓喵聲道：「幫我叫火花掌起床，我們該去探索領地了。」

「我也去嗎？」赤楊掌問。

「當然一起去啊。錢鼠鬚也在等你，快點！」

赤楊掌趕緊伸爪戳他姊姊，原本均勻的打呼聲頓時換成尖叫。「有狐狸嗎？」她問道，馬上坐起來，甩掉身上的青苔屑。「還是獾？」

「都不是，是我們的導師，」赤楊掌告訴她：「他們要帶我們去探索領地。」

「太好了！」火花掌立刻往前衝，後腳在地上用力地扒，急著鑽出蕨葉叢。「我們走吧！」

動作較慢的赤楊掌跟在後面出去，黎明的冷冽空氣凍得他全身發抖。錢鼠鬚和櫻桃落肩並肩地站在窩外等候。

他瞄見蜂紋、玫瑰瓣和雲尾正在他們背後魚貫走出戰士窩。只見他們迅速梳理好自己，就在雲尾的帶隊下，消失在荊棘隧道裡。

「那是黎明巡邏隊，」錢鼠鬚喵聲道：「我們先等他們上路之後再走。如果餓的話，你們可以先去生鮮獵物堆拿點東西吃。」

赤楊掌突然發現自己好餓，於是和火花掌一起跑步越過營地。

「這裡也沒什麼可吃的。」火花掌抱怨道，伸爪戳戳一隻乾巴巴的老鼠。

「狩獵隊還沒出去。」赤楊掌指出，他從僅剩的生鮮獵物裡頭挑了一隻黑鳥出來，囫圇吞下。

「等我們學會狩獵後，」火花掌滿嘴老鼠地含糊說道：「生鮮獵物堆一定永遠都是滿的。」

赤楊掌希望她說的是真的。

營地另一頭的錢鼠鬚朝他們揮著尾巴。兩名見習生趕緊吞下最後一口獵物，跑回去與他和櫻桃落會合，接著就在他們的帶隊下，鑽進荊棘圍籬的入口通道。

滿心期待的赤楊掌穿過狹小的通道。生平第一次踏上林地的他，興奮到爪墊微微地刺癢。

這時天色漸亮，淡紅色的曙光滲進林子，宣告太陽即將升起。矮木叢裡仍殘留些許晨霧，草地上露溼甚重。

火花掌瞪大著眼睛，環顧四周。「好大哦！」她嚷道。

赤楊掌倒是沒吭氣，他找不到任何字眼來形容所見所聞。除了背後的荊棘圍籬和前方的岩壁之外，四面八方都是看不見盡頭的林子，頭頂上的樹幹高聳到幾近好幾隻狐狸身長，空氣裡充斥著誘人的獵物氣味，林間濃密的矮木叢裡盡是小動物的搔抓聲。

「我們可以狩獵嗎？」火花掌急切地問道。

「晚一點再看看，」櫻桃落告訴她：「我們得先去勘查領地。因為在你們受封成為戰士之前，必須先熟悉腳下的每一寸領地才行。」

錢鼠鬚嚴肅地點點頭。「包括每一棵樹、每一座岩石和每一條溪流……」

赤楊掌眨眨眼睛。**全部？怎麼可能全都記住？**

「走這邊，」櫻桃落語調俐落地說道：「我們先去影族邊界。」

「我們會遇見影族貓嗎？」火花掌問：「要是遇到了怎麼辦？」

「沒怎麼辦，」錢鼠鬚一本正經地回答：「他們待在他們那邊，我們待在我們這邊。」

櫻桃落疾步出發，火花掌又跑又跳地跟在旁邊，赤楊掌跟著走在後面，錢鼠鬚壓隊殿後。

他們才走了幾步，就來到一處地方，這裡有條大路可通往森林，路面只掩覆著一些短草和蔓生植物，路的兩旁叢生長草和蕨葉。

「這條路通到哪裡？」赤楊掌問道，同時用耳尖指著那條路。「為什麼路上沒長什麼東西？」

「這問題問得好！」錢鼠鬚回答道。赤楊掌聽見他導師的讚許，很是得意。「那條路是兩腳獸好久以前建造的。我們營地所在的那個坑地也是同一批兩腳獸鑿石挖出來的。這條路可以通往舊的兩腳獸巢穴，葉池和松鴉羽在那裡種了一些藥草。」

「可是我們今天不去那兒。」櫻桃落補充道。

等到他們離營地愈來愈遠時，赤楊掌注意到前方林子變得稀落。有銀白的光隔著林子熠熠閃爍。

「那是什麼？」火花掌問道。

兩位導師都沒說話，只是繼續走到林子邊緣，再鑽進濃密的冬青叢。剛走出冬青叢的赤楊掌，一腳踏上柔軟的草地。草地外是狹長的沙石灘，再過去……

「哇！」火花掌倒抽口氣：「那是湖嗎？」

赤楊掌眨眨眼睛，看著眼前大片水域。他曾聽營地裡的族貓們說起這座湖。他本來以為它只比坑地上下過雨後的水塘大一點而已，沒想到這世上竟然有這麼多水的地方。

「看不到盡頭欸。」他大聲說道。

「有，它有盡頭。」錢鼠鬚向他保證道。「曾有貓兒繞著湖走一圈，你看那邊！」他繼續說道，同時用尾巴指：「看得到那些樹和灌木嗎？那是河族的領地。」

赤楊掌瞇起眼睛，隱約看見他導師說的林子，但因為很遠，所以有點模糊。

「河族貓喜歡湖，」櫻桃落喵聲道：「他們在湖裡游泳和抓魚。」

「好怪哦！」火花掌直覺回應。正在雀躍彈跳的她又問：「我可以抓魚嗎？」然後沒等她導師答應，便奔過卵石灘，直到在水邊濺起水花，才急剎腳步。「好冰哦！」她喊道，身子往後一彈，頸毛豎得筆直。然後又突然笑了起來，輕踩湖水，尾巴興奮地擺動。「我看不到魚欸。」她喵聲道。

錢鼠鬚嘆口氣。「妳再這樣玩下去，什麼也看不到。就連其他獵物也一樣看不到。妳又吼又跳的，森林裡的獵物早被妳嚇跑了。」

火花掌從湖邊退出來，垂著尾巴回到她弟弟旁邊。「對不起啦。」她嘟囔道。

「沒關係，」櫻桃落把尾巴輕擱在見習生的肩上。「我們現在沒打算狩獵，而且我知道第一次見到湖會有多興奮。」

錢鼠鬚彈動耳朵。「我們走吧。」

他帶隊沿著湖岸前進，沒多久就看到一條小河從森林流進湖裡。

「這是影族的邊界。」櫻桃落大聲說道。

赤楊掌聞到河對岸傳來一股陌生的強烈臭味，不禁皺起鼻子。

「好噁哦，那是什麼啊？」火花掌問道，同時退後一步，伸舌舔舔下顎，彷彿嚐到什麼噁心的味道。

「這是影族的氣味。」錢鼠鬚回答。

「是貓的氣味？」火花掌的語氣聽起來有點不敢相信。「我還以為只有狐狸才會那麼臭。」

「我們只是不習慣這味道，才會覺得聞起來臭。」錢鼠鬚直言道，同時啟程往上游走去，又回到了林子底下。「對他們來說，我們的味道可能也不是很好聞。」

「不可能。」火花掌低聲嘟囔。

「你們應該知道所有部族都會用氣味來標示自己的邊界，」櫻桃落趁他們仍沿著小河走的時候解釋道。「我們當然知道邊界在哪裡，但如果標示出來，可以提醒貓兒們千萬別在沒得到允許的情況下，擅自進入其他部族的領地。」

「你們應該也聞得到雷族的氣味記號，」錢鼠鬚喵聲道：「我們會教你們怎麼標示。因為再過不久，你們也要巡邏邊界，到時就要幫忙標示氣味了。」

「好酷哦！」赤楊掌大聲說道。這是他頭一次想像自己當上戰士的樣子，也許以後他也要帶隊標示氣味記號，保衛雷族的領地。**我今天學到好多哦，覺得自己愈來愈像是雷族的一分子了。**

他們往林子深處走了一段距離後，小河突然轉向，但地面上的影族和雷族的氣味記號仍朝著同一方向繼續出現。影族境內的茂盛樹木和矮木叢漸被暗色松樹取代，地上鋪著厚厚的針葉。

「現在我們要給你們看點不一樣的東西，」櫻桃落承諾道，同時示意兩名見習生鑽進榛木叢裡，並用尾巴示意他們安靜。「你們覺得那是什麼？」

赤楊掌凝視外面空地，空地上有幾座奇怪的結構物，看上去像是用綠色皮毛製成的窩穴。他嗅聞空氣，發現它們就位在影族和雷族中間的邊界上。除了氣味記號之外，還聞到另一種從沒聞過的味道。

「那是兩腳獸的東西嗎？」他問道：「我從沒見過兩腳獸，但松鼠飛說牠們偶爾會來森林。」

「沒錯，」錢鼠鬚喵嗚道，用尾巴輕彈赤楊掌的耳朵。赤楊掌自豪地挺起胸膛。「綠葉季的時候，兩腳獸都會來這裡，然後住在這些小窩穴裡。」

「牠們為什麼要住這裡？」火花掌問道，語氣聽起來不太相信他的說法。

錢鼠鬚聳聳肩。「只有星族老天知道吧！」

「牠們可能還在睡，」櫻桃落喵聲說：「一群懶骨頭。反正這座空地是在影族領地裡，所以就讓影族貓去傷腦筋吧，我們走了。」

導師們轉身離開邊界，往林地深處走去，這時赤楊掌有點累了，總覺得好像已經走了幾百個季節那麼久，又是穿越鋪滿落葉的林間空地，又是繞過荊棘叢，又是躍過小河。他肚子空空的，在營地裡吃黑鳥似乎是很久以前的事了。

他終於聽到前方有潺潺水聲，他們似乎正朝一條更大的河走去。但河流還沒映入眼簾，櫻桃落便示意他們停下來。「你們聞到什麼？」她問道。

赤楊掌和火花掌肩並肩站著，張開下顎，將空氣吸進嗅腺裡。赤楊掌全神貫注，試圖分辨迎面撲來的各種氣味。

「老鼠！」他還在努力辨識，火花掌就突然大聲喊：「拜託啦，我們可不可以去狩獵？我好餓！」

「沒錯，是老鼠。」櫻桃落喵聲道，但無視見習生的懇求，再次提問：「還有呢？」

赤楊掌忍住饑餓的感覺，專心辨識味道。「有兩種氣味很接近，」他有點猶豫，擔心自己可能搞錯：「而且都很強烈。雷族和……」另一種氣味聞起來有點不舒服，這時他想起他們在影族邊界所學到的知識。「該不會是另一個部族的氣味吧？」

錢鼠鬚和櫻桃落互看一眼。「沒錯，」錢鼠鬚喵聲說：「你知道是哪個部族嗎？」

我怎麼會知道？赤楊掌反問自己。**我以前又沒聞過！**這時他突然靈光一現。

「你們說過河族住在湖的另一頭，所以這邊應該是風族吧。」

「答對了！」櫻桃落喵嗚道：「我們過去看看邊界吧。」

她帶隊朝另一條河的河岸走去，這次看到的河是流竄在地面的裂縫裡，兩岸覆滿蔥綠的草木。「那邊是河族領地。」她尾巴揮了揮。

河對岸的樹木不再，陡峭的短草坡取而代之。坡地高聳，猶如一隻貓兒弓背躺在那裡。

「風族住在那兒？」火花掌問道。

錢鼠鬚點點頭：「是啊，就在荒原上。」

「看上去很荒涼，」赤楊掌低聲道，聲音有點發抖：「他們的營地應該是在林子裡吧？」

「不是，」他的導師回答：「他們把營地建在荒原的窪地裡，四周長滿金雀花叢。

那裡不適合雷族，不過他們倒挺喜歡那地方的。」

「我不喜歡待在沒有樹蔭的地方，」火花掌說：「我覺得……」她的話被衝上坡頂的一隻兔子打斷。過了一會兒，一隻瘦弱的長腿虎斑貓突然爬上去，拔腿追了過去，腹毛輕刷荒原上的草葉，後面的尾巴水平擺動。二者同時消失在某處坑地，這時突然傳來尖叫聲，雷族貓於是知道那隻虎斑貓已經逮到獵物。

「他們的速度很快！」錢鼠鬚評論道。

「我餓到可以吞下整隻兔子了。」火花掌嘆口氣，舔舔舌頭，彷彿眼前就有肥美的獵物。

「那我們回營地吧。」櫻桃落說：「反正離這兒也不遠。」

「我們不是要去練習狩獵嗎？」火花掌抗議道。

赤楊掌抽動尾巴，暗地希望導師們拒絕。要把剛剛學到的東西全都記住，就已經夠他緊張了，更何況還要上狩獵課。但是櫻桃落和錢鼠鬚互看一眼。

「好吧，」錢鼠鬚同意道：「可是就算你們有抓到獵物，也不能先吃哦，所有獵物都得先送回生鮮獵物堆，餵飽部族裡的貓兒們。」

赤楊掌的心一沉。他的肚子早就餓得咕嚕咕嚕叫，只能設法藏起失望的表情。

火花掌聳聳肩。「好吧，但我們還是可以試試看吧。」

貓兒們離開河域，來到一處空地，空地上聳立著一棵大橡樹，樹根浮突在地面上，四周叢生濃密的蕨葉。

「這裡很適合狩獵。」錢鼠鬚停下腳步，喵聲道：「你們有聞到什麼嗎？」

赤楊掌閉上眼睛，覺得有點招架不住四面八方撲鼻而來的各種氣味，以及矮樹叢和上方樹枝傳來的各種聲響。**這比辨識出風族的氣味還難，畢竟風族氣味強烈到你一定聞得到。**

最後赤楊掌總算辨識出一種：地鼠。他聽見矮木叢裡傳來細微的搔抓聲，方向來自右側。他睜開眼睛，察覺到草莖下有動靜。

我能確定……？他反問自己，猶豫該不該說出來。

結果他還在猶豫的時候，火花掌已經用尾巴指著那裡說：「那邊有地鼠。」

「我也聞到了。」赤楊掌附和道，暗地希望他的導師相信他真的也聞到了。

「好，你們可以去抓抓看。」櫻桃落喵聲道，目光來回巡看赤楊掌和火花掌。「你們看過狩獵者的蹲姿吧？像這樣？」她親自示範，繃起肌肉，身子貼近地面，作勢向前移動。

赤楊掌和火花掌盡可能模仿她的樣子。

「很好，」櫻桃落繼續說道：「要記住，盡量壓低身子，腳步要輕，小心不要踩到樹枝。」

「還有注意你的尾巴，」錢鼠鬚補充道：「尾巴若是亂動，獵物就會知道你在哪裡。」

「火花掌，妳先試。」櫻桃落喵聲道。

火花掌毫無猶豫地匍匐前進，兩眼興奮炯亮。她把腳爪藏在身體底下，尾巴覆在身側，然後突然往前一撲，消失在矮木叢的深處。

過了一會兒，火花掌鑽了出來，嘴裡叼著身子軟趴趴的地鼠，快步朝他們走來，驕傲地抬起頭，尾巴豎得筆直。

「哇！」櫻桃落大聲讚嘆。火花掌將地鼠丟在她腳下。「這還是我頭一次碰到見習生首度出手就抓到獵物。」

「我也沒碰過，」錢鼠鬚附和道：「表現得很好，火花掌。」

「好厲害哦。」赤楊掌喵聲道。

「不難啦，」火花掌吹噓道：「我只是照妳教的方法做。」

錢鼠鬚朝他的見習生轉身：「我們來看看赤楊掌的表現如何。」

赤楊掌緊張到全身僵硬。**要是火花掌沒抓到就好了，那我就不必擔心自己抓不抓得到**，但還是強迫自己揮開妒嫉的念頭。

「我們再往前走，」櫻桃落下令道：「這裡的獵物可能已經被嚇跑了。」

赤楊掌跟在兩名導師後面，腳步愈走愈沉重。**我一定抓不到**。等到他們停在四周長滿灌木和長草的小水池旁時，他的胃已經在翻攪。

「這裡應該找得到一些獵物，」錢鼠鬚喵聲道：「好了，你們兩個示範一下狩獵者的蹲姿。」

赤楊掌蹲在他姊姊旁邊，兩位導師繞著他們轉，仔細打量，害他緊張到身上都微微刺癢。

「很好，火花掌，」櫻桃落喵聲道：「可是妳的尾巴要再收緊一點。」

「赤楊掌，你的腳爪要收進去一點。」錢鼠鬚補充道。

「沒錯，如果你想往前撲得漂亮，後腿就不能伸出來。」火花掌打岔道。

我知道啦，赤楊掌心想，同時瞪她一眼。

「而且你的速度要很快很快，」火花掌繼續說道：「因為你的獵物不會傻傻等在那裡，你的爪子……」

「夠了，火花掌。」錢鼠鬚的語氣惱怒：「這裡的導師不是妳，妳跟赤楊掌都才剛當上見習生而已。」

火花掌貼平耳朵，很不情願地點點頭，赤楊掌感激地看了他的導師一眼。錢鼠鬚的尾巴刷過赤楊掌的肩膀，作為回應。

「還記得我們剛剛告訴過你身子要壓低，」櫻桃落繼續說道：「還有要小心你的腳步，要是踩到樹枝或者碰到蕨葉，獵物就跑掉了。」

赤楊掌點點頭，試圖記住所有指示。最後他害怕的那一刻終於到了。

「上吧，赤楊掌，」錢鼠鬚喵聲道：「看看你能不能抓到什麼。」

赤楊掌瞇起眼睛，全神貫注，嗅聞空氣。這裡的氣味沒那麼複雜，所以他很快就聞到水邊灌木底下有隻田鼠。

「那邊下面有隻田鼠。」他對錢鼠鬚低聲道，同時用耳朵指向一株灌木。

錢鼠鬚讚許地點點頭。「很好，去吧。」

赤楊掌調整蹲姿，慢慢匍匐前進，但又突然猶豫。**田鼠真的在灌木底下嗎？還是灌木旁的長草堆裡？我應該直撲進去嗎？還是繞過草叢，才不會被牠看見？**

「怎麼了？」錢鼠鬚不耐地嘶聲說：「快去啊！」

赤楊掌愣在原地，猶豫不決。**我一定得做對才行，可是我不知道到底該怎麼做！**

就在他還在猶豫不定、躊躇不前的時候，田鼠突然鑽出灌木叢，衝進水裡，消失不見。

「鼠腦袋！」火花掌大罵。

我被罵也是活該吧！赤楊掌心裡承認。他羞愧地低下頭，這時錢鼠鬚緩步朝他走來。「好的狩獵者不該猶豫不決，」他的導師喵聲道：「你必須相信自己的直覺。」然後態度緩和下來，用尾巴碰碰赤楊掌的肩膀。「沒關係，還是有其他獵物。」

他導師態度的寬容反而令赤楊掌更羞愧。**我害錢鼠鬚失望了。**

這時火花掌突然衝進灌木叢裡，赤楊掌驚訝抬頭。過了一會兒，她又出現了，嘴裡叼著胖老鼠的尾巴，把牠拖了出來。

「火花掌，妳真厲害！」櫻桃落欣喜到兩眼發亮。「妳一定會成為很厲害的狩獵者。」

「是啊，很厲害。」錢鼠鬚嘟囔道，懊惱地抽動尾尖。

我又令他失望了，赤楊掌難過地想道，**我真希望他能以我為榮！**

櫻桃落拾起火花掌抓的地鼠，帶隊走回營地。赤楊掌低著頭，每一步都走得沉重和心虛。**我不敢相信會發生這種事！**

「別擔心，」錢鼠鬚走在他旁邊，語調輕快地說道：「你一定會學會的。你只需要勇敢向前，別再像剛剛那樣遲疑不決。」

「我知道。」赤楊掌低聲道。**但是說比做容易啊**。

他不想抬頭去看櫻桃落和火花掌，她們正叼著火花掌的獵物，蹦蹦跳跳地走在前面。但就在他覺得自己夠悲慘的時候，竟突然看見藤池、樺落和栗紋從矮木叢裡鑽出來，他們也正要回營地，而且嘴裡都叼著獵物。

「你們的成績不錯哦！」櫻桃落說道，同時朝巡邏隊叼回的松鼠和兔子點頭示意。

「看來你們的成績也不錯。」藤池回答道。

「哦，這些都是火花掌抓的，」櫻桃落喵聲道：「而且這還是她第一次到營地外面，很厲害吧？」

「哇，這麼厲害！」栗紋大聲說道：「火花掌，幹得好！」

「妳的見習生很優秀哦！」樺落補了一句。

「那是因為櫻桃落教得好。」火花掌喵聲道。

大夥兒都沒注意到赤楊掌，這反而正合他意。沮喪的他尾巴愈垂愈低，巴不得躲進林地裡，永遠消失不見。

他們走進營地時，赤楊掌瞄見棘星正站在窩穴外的高聳岩上跟灰紋說話，但一看見他們回來，立刻中斷談話，身手矯健地跳下亂石堆，越過空地，跑過來找他們。

「第一天出營受訓的經驗如何？」他問道。

櫻桃落和錢鼠鬚互看一眼。赤楊掌看得出來，他們對棘星這麼急著想知道自己的孩子表現如何，覺得有趣。

「我抓到一隻地鼠和一隻老鼠！」火花掌大聲說道，自豪地挺起胸膛。

「太棒了，」棘星大聲說道，用力舔舔他女兒的耳朵。「那你呢？赤楊掌？」

赤楊掌沒有作聲，低頭看著自己的腳爪。

大夥兒一度陷入沉默，氣氛尷尬。最後還是火花掌先開口：「哦，他真的很聽導師的話，而且他已經認識了雷族所有的領地。」

這又沒什麼大不了，赤楊掌可憐兮兮地想道。

「我相信赤楊掌早晚會學會狩獵的技巧，」錢鼠鬚喵聲道：「他很努力。」

赤楊掌聽見他姊姊和導師只能這樣搪塞他的表現，心裡更難受了。**我只是想要棘星以我為榮！**絕望的他勉強地抬起頭，看著他的父親，準備迎接他失望的眼神。

但棘星眼裡什麼情緒也沒有，只見他遲疑了一下，然後微微點頭。「櫻桃落、錢鼠鬚，你們跟火花掌快把獵物拿到生鮮獵物堆那裡，」他下令道。「我相信你們都餓了。赤楊掌，我想跟你單獨聊一聊。」

火花掌很是同情地看了赤楊掌一眼，就跟著另外兩隻貓兒走了。赤楊掌又低下了頭。「你是不是很氣我？」他低聲問棘星：「我盡力了，真的盡力了。」他一直看著地上，不敢再抬頭看他父親。

棘星彎下腰，用鼻頭輕觸赤楊掌的額頭。「我相信你盡力了，」他告訴赤楊掌：「這只是你第一次離開營地。聽見你這麼認真聽導師上課，盡你所能地學習，就已經很令我驕傲了。」

赤楊掌還是無法迎視他父親的目光。**他只是不想讓我難過，我才不要抬頭看見他憐憫的眼神。**

棘星沉默了一會兒。「我有沒有告訴過你，我以前當見習生的經驗？」他最後開口道。

「我知道火星是你的導師，」赤楊掌咕噥說道，但還是低頭看著自己的腳：「他一定是覺得你很優秀，才會以族長身分親自當你的導師。」

棘星嘆口氣，「我想火星只是想就近監視我吧。他花了很久的時間才終於願意完全信任我，因為虎星是我的父親。」他的聲音變得沮喪，彷彿不願回想自己的父親竟然是隻十惡不赦的貓，曾試圖謀殺族長，自立為王。「反正……」過了一會兒，他才以比較穩定的聲音繼續說道：「我第一次跟火星出去狩獵時，一心想令他對我刮目相看，結果追松鼠的時候追得太猛，在潮溼的枯葉堆上滑倒，摔得四腳朝天，還撞上一棵樹。我的星族老天啊，痛死我了！不過最令我糗的是，我覺得火星當時一定是強忍住，才沒大笑出聲。」

「真的假的？」赤楊掌終於敢抬起頭，不再覺得羞愧或尷尬：「真的是這樣？」

「真的啊，」棘星證實道：「第一次狩獵的經驗真的很糟糕，不過我後來很快就上手了。我相信你也是。」

赤楊掌專注看著他父親那雙溫柔的眼睛，覺得背上的重擔終於卸下，心裡又開始期待下次的探險。**我一定會愈來愈上手，**他向自己承諾，**總有一天我會當上戰士，讓部族以我為榮。**

第三章

太陽已經西下，岩坑上方的林子輪廓在暮色中漸漸淡去。

赤楊掌坐在見習生的窩穴外梳理自己。

今天晚上很特別，我一定要把自己打理好。

他和火花掌已經當了快半個月的見習生。如今回頭去看，赤楊掌發現自己其實表現得不差。錢鼠鬚很是讚許他認真負責的做事態度，因為他幫了長老們很多忙，總是做好分內的雜務工作，譬如收集青苔，讓每隻貓兒都有舒服的臥鋪可睡，以及其他該幫忙的事。他已經跟邊界巡邏隊出去過一次，對隊長的話唯命是從，悉數照辦。

雖然我還沒抓到過任何獵物，但我昨天差點抓到一隻鳥，而且錢鼠鬚告訴過我，鳥是最難抓的。

不過赤楊掌也必須承認，雖然他表現不錯，但火花掌表現得更好。她每次出外狩獵，絕不會空手而回。而且在戰技的學習上，也學得很快。

但就算她樣樣出色，也不表示我就很糟啊，赤楊掌告訴自己，而且努力讓自己相信。**要是我跟火花掌不是同一梯次的見習生，不知道是什麼感覺？至少我就不會老愛拿自己跟她比較了。**但這想法令他有罪惡感，有點對不起他姊姊，羞愧到渾身發燙，於是趕緊揮開這念頭。**她是我姊姊！我當然想跟她一起當見習生！**

這時火花掌跑了出來，毛髮完全沒梳理。「你好了嗎？」她興奮地跳來跳去。「棘星正在荊棘隧道那裡集合族貓欸。」

赤楊掌跳了起來，甩開所有掛慮，滿心期待，興奮到全身微微刺癢。「今晚的經驗一定很棒，」他喵聲道：「這是我們第一次參加月圓的大集會欸。」

「而且他們會向其他部族介紹我們哦，」火花掌補充道。「我等不及了。」姊弟倆並肩跑過空地。

貓群齊聚隧道入口，趕來會合的赤楊掌滿腦子好奇其他部族是何等模樣。除了巡邏時曾在邊界驚鴻過幾瞥之外，他其實只看過別族貓兒一次。當時他還是隻小貓，河族的兩隻巫醫貓前來找松鴉羽和葉池商量事情。他們看起來就像普通的貓兒一樣，只是毛髮特別豐厚和光滑油亮。他們走後，營地仍聞得某種奇怪的魚腥味。他們來訪營地時，雷族貓都很緊張，不時斜眼偷看他們，頸毛都豎了起來。

不過巫醫貓跟真正的戰士是不一樣的，赤楊掌告訴自己。他實在很難想像其他部族也住滿了貓兒。

棘星終於抬起尾巴，帶著獲選參加大集會的貓兒們啟程出發。排在隊伍後面的赤楊掌緩步穿過隧道，原本的亢奮漸漸消失。**希望我別在陌生貓兒面前做出什麼蠢事。**目前為止，赤楊掌已經習慣白天的森林，因此當他鑽出荊棘隧道時，這才發現暮色中的森林跟白天很不一樣。林子顯得更濃密和詭異，空氣也變得冷冽，充斥著完全不同的味道。暗處有各種新的聲響，很難分辨從哪裡傳來。

等到大夥兒走到湖邊時，赤楊掌的心臟開始狂跳。他才離開林蔭的庇護，就聽見頭頂上方傳來貓頭鷹的叫聲，他嚇得轉身，抬頭瞪看漆黑的夜空，眼角餘光有貓頭鷹的白色翅膀一閃而逝。

赤楊掌忍住發抖的衝動，朝走在他旁邊的松鼠飛轉身。「我聽過大貓頭鷹的故事，」他緊張地說道：「聽說牠們很大，會把地上的貓抓走，這是真的嗎？」

暮色中，松鼠飛的綠色眼睛閃著慈愛的光芒，同時帶了些許興味。「林子裡的貓頭鷹體型還沒大到敢飛過來抓地上的貓！」她回答道。

赤楊掌仔細琢磨他母親的話，最後只願相信一半：他母親的意思是不是別地方貓頭鷹的體型就大到敢把貓兒當獵物抓？如果真的有這麼大的貓頭鷹，難保牠們有一天不會飛到森林這邊來？

走在赤楊掌另一頭的錢鼠鬚用尾巴彈彈見習生的耳朵。「我和櫻桃落會找一天夜裡帶你和火花掌出去狩獵。」

和櫻桃落走在他後面的火花掌興奮回應。赤楊掌回頭瞥了一眼，竟發現後面有小小的光點明滅不定，彷若陽光的餘燼在空中飛舞。

「那是什麼？」火花掌問，兩眼瞪著那幾個光點，似乎不敢相信眼前所見。

「那叫螢火蟲，」櫻桃落解釋道：「是一種昆蟲，像星星一樣會發亮。很酷吧？」

「好炫哦！」赤楊掌喵聲說。

火花掌立刻衝向那些光點，赤楊掌猶豫一下，也跟過去。他一路跳躍，用腳爪撲抓螢火蟲，好似捕捉小小火光，興奮到無法自己。他姊姊也在他旁邊撲跳，在空中扭動身子，但這些小光點總有辦法逃脫。

「火花掌！赤楊掌！」過了一會兒，松鼠飛嚴峻的聲音響起。「快點回來！」

赤楊掌和火花掌趕緊收手，氣喘吁吁地回到隊伍裡，全身毛髮都亂了。

「你們在幹什麼？」他們一回來，松鼠飛便厲聲斥責：「你們來參加大集會，就代表雷族。等一下碰到其他部族的貓兒時，最好給我安分點。」

赤楊掌低下頭。「對不起，我們一定會守規矩。」

「對不起。」火花掌也跟著道歉。

「最好是這樣！」松鼠飛怒氣沖沖地走到前面。

兩名見習生趕緊跟過去，但等到松鼠飛離他們有段距離時，火花掌朝赤楊掌挨過去。「很好玩，對不對？」她低聲道：「以前我們待在營裡不能出來的時候，都不會遇到這麼好玩的事。」

雷族貓繞著湖走，盡量挨著水邊，穿過風族領地。一路上，月亮從厚重的雲層後方升起，冷冽的銀色月光灑向湖面。

「很好，」錢鼠鬚喵聲說：「如果星族生氣了，就會把月亮藏起來。所以現在這幅景象表示大集合可以如期進行。」

朦朧的月光下，赤楊掌看見風族領地盡頭有兩腳獸的巢穴聚落。「那裡一定是馬場。」他低聲對火花掌說：「妳記不記得黛西在育兒室裡說的故事。」

火花掌停頓了一下，放眼掃視兩腳獸籬笆外的地面。「我沒看見馬啊，」她喵聲道，語氣有點失望，「也許牠們進窩裡，因為……」

松鼠飛戳她一下，打斷她的話。「走快點，我們快到了。」

赤楊掌愈來愈興奮，他們穿過大片沼澤地，通往大集會島嶼的樹橋終於在望。樹橋末端已經有另一群貓兒聚集。

「那是風族，」櫻桃落告訴兩名見習生：「好好聞一下，才會記住他們的味道。」

赤楊掌曾在與風族接壤的邊界聞過風族的氣味，但這裡的味道更強烈：那是一種攙雜著冷空氣與枯槁植物的氣味。除此之外，他還聞到一點兔子味。風族貓看起來很普通，只是體型大多比雷族貓瘦長，腿也比較長。

棘星緩步向前，穿過貓群，很有禮貌地向一隻棕色的虎斑公貓垂頭致意，後者鼻口的毛都灰白了，可見已有相當年紀。

「你好，一星，」棘星喵聲道：「風族的獵物夠多嗎？」

「還不錯，」風族族長沒好氣地說：「希望你們的戰士在穿越我們的領地時，有盡量靠著湖邊走。」

「當然，」棘星的語氣冷靜：「雷族從不敢越界。」

一星只哼了一聲。

棘星示意貓兒後退，先讓風族貓過橋到島上。赤楊掌看見他們小心翼翼地沿著樹幹走到對岸，自己都緊張到腳爪微微刺癢。

不知道有沒有貓兒掉進湖裡過，他心想，**那一定很糗**。

輪到棘星帶著雷族貓過橋了，赤楊掌始終把頭抬得高高的。火花掌過橋時，一馬當先地衝過去，跳上對岸島嶼，發出洋洋得意的吼叫聲。

走在她後面的櫻桃落翻著白眼。「我一定要好好說她一頓，別什麼事都那麼橫衝直撞。」她嘴裡嘟囔。

赤楊掌攀上樹幹，慶幸樹幹比他想像來得粗大和穩當。他不喜歡橋下黑漆漆的水面，也不喜歡水浪拍打樹幹的聲響，他的目光始終盯著對岸島嶼，等他終於走到樹橋彼端裸露在外的樹根時，不覺吁了口氣，趕緊跳到正在等候他的火花掌旁邊。

「來吧，懶猴！」她催促他。「別錯過好玩的東西了。」

赤楊掌看見岸邊再過去有座斜坡，雷族戰士們紛紛鑽進坡頂濃密的灌木叢，他也跟著火花掌跑上斜坡，鑽進灌木叢，樹枝上的尖刺刮著他的毛髮，他心裡想幹嘛出發前還費心梳理毛髮呢？

赤楊掌從灌木叢另一頭鑽出來，驚見自己身處在大片草地的邊隅，正中央是一棵長著樹瘤的大橡樹，樹根粗如貓軀。橡樹四周有貓群團聚，三五成群地聊天，有的各自找了舒適的角落，面對橡樹坐下來。他們身上的氣味全混在一起，嗆得赤楊掌差點窒息。

「看來其他部族都到了，」火花掌在他耳畔說道：「我從沒見過這麼多貓。」

赤楊掌點頭附和。尤其當他看見一群很年輕的貓兒時，更是驚訝無比……他心想，**可能他們都跟我們一樣是見習生吧。**他看見他們在灌木叢底下嘶吼扭打，突然想起松鼠飛告誡過他們的話，**我想你們兩個在大集會上應該會好好守規矩吧。**他心想，**不過別的部族可能有不同規矩吧。**

「你覺得怎麼樣？」錢鼠鬚問道，同時走了過來，但赤楊掌沒注意到他，因為他始終緊盯著那群很吵鬧的年輕貓兒。

「大開眼界！」赤楊掌吁了口氣。

「當然囉，」正從灌木叢裡出來的櫻桃落附和道，同時甩甩身子：「尤其你們是第一次來。」

「你瞧，」錢鼠鬚喵聲道，同時用尾巴指著：「那是影族族長花楸星，他正爬上橡樹。」

赤楊掌眨眨眼睛，看著孔武有力的薑黃色公貓在兩根樹枝的岔口處安頓下來，很有威嚴地環顧四周。**他看起來就像是一隻我惹不起的貓**。

「你已經見過一星了，他就在花楸星上方的樹枝上。」錢鼠鬚指指那隻棕色虎斑公貓繼續說道。「河族族長霧星也來了。」

赤楊掌看見一隻藍灰色的母貓身段優雅地跳上橡樹，在低矮的樹枝上找到一個位置坐下，幾片樹葉隨著她的落坐掉了下來。他注意到棘星也朝橡樹走去，看見自己的父親與其他族長平起平坐，就令他感到驕傲。**我父親的地位是何等重要**。

「副族長們都坐在樹根上，」櫻桃落告訴見習生：「棕白相間色的公貓是風族副族長兔躍。他旁邊的黑色公貓是河族的蘆葦鬚。剛走過去加入他們的是影族的鴉霜。」

「我最好也過去跟他們會合，」松鼠飛緩步經過時，喵聲說道，但又突然停下，跟見習生們補了一句：「這是結識其他部族貓的好機會，快過去自我介紹吧。」

赤楊掌看見雷族戰士們已經跟其他部族貓打成一片，正在與他們的舊識聊得興起。松鼠飛過去找其他副族長，棘星也攀上了橡樹，坐在離霧星很近的一根樹枝上。

赤楊掌緊張地環顧四周，不知道自己有沒有膽子走進任何貓群裡。**我還是跟著火花掌好了**，他告訴自己。

「如果你們願意的話，我可以幫你們介紹幾個朋友。」櫻桃落提議道。

赤楊掌正打算接受她的好意，火花掌竟抽動耳朵，喵聲說：「謝謝，我們不需要幫忙，我們可以自己來。」

「好吧，」櫻桃落垂下頭：「那待會兒見囉。」她緩步離開，坐在一隻瘦長的虎斑母貓旁邊，對方看起來好像是風族貓。

赤楊掌轉身瞪著他姊姊。「妳幹嘛拒絕啊？」他質問道：「我情願找櫻桃落幫我們介紹，也不要直接走到陌生貓兒面前自我介紹。」

火花掌回瞪他：「我才不要像隻小貓一樣躲在大貓後面呢，」她嘶聲回答：「這樣別族的貓兒會怎麼看我？」

「好吧，」赤楊掌反擊道：「那我們先找誰搭訕？」

火花掌微微垂下頭和尾巴，似乎是這會兒才想到這問題，然後又突然抬起下巴，環顧四周。

而幾乎就在這同時，赤楊掌看見有隻貓兒用尾巴朝他們示意。她的體型看起來也是見習生，那是一隻毛色光滑的銀灰色母貓，有著白色胸毛。她出聲呼喚他們，那雙綠色眼睛炯亮有神，好像什麼都不怕。「嘿，過來這裡！」

赤楊掌如釋重負，終於有別族的貓兒主動招呼他們，於是趕緊小跑步過去，火花掌也跟在旁邊。但他隨即聞到影族邊界嗅到的臭味，他不敢皺起鼻子，以免失禮。

「我叫針掌，」銀灰色母貓大聲說道：「這位是光滑掌，那位是蜂掌。」她的兩名同伴也都點頭招呼。光滑掌是黃色的母貓，蜂掌則是豐滿的白色母貓，耳朵是黑色的。

「嗨，」蜂掌喵聲道，同時挪出灌木叢底下的空間讓兩位雷族見習生坐進來。「我們是影族貓。」

「你們是第一次參加大集會嗎？」針掌問道：「這是我的第二次……我已經當了三個月的見習生了。」

「是啊，這是我們的第一次，」赤楊掌回答：「我叫赤楊掌，她叫火花掌。」

「我們是雷族貓。」火花掌補充道。

「你們真的跟傳說中一樣嗎？」針掌的綠色眼睛突然瞪大：「我是說你們真的很愛在森林裡指揮別的貓嗎？」

「才沒有呢！」火花掌甩著尾巴大聲回答，赤楊掌的頸毛也豎了起來。「你們在胡說八道什麼？」火花掌繼續說道：「為什麼要這樣侮辱我們？」

「好啦，好啦，別生氣。」針掌喵聲道，用一種被逗樂了的眼神瞥了她的同伴們一眼。「我只是開開玩笑。每個部族在別族貓兒眼裡都有某種刻板印象，像雷族貓就是愛發號施令；風族貓只要被嚇到馬上拔腿跑了；河族貓又胖又懶，只能下水捕魚。」

赤楊掌聽得目瞪口呆，憤憤不平地與火花掌互看一眼。**她以為她是誰啊，竟然在背後數落別的部族**。

「我覺得這說法很蠢，」光滑掌補充道，同時舔舔其中一隻腳爪，再抹抹耳朵。「你的個性不是由你所屬的部族來決定，那只是你出生的地方。影族有些貓兒還不是跟雷族貓一樣愛發號施令。」

火花掌聽見光滑掌的說法，驚訝到耳朵往前豎。不過赤楊掌倒覺得她說得或許沒錯。

但就在火花掌想開口反駁時，空地上響起某隻貓的宏亮聲音。「所有部族貓！」原來是花楸星，他在樹枝上站得高高的，一臉自豪。「歡迎你們來參加大集會。霧星，妳要先發言嗎？」

灰藍色母貓站起身來，垂下頭。「河族一切安好，」她開口道：「湖裡漁獲不缺……」

「河族貓吃魚欸，」蜂掌大聲說道：「你們能想像嗎？難怪身上那麼臭。」

赤楊掌環顧四周，想看有沒有影族戰士挺身糾正蜂掌的脫序言論，但顯然大家都沒聽見。憤憤不平的他暗自希望霧星沒聽見那幾句話，就算聽到，也別理會她。

「湖心剛生了四隻小貓。」她大聲說道，然後朝花楸星垂頭致意，才又坐了回去。

「一星？」花楸星示意風族族長。

「荒原上的狩獵成果還不錯。」一星大聲說道。

「我敢說他根本很少狩獵。」針掌嘟囔道：「你看他老到渾身都長疥癬了。」

「是啊，我的導師說瞎貓偶爾也會碰到死耗子，但他比瞎貓還沒用，更別提抓什麼兔子了。」光滑掌回應道。

他們竟敢批評一族之長！赤楊掌暗地覺得好笑，但也聽見火花掌忍住大笑的噴鼻聲。這些批評雖然令他吃驚，但更令他驚訝的是，這番話竟然還曾是影族戰士大剌剌地在他的見習生面前說出來的。

「有幾隻惡棍貓經過我們領地邊緣，」一星繼續說道：「鴉羽帶了巡邏隊一路監看，最後他們沒惹什麼事就離開了。現在已經走遠。」

「要是他們敢來影族，我一定撕爛他們的耳朵。」蜂掌嘟囔道，爪子滑了出來。「看他們以後還敢不敢到我們領地撒野。」

「風族本來就積弱不振，」針掌補充道：「這是我聽褐皮跟鴉霜說的。」

光滑掌向前彎下身子，在針掌耳邊咕噥了幾句，但赤楊掌沒興趣聽，因為棘星已經起身，正準備發言。

「雷族的獵物充沛，」虎斑公貓喵聲說：「兩位新見習生赤楊掌和火花掌已經開始接受他們的導師錢鼠鬚和櫻桃落的訓練。」

赤楊掌突然察覺到所有貓兒都轉頭過來看著他和他姊姊。有些貓兒甚至高呼他們的名字：「赤楊掌！火花掌！」他靦腆地低下頭，舔舔自己的胸毛。**先前在營地裡成為眾**

貓焦點就已經夠尷尬了……

倒是火花掌很是享受這種被歡呼的滋味。

棘星又坐回樹枝，花楸星走上前來。

「影族裡的獵物充足。」他大聲說道。

「老實講，」針掌低聲道：「除了這個，他還能報告什麼？就算我們都在挨餓，他的說詞也一樣吧。他八成以為我們全是鼠腦袋！」

赤楊掌再度被針掌這番不敬的言論給嚇到。**這些貓兒連自己的族長都不懂得尊重嗎？我從來不會在背後批評棘星！**不過他相信花楸星沒有撒謊，這幾隻毛色光滑的母貓顯然都有足夠的獵物可吃。

「兩腳獸還是會在我們領地裡占用那處綠葉兩腳獸地盤。」花楸星繼續說道：「不過牠們不太惹事，等再過兩個月，天氣一冷，牠們就會離開。」

「對我來講還好久哦。」針掌嘟囔道。

「我們有兩位見習生已被封為戰士，」花楸星很是驕傲地低頭看了一眼，然後用尾巴一掃，指向一隻白色公貓和一隻黃色母貓，他們站在離橡樹很近的地方。「石翅和黃蜂尾。」

兩位新戰士站得筆直，眼神炯亮聽著他們的族貓熱情吶喊他們的戰士名。他族的貓兒也大多加入吶喊的行伍。

等到歡呼聲漸歇，花楸星又繼續說道：「此外還有四隻小貓當上見習生，蜂掌的導師是曦皮，光滑掌的導師是虎心，刺柏掌的導師是石翅，爆發掌的導師是黃蜂尾。」

這次沒有貓兒吶喊新見習生的名號，反而竊竊低語。一星眼色凌厲地看著薑黃色公貓。「影族怎麼會把見習生直接交由剛上任的戰士來指導？」他一臉的不以為然。

「當影族貓當上戰士時——」花楸星反駁道，語氣不滿：「早就經驗老到了。影族的事不需要別族多管閒事。」

赤楊掌注意到坐在他旁邊的影族見習生們一臉洋洋得意。

「影族的見習生太多了，」針掌傲慢地說：「多到連花楸星都不知道該拿我們怎麼辦？」

「你們還真是走運。」火花掌脫口而出。

赤楊掌覺得這實在太怪了，影族見習生除了會背後批評自己的族長之外，竟然還態度隨便到敢在別族面前公開說自己部族的缺失。

這時赤楊掌注意到棲在樹枝上的四位族長挨近彼此，竊竊私語，中斷了他的思緒。過了一會兒，花楸星上前一步。「巫醫貓們有話要對大家說，」他宣布道：「此事非常重要，截至目前為止，他們只跟各自的族長討論過。」

巫醫貓們齊聚巨橡樹前，氣氛嚴肅，各部族的貓兒都噤聲不語。除了葉池和松鴉羽之外，赤楊掌也認得蛾翅和她的見習生柳光，因為他們曾來訪過雷族營地。

「那隻老公貓一定是影族的小雲。」他對火花掌低聲說道。

「所以那隻有斑點的灰毛貓就是風族的隼翔囉。」火花掌回答。

巫醫貓們集合完畢，隼翔隨即跳上副族長們旁邊的樹根上。

「我們夢見共同的異象，」他開口道：「聽到一個對四大部族來說很重要的預言。」

他話語甫落，四周貓兒立刻發出驚訝和不解的喵聲。

「為什麼星族會給你們共同的異象？」有貓兒喊道。

「是哪隻貓在異象裡跟你們說話？」

「已經有好幾個季節沒出現預言了。」

吵嚷聲愈來愈大，最後松鴉羽站起來，甩動尾巴。「看在星族老天的分上，你們可不可以閉上嘴巴，好好聽我們說！」他厲聲道。

吵嚷聲漸息，隼翔總算可以再開口：「一開始是火星對我們說話。」他報告道。

「是哦，當然是火星囉，」針掌咕噥道：「他什麼事都要管，就連死了，也那麼雞婆。」

「他說：『**擁抱你們在幽暗處找到的，因為只有他們才能使天空轉晴。**』」

「這話什麼意思？」風族副族長兔躍問道。

「我們也不知道。」隼翔回答。

兔躍哼了一聲。「這下可好了。」

赤楊掌在聽見隼翔這麼說時，一時之間腦海裡竟浮現出似曾相識的影像。他好像有看過一隻毛色猶如火燄的大貓開口說了那句話。但他以前從沒見過那隻大貓。**他是火星**

嗎？可是那影像很模糊，像是不成形的夢。他試圖推開幽暗的記憶，專心聽眼前宣布的事情。

但隼翔話語剛落，四周又出現激動的聲音。

「這話什麼意思？」

「我們會在幽暗處找到什麼？」

「我們又不知道要找什麼，那要怎麼找呢？」

「也許是指影族？」

「要是你們問我意見的話，」一隻身上帶疤的影族長老喵聲道：「我的解答是，擁抱你們的老戰士，對他們放尊重一點。」

蜂掌和針掌喵嗚大笑。「鼠疤老愛這麼說！」蜂掌喃喃道。

一隻漂亮的河族見習生抬起尾巴：「我在一處幽暗的峽谷找到了很漂亮的藍色羽毛，用它們來妝點我的臥鋪，」她喵聲道：「你們覺得會不會是這東西啊？」

一隻年長的河族虎斑貓狠刮她的耳朵：「妳這笨毛球！」赤楊掌猜虎斑貓應該是她的導師。

「以前我們在森林裡的舊領地很幽暗，」一星低聲道。他看起來又老又脆弱，眼裡滿是過往的回憶。「當年我們離開時，丟了很多東西在那裡。」

「但我們怎麼可能找到以前的舊領地？」霧星問道，聲音溫暖，充滿悲憫，同時伸出尾巴，尾尖撫過風族族長的腰側。「一切都化為烏有了。」

「我有個問題。」坐在亮心和白翅旁邊的雲尾站了起來，面對巫醫貓們。「這個預言真的適用所有部族嗎？還是它只對松鴉羽有特殊意義？」

「這問題問得好。」小雲說道。

松鴉羽回答：「火星一開口就說『對所有部族來說，偉大的變革時代即將到來』，意思是這預言是針對所有貓兒。」

新的聲浪從貓群裡響起，裡頭有憤怒也有不解。

「星族這話是說我們**全都得**擁抱我們在幽暗處找到的……無論那是什麼嗎？」鴉霜質問。

赤楊掌感覺得到空地上的氣氛緊繃，彷彿冷冽的黑霧突然降臨。貓兒們不安地面面相覷，竊竊私語。

「這好刺激哦，」火花掌低聲道：「也許我們可以找到什麼幽暗的東西來拯救雷族。」

「我對這一點存疑。」赤楊掌回答道。**我不想當英雄**。

「什麼？」針掌顯然聽到他的回答：「說到要找東西，雷族貓才比不上影族貓呢。」

「都妳在說！」火花掌反嗆她；「我們等著瞧吧。」

「我倒是覺得這整件事很蠢，」光滑掌不屑地說道，不過赤楊掌注意到她刻意壓低音量。「什麼預言啊、星族啊，這些東西全都很可笑。」

赤楊掌和火花掌驚訝地互看一眼。**光滑掌不相信有星族存在？**赤楊掌心想，**這未免太離經叛道了！**他覺得針掌和蜂掌也都被這句話嚇到，因為她們默不吭聲了一會兒，才勉強乾笑幾聲。

赤楊掌突然覺得頸毛有異樣的感覺，好像有誰正盯著他看。他回頭瞥了巨橡樹那兒一眼，全身毛髮瞬間豎得筆直。橡樹底下坐著巫醫貓們，其中的葉池正盯著他看。

為什麼她一直盯著我看？

第四章

「赤楊掌，你專心一點好不好？」錢鼠鬚懊惱地甩著尾巴：「這一招很簡單，連小貓都學得會。」

兩名見習生正在營地附近的空地上戰技課。錢鼠鬚教他們用後腿站立，從上方攻擊對手。火花掌很快抓到竅門，赤楊掌的耳朵因此挨了她不少拳頭。但不知道怎麼搞的，輪到他練習的時候，卻根本站不穩，要不然就是拳頭還沒打下去，火花掌已經閃開。

赤楊掌很清楚自己其實沒有專心上課。他的腦袋裡老是揮之不去昨晚大集會上葉池盯著他看的眼神。為什麼她老盯著他？他只有在很小的時候，因為腳爪扎到刺，被巫醫貓們照顧過一次之外，從來也沒被他們特別關照過，但現在他總覺得他們老盯著他看。**我不喜歡這種感覺**，他告訴自己。

「今天的戰技課就上到這兒吧，」錢鼠鬚嘆口氣說：「櫻桃落，妳跟火花掌去收集稍早前抓到的獵物。赤楊掌，我們再去森林其他地方練習狩獵。」

「好啊，」櫻桃落同意道：「回去的路上，也許我們還可以再抓點其他獵物。赤楊掌，祝你好運囉。」

她和火花掌回頭朝營地走去。火花掌腳步雀躍，因為稍早前上狩獵課時，她就已經抓到一隻很肥的畫眉和一隻松鼠。櫻桃落對她的讚美簡直快把她捧上天了。

「來吧，赤楊掌，」錢鼠鬚轉身朝林子深處走去：「也許沒有你姊姊在旁邊，你的表現會好一點。」

才怪！赤楊掌心情鬱悶地跟在導師後面，**我到現在都還沒抓到獵物，而且不是只有今天而已，而是從以前到現在都沒抓到過。火花掌卻總是收穫滿滿。**

他的思緒又回到葉池那雙老盯著他看的眼神。**巫醫貓們向來無所不知，**他心想，**或許她知道我有什麼毛病，我永遠當不了一個好戰士。**

他憂心忡忡，根本沒注意到錢鼠鬚已經停下腳步，正在跟他說話。他只聽到最後幾個字：「……試著那樣做。」

「對不起，」他喵聲說：「你可不可以再說一遍？」

錢鼠鬚縮張著爪子，厲聲回答：「赤楊掌，你可不可以專心點。不會狩獵的貓兒對部族來說一點用也沒有。」

赤楊掌聽見他那凌厲的語氣，嚇得縮起身子。錢鼠鬚看著他，嘆了口氣，輕輕搖頭，顯然正努力耐住性子。

「我要你在尋找獵物時，一次只專心在一小塊地方，」他喵聲說：「不要去管四面八方的聲音和味道。」

「好，我試試看。」赤楊掌回答。

他環顧四周，挑了橡樹底下的矮木叢，集中注意，結果聽到樹根間有東西在搔抓。他嗅聞空氣，發現那是一隻老鼠。

赤楊掌立刻蹲下身子，匍匐前進。他記得錢鼠鬚教過他的所有技巧：壓低身子，腹毛刷過地面，將尾巴捲在身側。

他盡量輕踩地面，朝橡樹漸漸趨近，他一想到勝利果實正等著他，便興奮到全身毛髮微微刺癢。**這一次，我一定要抓到……一定可以！**

他現在看得到老鼠的小小灰色身軀就躲在長草叢裡。他想到獵物的滋味，忍不住流口水。但就在他準備撲上去之前，前腳底下的樹枝竟被他踩斷，老鼠咻地一聲不見了。

赤楊掌止住腳步，沮喪大吼。他不敢抬頭看正走到他旁邊，居高臨下看著他的導師。

錢鼠鬚惱怒地抽動尾尖。「今天的課就上到這兒吧。」他喵聲道，赤楊掌從聲音裡聽得出來他正壓抑住自己的脾氣。

他帶頭走回營地，一路上默不吭氣，赤楊掌難過地跟在後面。**我什麼都做不好，哪有戰士既不會格鬥也不會狩獵？**

他們才鑽出荊棘隧道，走進營地，棘星就跳過來找他們。「錢鼠鬚，我有話跟你說，」他喵聲道：「你來我窩裡一下。」

「好的，棘星，」錢鼠鬚跟著族長走向亂石堆，同時回頭看了赤楊掌一眼：「赤楊掌，你先去吃點東西吧。」

赤楊掌腳步沉重地走向生鮮獵物堆。火花掌已經在那裡，正要把她剛抓到的畫眉拖出來吃。「還好嗎？」她問道。

「衰透了，」赤楊掌回答：「一個很好抓的狩獵機會又被我搞砸了。」

「唉，鼠大便！」火花掌眼帶同情。她用鼻口輕輕抵住赤楊掌的肩膀。「沒關係，我們一起吃這隻畫眉吧。反正還有很多。」

「謝了。」赤楊掌可憐兮兮地回答。**難道我得永遠靠別的貓來餵養我嗎？**

他才咬了第一口，火花掌就朝高聳岩上的棘星窩穴瞄了一眼。「你是惹了什麼禍嗎？」她問道：「不然棘星為什麼要找錢鼠鬚談話？」

赤楊掌的胃頓時抽緊。**我怎麼沒想到這一點？我還以為上完課，就可以鬆口氣了。**

「我當然沒有惹禍。」他回答道，同時緊張地抬眼看了一下高聳岩，聲音忍不住發抖。他知道火花掌一定聽得出來他根本不相信自己說的話。

就在他張望的時候，棘星和錢鼠鬚從窩穴裡走出來，松鴉羽和葉池也跟在後面。四隻貓兒爬下亂石堆，回到地面。棘星揮動尾巴示意赤楊掌過去。**我的星族老天啊！他們真的是在討論我的事！**赤楊掌心想。他看了他姊姊一眼，吞吞口水，朝族長走過去。

「我知道你很努力，」赤楊掌一過來，棘星就開口，聲音和眼神都很平靜。「看見你學到這麼多，我為你感到驕傲。但有時候，我們可能路走了一半，才發現走錯了。」

赤楊掌眨眨眼睛，看著他父親：「我不懂你的意思。」

棘星的眼神柔和：「看來你有了新的天命：你必須改行去當巫醫貓的見習生。」

赤楊掌張口結舌：「什麼？」他原本以為他會因為自己的失敗受到懲罰，從沒想到竟然是被開除。「我再也沒有機會當戰士？」

棘星朝兩名巫醫貓點點頭。「葉池和松鴉羽從異象裡看見了你的天命。」

「不要！」赤楊掌打死也沒想過要當巫醫貓。**那種工作更不適合我吧**。再說，他一點也不相信異象的說法。這八成是棘星為了不想傷他的自尊心所想出來的藉口，他心裡想**葉池和松鴉羽根本不缺巫醫貓啊**。他震驚之餘，也覺得丟臉極了，巴不得逃離營地，躲得越遠越好，免得別隻貓兒知道他有多失敗。

「求求你們，」他哀求道：「我保證我會好好表現，我會聽錢鼠鬚的話，我會更努力地學習。」

「我知道你一直很努力，」錢鼠鬚一臉同情地告訴他：「我沒有對你不滿。」

葉池上前一步。「這不是懲罰，」她解釋道：「是我跟松鴉羽主動向棘星提出要求的。」

「他們說他們相信你擁有可以和星族溝通的本領。」棘星插嘴道。

赤楊掌這才知道他的族長……也就是他的父親……並沒有騙他。但他還是很懷疑。**我不懂為什麼葉池和松鴉羽會異想天開地認為我可以跟星族溝通**。「只要能改變得了你們的決定，我什麼事都願意做。」他絕望地說道。

棘星搖搖頭。「這不是我能決定的，」他回答：「這是星族的旨意，也是你的天命。」

赤楊掌知道自己再多說也無益，只能深吸口氣。「好吧。」他嘆口氣道。棘星點頭示意他先離開。赤楊掌蹣跚回到還在進食的火花掌那裡，一臉茫然地看著吃剩的畫眉。**我吃不下了**。

「棘星和錢鼠鬚找你做什麼？」火花掌好奇問道。

「他們說……」赤楊掌的聲音顫抖，最後深吸口氣，開口道：「他們說我必須改行當巫醫貓的見習生。」

火花掌驚訝地瞪大眼睛。「哇，好厲害哦！」她大聲說道：「巫醫貓的地位非常崇高欸。」可是她發現赤楊掌好像不太開心，於是語帶同情地補了一句：「不過當巫醫貓也可能不像當戰士那麼好玩啦，畢竟藥草都很難聞。」她眨眨眼睛，若有所思了一下。「或許這也是為什麼你老學不會狩獵的原因……你天生注定要當巫醫貓。」

赤楊掌聽見這話，真想把剛吃的獵物全吐出來。**這一定就是他們為什麼堅持要我改當巫醫貓的原因，根本不是因為我有多特別，而是因為我當不成戰士**。

他困難地吞吞口水，覺得胸口很悶。**我一定要證明給他們看！我會成為最厲害的巫醫見習生**，他下定決心，**我一定要很努力很努力，讓棘星和松鼠飛以我為榮**。

但其實赤楊掌打從心底並不確定自己是否辦得到。**我又不是真正夠格的巫醫貓，我根本……不夠特別**。

✦✦✦

赤楊掌從窩裡跌跌撞撞出來時，岩坑裡仍籠罩在冷冽的黎明薄霧裡。火花掌還在青苔臥鋪裡打呼睡覺。他弓起背，伸個大懶腰，走進營地。

大部分的族貓都還在睡，不過松鼠飛已經站在戰士窩外面指派蕨毛、莓鼻和亮心組成巡邏隊。

「你今天起得很早。」她對經過的赤楊掌說道。

「松鴉羽要我去巫醫貓窩穴。」赤楊掌回答。

「那就別遲到了，」他母親回答，同時迅速地舔舔他的耳朵。「先去吃點生鮮獵物，別空著肚子去上課。」

「謝謝！」赤楊掌衝向獵物堆，抓了一隻地鼠，囫圇吞下肚。

這是赤楊掌當巫醫貓見習生的第二天。前一天，他只坐在窩穴的角落觀察，深怕礙到他們工作。但葉池說他今天可以開始幫忙。

他其實也想快點上場工作，但他也知道那個脾氣不好、講話又很不耐煩的松鴉羽一定不想要他動手幫忙。**葉池就親切多了**，他在心裡嘆口氣，**但我不喜歡她老用那種奇怪的眼光打量我**。

兩隻巫醫貓都睡在窩穴裡，薔光因為後腿無力的關係，也睡在這裡，另外還有其他需要費心照料的病貓也會睡在這個窩穴。由於太過擁擠的關係，松鴉羽和葉池決定暫時先讓赤楊掌繼續跟火花掌睡在見習生窩裡。赤楊掌雖然很高興還是能跟姊姊睡在一起，但總覺得這樣一來自己就不像個真正的巫醫貓。他一想到前天晚上火花掌把她跟櫻桃落和其他貓兒巡守邊界的事全說給他聽，就嫉妒到全身發燙。**為什麼我不能像火花掌一樣當個好戰士呢？**他在心裡嘆口氣。然後又幫自己打氣：**我不能再有這種想法，我一定要**

很努力，不能再失敗了。

赤楊掌才從巫醫貓窩穴前面的荊棘簾幕鑽進去，站在後方穴縫藥草堆中間的松鴉羽就轉過身來沒好氣地說：「你遲到了。」

「松鴉羽，別這樣嘛，」正在幫薔光按摩後腿的葉池聞聲抬頭。「太陽都還沒出來呢。」

松鴉羽露出尖牙，低聲嘶吼。「我愛怎麼說就怎麼說，」他駁斥道：「我現在又不是妳的見習生。你昨晚睡得好嗎？」他問赤楊掌。

「很好，謝謝。」赤楊掌回答，有點被松鴉羽一下子暴躁一下子和藹的語氣給嚇到。

松鴉羽轉身面對他：「你偶爾會做奇怪的夢嗎？」

赤楊掌被松鴉羽的盲眼盯得很不自在，於是瞪著根本看不見自己的松鴉羽看，但又覺得自己這樣好像很沒禮貌。於是別開目光，結果又看見葉池緊緊盯著他。

赤楊掌突然覺得身上像是爬滿螞蟻。「會……會啊，有時候啦，」他結結巴巴：「可是大家都會做夢啊。」

「我也會啊，」薔光打岔道，同時用前腳撐起身子。「前幾天晚上，我夢見我想起來怎麼飛了，於是騰空而起，飛越部族領地，感覺棒極了。」

這下大家的注意力全不在赤楊掌身上，他頓時如釋重負。

松鴉羽和葉池互看一眼，前者聳聳肩，又轉身回去處理庫存的藥草。「你過來這裡，」他對赤楊掌喵聲道：「該學著認識藥草了。」

赤楊掌走了過來，盯著成堆的藥草，對他來說，這些東西看起來跟枯葉沒什麼兩樣，但他還算聰明，知道最好別在松鴉羽面前這麼說。

「這是金菊黃，」松鴉羽開口道，同時聞一聞花色鮮黃的植物：「我們都用它來清理傷口。這是艾菊，對咳嗽很有效……但效果沒貓薄荷那麼好，貓薄荷就在這裡。」

「不過它還是很有用，」葉池打岔，她已經幫薔光按摩好，現在正在丟青苔球讓薔光撿，幫助她活動筋骨。「而且對背痛也很有效。」

「這是水薄荷，」松鴉羽繼續說道，耳朵指向一株有著毛絨絨莖梗、穗狀紫花的植物，「我們用它來治療胃痛。」

「讓他聞一下，」葉池提議道：「很多時候我們都要靠氣味來辨識藥草。」她對赤楊掌補充道。

松鴉羽退到旁邊，讓赤楊掌進到岩縫裡嗅聞各種藥草。**它們的味道對我來說都一樣**，赤楊掌心想：**就……都是草味啊**。

「這個是蓍草，」松鴉羽繼續說道：「如果貓兒吃到有毒的東西，它可以催吐。此外我們也會把它製成油膏，用來治療帶傷的爪墊，懂嗎？」他說完迅速朝赤楊掌轉身。

「呃……應該懂吧。」赤楊掌喵聲道。但其實腦袋很亂，心想自己恐怕永遠記不了這麼多藥草和各自的用途。**更何況這還只是一小部分而已！**

松鴉羽繼續指著不同的藥草，要赤楊掌仔細觀察和嗅聞，弄到最後赤楊掌都覺得自己快看成鬥雞眼了，不只肩膀痠痛，眼睛也被刺鼻的味道嗆得很不舒服。

荊棘簾幕倏地刷開，陽光射了起來，火花掌走進窩穴。

「妳來做什麼？」松鴉羽聞道：「我們很忙，妳最好不要來瞎攪和。」

「櫻桃落派我來的，」火花掌回答，聽起來根本不在乎松鴉羽口氣的不友善。「波弟肚子痛，我來拿藥草。」

「哦，可憐的波弟。」葉池驚呼道：「我去長老窩那兒，幫他檢查一下。」

松鴉羽突然朝赤楊掌轉身：「怎麼樣？你覺得葉池該帶什麼藥草？哪種藥草可以治肚子痛？」

「呃……應該是……」赤楊掌記得松鴉羽告訴過他，但他的腦袋裡塞了太多藥草名稱，根本分不清什麼是什麼了。他倉皇地四處張望，瞄見薔光正用嘴形告訴他**水薄荷**。

「水薄荷。」赤楊掌喵聲道，感激地看了薔光一眼。

他注意到火花掌一臉刮目相看，頓時有點得意。**換一個環境也不錯，至少能讓她看見我的本事**。

「很好，」松鴉羽很快說道：「現在把它從庫房裡找出來。」

赤楊掌瞪著成堆藥草，根本分不出哪一堆是水薄荷。他察覺到身旁的松鴉羽正不耐煩地抽動著鬍鬚，趕緊拔出一根花色鮮黃的莖梗。

松鴉羽嘆口氣：「不對，這是金菊黃。最好別拿給波弟吃，我們都是把它塗在傷口上。這才是水薄荷。」

他用爪子抓起一株紫花植物，交給葉池，後者隨即走出窩外，火花掌跟在後面。

「你必須再專心點，」松鴉羽對赤楊掌厲聲說：「貓兒的生命就掌握在我們爪間，所以不能出半點差錯。」

「我懂……」赤楊掌嘆口氣。

我要怎麼樣才學得會所有知識呢？

第五章

赤楊掌在藥草庫房前停下腳步，很有自信地抽出幾片艾菊的葉子。「這給妳，鴿翅，」他喵聲道：「它可以緩解妳喉嚨的疼痛。」

淺灰色母貓垂下頭。「謝謝你，赤楊掌，」她要離開時，已將葉子舔進嘴裡，開始咀嚼。「現在就覺得舒服多了。」她滿嘴藥草地說道。

「表現得很好。」松鴉羽語調滿意地對赤楊掌說。

赤楊掌胸口頓時一股暖意。**這是松鴉羽第一次誇我！**他當巫醫貓見習生已經好幾天了，現在看來，這種新生活並不如當初想的那麼可怕。但即便如此，他還是很難想像有一天他會成為正式的巫醫貓。

就在他開始整理剩下的艾菊葉時，松鼠飛鑽進荊棘簾幕，進入窩穴。「葉池回來沒？」她問松鴉羽。

「還沒。」松鴉羽咕噥道：「我真不懂，為什麼小雲生病了，她就得去影族那裡？」

「她只是想幫忙。」松鼠飛喵聲道。

松鴉羽哼了一聲。「他們大可找個見習生啊。影族的見習生不是多到爆嗎？本來以為他們會幫小雲找一個，結果沒有，竟然還要向雷族借巫醫貓。」

松鼠飛語氣溫和地說：「你又不是不知道，巫醫見習生不是誰都可以當的。」

她慈愛地看了赤楊掌一眼，這番話令赤楊掌的心頭頓時暖和起來。

「棘星和我想約你到他窩穴裡聊一下，」松鼠飛告訴松鴉羽。「你現在忙嗎？」

「沒什麼事是不能等的，」松鴉羽回答：「赤楊掌，你幫薔光做一下復健，我很快就回來。」

他才離開，赤楊掌就搓出一坨青苔球丟給薔光，幫忙她伸展前腿和胸部。他很訝異她動作異常靈活，因為不管他怎麼丟，她都有辦法接住。

「妳好厲害哦。」他大聲說道。

「我練習了很久。」薔光喵聲道。「這個活動對我的呼吸有幫助。你的訓練課程進行得如何？」過了一會兒，她問道。

赤楊掌搖搖頭。「我覺得我現在有比較好一點，但我不確定自己能不能成為真正的巫醫貓。」

「你可以的，」薔光向他保證。「你看你學會這麼多，而且才受訓不到半個月。」

赤楊掌希望她說得沒錯。他覺得自己沒資格在薔光面前抱怨，薔光遇到這麼多困難，再加上生理上的殘缺，相形之下，他只算是無病呻吟。**她從來沒有放棄過自己，也幾乎從不抱怨眼前的問題。**

「松鴉羽！松鴉羽！」

赤楊掌聽見他姊姊在營地外面倉皇大叫，當場愣住。過了一會兒，就看見她驚慌地衝進窩裡，眼神狂亂，氣喘吁吁。「松鴉羽呢？」她追問道：「我剛剛跟櫻桃落還有栗紋去林子裡，結果櫻桃落受傷了……她的腿被割到，需要你們快點去救她。」

赤楊掌愣了一下，有點不知所措。**這是我第一次遇到的緊急事故，我得靠自己！我該怎麼做呢？**

「松鴉羽在棘星窩穴裡，」薔光鎮定地告訴他：「火花掌，妳快去那裡找他。」

火花掌立刻衝出去。赤楊掌等待的同時，心裡在想自己該做什麼。**我應該先從庫房裡找些藥草嗎？腿被割傷需要什麼藥草啊？**

還好過了一會兒，他就聽見火花掌在外頭喊他，他趕緊鑽出窩外，發現她跟松鴉羽等在外面。

「走吧！」松鴉羽下令道：「火花掌，帶我們去找櫻桃落。」

火花掌帶路離開營地，前往影族邊界。赤楊掌跟著松鴉羽，幫忙引導盲眼的巫醫貓繞過樹墩和荊棘叢。雖然他也擔心櫻桃落，但能出來到林子裡走走，而不是老被關在巫醫貓的窩穴裡，著實令他心情輕鬆不少。

「你可不可以走快點？」松鴉羽性急地問他：「櫻桃落可能流血過多致死！」

「我已經走得很快了。」赤楊掌回答。他有點火大，要不是得幫這隻盲眼貓帶路，他其實可以走得更快點。但他知道松鴉羽只是脾氣不好，盲眼的他向來討厭承認自己需要別隻貓兒的幫助。赤楊掌只得冷靜以對，專注前方，幫他找出最好走的路。

「櫻桃落是怎麼受傷的？」松鴉羽問，這時他們已來到湖邊，因為這邊比較好走。

「我們在聊那個預言，」火花掌開口道：「櫻桃落心想『**你們在幽暗處找到的**』這句話會不會是指大風暴期間跟雷族在一起的那些寵物貓？所以我們就想去找後來離開的那幾隻寵物貓，看看他們願不願意回來。」

赤楊掌對這番話並不驚訝，因為自從大集會後，他也一直在想著那個預言。只是好像沒聽到其他貓兒在談論。

松鴉羽冷哼一聲。「這主意也太鼠腦袋了吧！寵物貓跟星族一點關係也沒有。他們對部族貓來說沒什麼用的。」

「櫻桃落覺得值得一試啊。」火花掌反駁道。

「再說，你們還得越過影族領地，才能到達兩腳獸那裡。」松鴉羽低吼道。這時的他正奮力攀爬地上一根樹枝，嘴裡發出懊惱嘶聲。「你們在離開雷族領地前，應該要先得到影族的同意。笨毛球！」

「我們只是有這個想法而已，」火花掌聽見松鴉羽喝斥的語氣，頸毛瞬間豎得筆直。「我們根本還沒有走近影族領地，連邊界都還沒看到，櫻桃落就不小心滑倒，被兩腳獸的垃圾割傷了。」

松鴉羽沒有回答，不過看起來還是不太高興。

「我們只是想，要是我們能到兩腳獸那兒，或許可以找到寵物貓告訴我們該去找誰談。」

松鴉羽翻著白眼。「我的星族老天！怎麼會有這麼鼠腦袋的貓？」

火花掌咬緊牙關，忍住火氣，沒有反駁。赤楊掌有點同情她，但也覺得松鴉羽講得有道理。**寵物貓怎麼可能是星族預言的一部分。**

「走這裡。」過了一會兒火花掌喵聲道。她轉個方向，離開湖邊，穿過還是幼苗的榛樹叢，進入一處掩映在山毛櫸的枝葉下、綠草茵茵的坑地。櫻桃落躺在樹下，其中一條腿伸得筆直，栗紋在她旁邊不安地走來走去。

「感謝星族，你們終於來了！」栗紋大聲說道。火花掌帶著他們步下坑地。

赤楊掌跟在後面，站在松鴉羽旁邊，看他檢查櫻桃落的腳爪。她的爪墊被劃破，鮮血汩汩流出，旁邊草地上有凝結的血塊。赤揚掌瞄到她腳下有一些顯然是兩腳獸留下來的堅硬碎片。他小心翼翼地碰了一下，感覺邊緣很銳利。

「小心點，」栗紋出聲警告：「就是那東西害櫻桃落受傷的。」

「為什麼兩腳獸不能把牠們自己的東西收好呢，反而丟在外面，害貓兒受傷？」火花掌憤怒地說道。

「赤楊掌！」松鴉羽用尾巴示：「我們需要蜘蛛絲止血，去找一些來。」

赤楊掌愣了一下，緊張地四處張望。**蜘蛛絲？上哪兒找啊？**眼前的血淋淋場面再加上櫻桃落痛苦扭曲的表情，早就嚇得他四隻腳像被卡住一樣。

「那裡有！」火花掌指著坑地盡頭的一棵橡樹：「那棵樹有縫……裡面應該有蜘蛛網。」

但赤楊掌還沒過去，他姊姊就先衝了過去，栗紋緊跟在後。**莫非連巫醫這工作都變得火花掌比我稱職了？**赤楊掌心想道，他有點氣自己，但更氣的是，她說得竟然沒錯，她和栗紋回來時，爪間都纏滿蜘蛛絲。

「赤楊掌，看在星族老天的分上，」松鴉羽惱火地嘶聲道。「快過來這裡，把腳爪壓在這裡。」他用尾巴指著櫻桃落腿部的一處地方。「用力壓……不，再用力點，別擔心會弄痛她，因為我們得先止血。」

「沒關係，赤楊掌，你用力壓。」櫻桃落倒抽口氣。

赤楊掌用了很大的力氣壓住松鴉羽告訴他的那個部位，櫻桃落腳爪上的出血量緩和了下來，最後完全止住，他這才如釋重負。

「很好，」松鴉羽嘟囔道：「現在拿蜘蛛絲過來。」

赤楊掌不敢相信眼睛看不見的松鴉羽，竟能熟練地包紮櫻桃落的傷口。

「不用再壓了，」松鴉羽用蜘蛛絲包紮好傷口後，就叫赤楊掌放手。「現在就看星族了……希望不會再出血。」

赤楊掌收起腳爪，盯著被蜘蛛絲覆蓋的傷口看，很擔心又有血從灰色的蜘蛛絲裡滲出來。「沒有滲血。」過了一會兒，他才喵聲道。

「很好，」松鴉羽的語氣很滿意。「櫻桃落，我們要帶妳回營地。千萬別把那隻腳踩在地上。火花掌、栗紋，你們幫忙扶她。」

一回到營地，松鴉羽就要其他貓兒先將櫻桃落扶進巫醫窩裡。赤楊掌趕緊幫她在薔光旁邊準備臥鋪。櫻桃落躺了下去，吁口氣，總算放下心。

「謝謝你，松鴉羽，」她喵聲道：「也謝謝你，赤楊掌，很抱歉給你們添了麻煩。」

「只要記得下次別再做這麼鼠腦袋的事就好了，」松鴉羽咕噥道：「赤楊掌，幫忙把蜘蛛絲剝掉，我要看一下傷口的情況。」

「要是又流血了怎麼辦？」赤楊掌緊張地問道。

「你是蜜蜂腦袋嗎？那就再多敷點蜘蛛絲啊！」

赤楊掌小心伸爪去搆傷口上的蜘蛛絲，慢慢剝開。當他撕掉最後一片蜘蛛絲時，緊張到幾乎無法呼吸，但還好血止住了。

這時已經去了藥草庫房的松鴉羽正抓了一株紫草的根回來。「我們把根嚼成泥，敷在傷口上。」他喵聲道，同時丟在赤楊掌腳下。「你來嚼。櫻桃落，妳先添乾淨傷口。」

赤楊掌開始嚼紫草根，那味道嗆得他直眨眼睛。他直到嚼成泥了才吐出來。松鴉羽低頭嗅聞。

「可以了，」他判定道：「現在把它塗在櫻桃落的腳爪上。」

赤楊掌注意到當他把藥泥敷上傷口，讓汁液滲進去時，櫻桃落的表情有多如釋重負。「感覺好舒服哦……」她喃喃說道。

「妳先睡一下。」敷完藥泥後，松鴉羽告訴她，然後又轉身對赤楊掌說：「你已經忙了一天，先去吃點東西吧！」

「謝謝你，松鴉羽。」

赤楊掌鑽出窩穴，他已經筋疲力竭到腿不住地發抖。他瞄見他姊姊在生鮮獵物堆旁，於是快步過去找她。

「跟我一起吃這隻田鼠吧，」他一過去，火花掌就邀他：「這是我今天稍早前跟櫻桃落出去狩獵時抓到的。不錯吧？」

赤楊掌一看見肥美的獵物，口水就流了出來，這才發現肚子已經餓得咕嚕咕嚕叫，害他有點不好意思。

「我今天一看到櫻桃落的傷口就嚇傻了，」他承認道：「結果連找蜘蛛絲這麼簡單的事都辦不好。」他長嘆一口氣。「如果我一看到血就嚇呆了，以後要怎麼當稱職的巫醫啊？」

「拜託，你在說什麼老鼠屎啊！」火花掌心情愉悅地說道：「我不知道為什麼有貓兒想當巫醫，但你今天幫櫻桃落止血的身手，真的令我刮目相看。你必須相信自己！」她繼續說道，尾巴輕輕刷過赤楊掌的腰腹。「我狩獵時也是這樣。狩獵的時候，千萬不要還沒抓就先擔心可能抓不到。蜘蛛絲這種事也一樣啊。你後來的表現不是很好嗎？所以我相信你將來一定會成為很優秀的巫醫。」

「妳真的這麼認為？」赤楊掌問道。

火花掌推推他。「當然囉，你這個傻毛球！」

赤楊掌咬了一口多汁的田鼠肉，心情好多了。

第六章

第二天早上，赤楊掌來到巫醫貓的窩穴時，看見葉池已經回來，正在幫櫻桃落檢查傷口。「復原得還不錯，」她告訴薑黃色母貓：「但妳得去告訴松鼠飛，今天不能出戰士勤務。回妳自己的窩穴好好休息吧。」

櫻桃落垂頭答謝，身子輕輕拂過赤楊掌，離開窩穴。

「嗨，葉池，」赤楊掌喵聲道：「小雲還好嗎？」

葉池直起身子。「好多了，」她答道：「只是有一點白咳症。不過我很擔心他。他年紀大了，影族卻沒有幫手可以幫他。」

「星族應該會給個預兆吧？」赤楊掌喃喃說道。

「哼，」本來在窩穴後方整理藥草的松鴉羽這時轉過身來：「影族貓個個都想當戰士，哪有心思注意什麼預兆啊？」

我能體會他們的心情，赤楊掌告訴自己，哪怕他現在已經愈來愈適應巫醫貓的生活。

葉池喵聲說：「反正今晚你就會見到小雲和其他巫醫貓。月池邊半個月集會一次的日子又到了。」

赤楊掌愣了一下。他在大集會上見過向貓群告知預言的巫醫貓們，總覺得他們看起來個個位高權重。**真不知道到時見到他們，要說些什麼？我總覺得自己不太像他們那一掛的。**

但他仍難掩興奮。**從來沒有貓兒知道巫醫貓的集會內容是什麼，只有巫醫貓才知道。**「我們到那裡要做什麼？」他問道。

「到時就知道了。」松鴉羽告訴他。「先幹點活兒怎麼樣？自從妳帶了一些貓薄荷去影族之後，我們的貓薄荷就缺貨了。」他瞇起眼睛覷著葉池。

「需要我去兩腳獸巢穴那裡採集嗎？」赤楊掌提議道。

「不用了，」松鴉羽甩著尾巴低吼：「鼴鼠已經把我們的藥草園挖爛了。我敢說現在那裡一定亂七八糟。可惡的鼴鼠！」他呸口道，爪子戳進地上：「我一定要扒了牠們的皮！」

「別這麼激動。」葉池的尾巴刷過松鴉羽的腰腹：「我們可以再種啊。」

松鴉羽惱火地嘟囔：「我們現在就在缺貓薄荷了，落葉季又快到了，綠咳症可能愈來愈多。我看我們得越過影族邊界，去河族旁邊的兩腳獸花園裡摘點貓薄荷回來。」

赤楊掌很驚訝他竟會這樣提議，總覺得有點不安。「可是你不是才罵過火花掌擅自跟櫻桃落還有栗紋跑去兩腳獸巢穴那裡。」他提醒松鴉羽。

但卻是葉池回答他：「有些規定不適用於巫醫貓。再說只要貓兒們沿湖邊走的時候，離湖岸不要超過三隻狐狸身的距離，還是可以經過他們的領地。」

原來松鴉羽只是那張嘴特別壞而已，赤楊掌心想道，**我還以為我已經很瞭解他了。**

「反正，」葉池語調輕快地說道：「我才剛去影族待了一陣子，幫了小雲不少忙，所以他們應該不會太刁難我。赤楊掌，你跟我一起去吧。」

當葉池和赤楊掌穿過影族邊界上的河時，影族貓的強烈氣味不時迎面撲來。他們才沿著湖邊走了幾步，湖灘外的矮樹叢裡就出現一支巡邏隊。

「虎心，」葉池很有禮貌地喵聲道，同時向為首的虎斑公貓垂頭致意：「你們在影族領地裡的狩獵成績還不錯吧？」

「妳知道這個要做什麼？」虎斑戰士質問她：「妳該不會想偷點獵物回去吧？」

赤楊掌一聽到對方語帶敵意，頸毛瞬間豎了起來，但葉池老神在在：「虎心，你認識我又不是一天兩天的事了。」她回答。

虎心的尾巴前後抽動。「我只知道妳老愛管影族的閒事，」他喵聲道：「標準的雷族貓作風。」

「是啊，尤其又是火星的女兒。」另一隻影族貓插嘴道。他是一隻肌肉發達的暗棕色公貓，頭頂上有一撮毛。

「穗毛，我很以我父親火星為榮。」葉池仍然冷靜以對。

赤楊掌仔細聽著他們的對話，好奇最後會不會打起來，所以沒去注意影族巡邏隊裡的其他隊員。這時有名隊員走過來推他一把，嚇了他一跳。他連忙轉身，原來是針掌。

「是妳啊。」他喵聲道，不確定自己是不是很高興見到她。

「嗨，赤楊掌，」針掌對他友善地點點頭：「我當初就在想我應該很快就會再見到你。你見過光滑掌了，另外這坨毛球叫蓍草掌。」

「妳才是一坨毛球！」這個見習生吼道。

「好吧，葉池。」虎心退後一步。赤楊掌顯然錯過了他們剛剛的對話，但也如釋重負影族公貓的語氣不再那麼有敵意。「你們可以從影族經過，」他繼續說道：「但我們得護送你們走到邊界。」

葉池垂頭致謝：「謝謝你。」

於是巡邏隊沿著湖邊出發，葉池和虎心為首，幾名見習生殿後，針掌緩步走在赤楊掌旁邊。

「真受不了那些公貓！」針掌嘟囔道：「老愛惹麻煩。穗毛尤其討厭。」她故意用三隻腳跳著走，抬起最後一隻腳搓亂頭上的毛，再裝出穗毛低沉的口吻：「你這個小不隆咚的見習生，還不快去幫我找更多青苔回來！還有順便帶隻黑鳥過來給我吃。」

赤楊掌忍住，不敢笑出聲。「妳不應該學妳導師講話。」

「星族老天保佑，他才不是我的導師呢！」針掌喵聲道：「我是褐皮的見習生，不過她今天正忙著鞏固營地的牆面，我只好跟穗毛出來。」她翻翻白眼。「我還真是走狗屎運！」她繼續說道：「對了，你跟葉池來這裡做什麼？」

「她現在是我的導師，」赤楊掌回答：「我們要去……」

「你是巫醫貓的見習生？」針掌驚訝地瞪大眼睛：「我們上次碰面時，你怎麼沒說？」

「我那時還不是啊。」赤楊掌解釋道。

「哇，好酷哦！」針掌的語氣聽起來對他很是另眼相看。「你一定得學會很多東西吧。」

「是啊，好多哦，每種藥草都有各自的用途，還有怎麼幫傷口止血……」這是赤楊掌第一次發現自己正在自吹自擂，為巫醫貓見習生的這個身分感到驕傲。「今天晚上，葉池要帶我去月池跟星族碰面開會。」他說完了。

「好厲害哦！」針掌呼出一口氣。「你有看見異象嗎？你知道那個預言是怎麼回事嗎？」

赤楊掌搖搖頭：「我是做過很奇怪的夢……」他開口道。

「赤楊掌！」葉池回頭看他，用尾巴示意他過來。

赤楊掌一臉尷尬，頓時想到他剛剛差點樂昏頭，把不該說的話都告訴針掌。因此剩下這段路，他都默不吭聲地走在導師旁邊。

到了邊界盡頭，虎心朝葉池和赤楊掌揮揮尾巴。「回程時，我們准你們原路回來。」他傲慢地說道：「但別拖太久。」

你以為我們有多喜歡在你們領地閒晃啊？赤楊掌暗地裡想。

「再會了，赤楊掌，」針掌用尾巴親切地輕掃他的耳朵；「後會有期。」

但赤楊掌不確定自己想不想再見到她。

✦✦✦

半圓月的明亮月光遍灑森林，松鴉羽、葉池和赤楊掌正沿著雷族與風族領地中間的河流一路前進。當他們越過雷族的氣味記號區時，赤楊掌覺得身上每根毛髮都豎了起來，突然明白他們不只離開了自己的領地，也離開了所有部族的領地，正啟程前往未知的山丘。

「還很遠嗎？」他氣喘吁吁。

「是啊，還有很長一段路要走。」松鴉羽告訴他。

赤楊掌嘆口氣，半帶興奮，半帶恐懼。他們已經走出林子，頭上不再有任何掩護，四面八方是綿延不絕的荒原，廣陌開闊，零星點綴著金雀花叢，偶有蘆葦叢環生池邊。

「當初巫醫貓們是怎麼找到月池的？」赤楊掌問道。

「事實上，月池是我找到的。」葉池的語氣聽起來有點不好意思。「是斑葉從星族捎訊息給我……她是以前雷族的巫醫貓，那已經是好幾個季節前的事了，當時火星才剛來森林。」

「哇，這表示妳一定很特別！」赤楊掌欽羨地說道。

葉池低下頭。「也沒有啦，只是剛好天時地利都配合。再說四大部族還沒到湖邊定居之前，就已經有過很多貓兒在月池集會了。」

「我們會見到他們嗎？」赤楊掌緊張地問道。

「你也許會在星族見到他們。」葉池回答：「不過他們很久以前就離世了。」

赤楊掌渾身發抖：「好詭異哦。」

這趟月池之旅似乎永遠走不到盡頭。但就在他們剛爬上陡坡，赤楊掌就發現前方好像有流水聲。

「我們快到了。」葉池告訴他。

葉池繼續往上爬，赤楊掌緩步走在她後面，松鴉羽殿後。赤楊掌回頭查看他是否無恙，卻發現他竟能單純地憑直覺踏出每一步，彷彿很熟悉這條路徑，完全不用靠視力。

赤楊掌還沒抵達坡頂，便聽見後方傳來長嚎聲。他停下腳步，回頭張望，發現遠方幾隻巫醫貓正沿著小徑朝他們走來。

「我們等一下他們吧。」葉池站在赤楊掌身後喵聲道。

隨著身影的趨近，赤楊掌漸漸認出每一隻巫醫貓。斑駁灰毛的風族公貓隼翔為首帶隊，蛾翅跟在後面，見習生柳光走在她旁邊。最後一位是小雲，這隻老公貓顯然爬得很吃力，當他抵達赤楊掌和其他貓兒的等候處時，早已累得氣喘吁吁。

「你們好，」蛾翅喵聲道，很有禮貌地垂頭致意，隨即好奇地打量赤楊掌：「葉池，這位是誰？」

「這位是赤楊掌。」葉池回答：「他是我們剛收的見習生。」

巫醫貓們都傳出驚訝的低語聲。「真的假的？」隼翔回答：「我還以為雷族最不缺的就是巫醫貓了。」

「我從不質疑星族的旨意。」葉池冷靜回答，松鴉羽則是惱火地抽動鬍鬚。

赤楊掌盡量不讓自己膽怯。柳光友善地看他一眼，然後說：「我相信照顧部族不遺餘力的巫醫貓們，數量再多都不構成問題。」

小雲默不吭聲，但赤楊掌總覺得他有點妒嫉。**真希望星族也能快點找個見習生給他。**

「我們到底要不要去月池啊？還是要一整晚都站在這裡寒暄？」松鴉羽不耐煩地說道。他走到隊伍前面帶隊，自信地走在最後一段有坡度的路。

坡頂有排茂密的灌木叢擋住小路，松鴉羽和葉池毫不猶豫地鑽進灌木叢裡。赤楊掌愣了一下，也跟著費力鑽進粗糙的枝葉裡。他從另一頭出來後，立刻甩甩毛髮，然後抬起頭來，結果竟被眼前景致嚇得說不出話來。

灌木叢前方的地面直墜而下，形成很深的坑谷。坑谷盡頭的岩間有泉水在青苔和蕨叢間向下流竄，積水成池。星月交輝，反照水面，波光粼粼，赤楊掌心想他這輩子從沒見過這麼美的景色。

「很神奇吧！」從灌木叢裡鑽出來的柳光在他旁邊喃喃說道：「我永遠忘不了第一次見到月池的那種感動，它美到我現在都還覺得無法呼吸。」

葉池和松鴉羽已經步下通往月池的蜿蜒小徑，赤楊掌也跟上去，踏上世代以來古代貓所踩踏下的足跡小路，心裡充滿敬畏，毛髮微微震顫。這些古代貓……**早在很久很久以前……**就離世了。

其他巫醫貓也跟著步下小徑，來到月池邊集合。葉池示意赤楊掌過來站在她旁邊。「赤楊掌，」她喵聲道：「你是不是希望和雷族巫醫貓一樣分享星族的智慧？」

時候到了，赤楊掌心想。「是啊。」他回答，聲音聽起來像有爪子在刮他的喉嚨。

葉池抬頭望著星群，琥珀色眼睛炯亮如夜裡兩團小火炬。「星族戰士啊，」她開口道：「請容我引薦這位見習生。他獲選踏上巫醫之路。請賜予祢們的智慧，增長他的見聞，好讓他瞭解祢們的方向，遵循祢們的旨意濟世救貓。」

赤楊掌眨眨眼睛，站在原地，總覺得有什麼大事就要發生。他以為他會看到大批星族戰士坐在四周坡地。這時葉池用尾巴輕觸他的肩膀。

「到水邊蹲下來，舔幾滴水，然後用鼻子輕觸水面。」她告訴他。

赤楊掌聽命照辦，也看見其他巫醫貓在月池四周找位置坐下，全都用鼻子觸碰水面。他輕舔池水，覺得沁涼無比，然後伸鼻輕觸水面，心臟頓時像被一根冰柱刺穿。他忍住沒吼出來，閉上眼睛靜靜等候。

赤楊掌沒有意識到時間的移轉，只發現自己正沿著一條很淺的小河行走，不懂自己怎麼會跑到這兒來。小河兩岸是綠意盎然的植被，空氣裡瀰漫著豐富的氣味。赤楊掌奇怪自己不是應該害怕嗎？怎麼反而覺得非常平靜？他繼續前進，浸淫在溫暖的陽光下。

過了一會兒，他看見一隻毛色如火燄的大公貓走在他旁邊。「你好，」公貓說：「能見到松鼠飛的小貓，真是太好了。」

赤楊掌的胃頓時抽緊，他知道對方一定是火星，也就是那名聞遐邇，在他和他姊姊出生前，就死在大戰役裡的外公。赤楊掌曾經以為要是遇見一位大名鼎鼎的貓兒，自己一定會嚇得不知所措，沒想到竟如此輕鬆自在。他對火星似乎有種莫名的熟悉感。

他是不是就是我以前夢見的那隻貓？

「來吧，」火星喵聲道，同時領著赤楊掌朝上游深處走去，直到來到一處湧泉。火星示意赤楊掌站在水邊：「你仔細看水面。」祂指示道。

一開始赤楊掌只看見池底的大小卵石，還有水裡悠游的小魚。接著池水和卵石似乎慢慢融化，他發現自己正在俯看一座很深的峽谷，有條河沿著光裸的沙岩邊緣緩緩流過，岩間有貓兒四處走動，他們零零落落地圍成一圈，有隻貓兒被他們圍在中間。

我好像是一隻鳥，從上方俯瞰。

赤楊掌發現自己彷若鳥兒往下俯衝，視線瞬間拉近，清楚看見每隻貓兒的臉。站在貓群中央的是一隻毛色斑駁、棕白交錯的母貓，氣質高雅。她以尾巴示意貓群外緣的幾隻貓兒。

有兩隻貓兒向前趨近：一隻是壯碩的薑黃色公貓，另一隻是體型較小的黑白色母貓。毛色棕白交錯的母貓與薑黃色公貓談論了一會兒。赤楊掌雖然看得到卻聽不到他們的對話內容，心裡不免挫折。

這時薑黃色公貓退後一步。年長母貓對年輕母貓說話，年輕母貓回答。赤楊掌突然恍然大悟這是怎麼回事。

「這是戰士的命名大典！」

火星用尾巴輕觸他的肩膀。「你注意看。」

該族族長……就赤楊掌所知，族長是那隻年長的母貓……將鼻口擱在新戰士的頭上。新戰士畢恭畢敬地舔舔族長的肩膀。

圍成一圈的貓兒們歡呼出聲，繞著新戰士打轉，尾巴和鼻口輕輕刷拂她的毛髮。年輕母貓看起來難掩興奮。

儀式結束時，赤楊掌注意到有隻嬌小的銀色虎斑母貓緩步走向族長，與她交頭接耳，然後突然抬眼。赤楊掌驚鴻一瞥那雙炯亮的綠色眼睛，影像就消失了，視線又變回原來的池底。

她好像看得到我！

赤楊掌全身發抖地退出池邊。「火星，他們是誰？」他緊張地問：「他們看起來像是部族貓……正在舉辦戰士命名大典，跟部族貓一樣……但並不是現在住在湖邊的那幾個部族。他們在哪裡？他們是來自過去還是未來？祢想告訴我什麼？」

火星朝赤楊掌低下頭，綠色眼睛意味深長地看著他，但沒有回答他的問題。如果祂是想透過無聲的方式告訴赤楊掌答案，赤楊掌肯定不懂祂的意思是什麼。

過了一會兒，白色薄霧縈繞四周，遮掩了水池和火燄色的火星身影。赤楊掌發現自己又回到月池旁，四周的巫醫貓也陸續甦醒。

赤楊掌覺得通體舒暢，**我看到異象了！這證明我注定要當巫醫貓。**他張嘴正想說出來，又突然心生懷疑。**我怎麼知道這是不是異象，搞不好只是一場奇怪的夢，就像我以前做的夢一樣。**

他的疑慮愈來愈大，其他貓兒也都沒開口說自己看見了什麼。**我還是先保留不說，**他暗自決定，**至少在我確定這是怎麼回事之前。**

第七章

赤楊掌獨自待在巫醫窩裡，這裡只剩薔光蜷伏在臥鋪裡睡覺。

「她昨晚很痛，睡不好。」葉池在他進窩裡開始工作時這樣告訴他：「盡量別吵醒她。」

正低身探查薔光呼吸狀況的松鴉羽直起身子說：「我想她現在情況還好。我們要去森林裡採集藥草，」他對赤楊掌補充道：「你可以留在這裡，整理一下庫房，把已經枯萎到沒有藥效的草葉挑出來丟掉。」

現在兩隻巫醫貓都走了，留下赤楊掌獨自做這無聊的工作。但他並不介意，因為正好趁這段時間好好思索昨晚在月池邊做的夢。

我相信那只是夢，他對自己說道，**根本不值得告訴松鴉羽和葉池。要是說出來，他們一定會覺得我瘋了。**

因此他決定讓自己多做點有用的事情。過去幾天來，他覺得他已經開始抓到巫醫的工作訣竅了。

也許我將來會成為稱職的巫醫貓，他告訴自己，**或至少是個還不錯的巫醫貓**。

赤楊掌正忙著從艾菊裡挑出貓薄荷，剔除掉已經乾掉的杜松果，這時有貓兒的腳步聲朝窩穴走近，驚擾了正專心工作的他。他一轉身，看見櫻桃落撥開荊棘簾幕，一拐一拐地走進來。

「嗨，」他喵聲道，同時用尾巴指指薔光，示意櫻桃落小聲點。他很高興見到她，但不太喜歡她臉上的痛苦表情。「什麼事?」

「是我的腳爪!」櫻桃落回答,同時把腳抬起來。「它還沒好,而且一直在痛。你可不可以幫我看一下?」

「好啊,」赤楊掌回答:「不過傷口沒那麼快好啦。」

櫻桃落在鋪著青苔和蕨葉的臥鋪上躺下來,伸長受傷的腳爪,如釋重負地吁了口氣。赤楊掌仔細檢查和嗅聞,他注意到腳爪上的傷口很乾淨,沒有再流血。他還特別小心查看了一下有沒有出現松鴉羽告訴他的那些發炎症狀。

沒有紅腫,碰上去也不覺得熱燙。

「沒有感染,」他告訴櫻桃落。「但是傷口很深,所以需要一點時間痊癒。」他遲疑了一下,然後又補了一句:「這很正常。」

「聽你這麼說,我就寬心多了,」櫻桃落喵聲道:「可是你有沒有什麼東西可以幫我止痛?它也不是痛得很厲害啦,就是不太舒服,害我什麼事都不能做。我很想趕快回去工作。」

赤楊掌走回庫房,搜索裡頭的藥草,逐一觸摸,試圖回想它們的用途。這裡雖然有很多藥草,但他知道他要找的是哪一種。他確信櫻桃落需要的是紫草根。因為松鴉羽告訴過他,紫草根有助緩解傷口的疼痛。

他沒花多久就找到一堆黑壓壓的根,於是咬起其中一小片細嚼,嗆鼻的味道令他想起了上次的經驗。他把它嚼成了泥,才吐出來,敷在櫻桃落的傷口上。

櫻桃落的疼痛表情漸漸消失，一臉如釋重負。赤楊掌小心觀察，心裡告訴自己，身為巫醫貓，一定得懂得探查貓兒的感受，這一點非常重要。

「我覺得沒有那麼痛了，」過了一會兒櫻桃落說道：「謝謝你，赤楊掌，真高興沒那麼痛了。」

「沒什麼，這是我應該做的。」赤楊掌靦腆地喃喃說道。

櫻桃落起身，小心不讓傷腿落地，然後用鼻頭輕觸赤楊掌的耳朵。「很高興看見你在巫醫這份工作上找到自己的位置，」她告訴他：「松鴉羽和葉池一定很以你為榮。」

赤楊掌目送櫻桃落離開窩穴，她剛剛那番話令他自豪到全身毛髮都微微刺癢。**我剛剛自己治療了一名傷者**。

窩穴外傳來聲響，赤楊掌發現松鴉羽回來了。他聽不到他和櫻桃落在說什麼，但他猜得出來。

櫻桃落一定是在告訴松鴉羽我有多厲害！

但沒想到嘴裡叼著一坨蓍草走進窩穴的松鴉羽，頸毛竟豎得筆直，尾尖不停前後抽動。「櫻桃落剛告訴我的事是真的嗎？」他質問道，同時丟下嘴裡的藥草，「你沒問過我們，就幫她治療了？」

赤楊掌的心頓時一沉，原來他又做錯了，他羞愧到全身毛髮像被火燒一樣。

「是……是啊，」他結結巴巴：「因為櫻桃落說她傷口痛，我記得你說過紫草根嚼成泥可以緩解疼痛。所以我把它嚼得很細，就跟你上次教我的一樣。」松鴉羽沒吭氣，他只好又急忙解釋：「要是我不確定藥草的用途是什麼，我絕對不會拿給她用。是因為我真的很確定紫草根的作用是什麼，我才會這麼做。而且真的有效，她覺得沒那麼痛了。」

松鴉羽喉嚨裡發出很長的低吼聲。「是啊，是能緩解疼痛。但有時候疼痛可能是種警告，表示某個地方有問題。要是櫻桃落被感染了，你卻讓它變得不痛，你知道後果是什麼嗎？被感染的傷口會在沒被察覺的情況下變得愈來愈嚴重。感染這種事是很危險的。」

「可……可是……」赤楊掌試圖反駁，但他又愧疚到找不出字眼來表達。「我有仔細檢查她有沒有感染，就看不出來有感染啊。」

我只是想幫忙，他心想，**我怎麼知道反而把事情搞得更糟**。

「對不起，」他可憐兮兮地說道：「我不該這麼做的，我再也不敢了。」

松鴉羽這時的語氣才稍微緩和下來，用耳朵指指正在睡覺的薔光。赤楊掌這才發現自己的聲音太大了。

「你說得沒錯，」松鴉羽讓步道：「我剛親自檢查了櫻桃落的傷口，她的確沒有感染。但有時候有些症狀很難立刻查探出來，尤其對一個還在學習中的巫醫貓來說……畢竟你要學的東西還很多。在你受訓完成之前，你只能照我和葉池吩咐你的話做。」

赤楊掌低下頭。「是的，松鴉羽。」

「現在……」松鴉羽語氣輕快地說道：「你去弄些老鼠膽汁，幫長老抓身上的壁蝨。」

赤楊掌壓抑住嘆氣的衝動。「好的，松鴉羽。」

✦✦✦

當赤楊掌叼著樹枝，拎著浸過老鼠膽汁的青苔球來到長老窩時，只見到沙暴在裡面。

「嗨，」她喵聲道，綠色眼睛慈祥和藹。「真高興見到你。灰紋和蜜妮去散步了。波弟正在某處曬太陽，我肩上剛好有隻大壁蝨，可是都搆不到。」

赤楊掌撥開沙暴身上的毛髮，找到壁蝨，再用膽汁沾了沾。他忍不住嘆口氣，因為他想到他怎麼又回來做這種抓壁蝨的工作，就覺得自己好像連巫醫見習生這種工作都做不好。

壁蝨一除掉，沙暴便感激地扭扭肩膀。「舒服多了，不過你好像怪怪的，要不要跟我聊一聊？」

赤楊掌搖搖頭，想到自己連情緒都藏不住，就覺得很丟臉。

沙暴用尾巴輕輕刷過他的腰腹。「有時候難過並不是什麼丟臉的事，」她喵聲道：「沒必要掩飾，再說……」她隱約打趣地說道：「你其實也不太擅長掩飾自己的情緒。」

她的玩笑令赤楊掌好過了一點。於是他繼續埋首幫她找身上的壁蝨，她則語調溫柔地陪他聊。

「你是我孫子，要是有什麼心事都可以跟我說。也許我幫得上忙。反正也沒別的貓兒在場，所以就當是我們倆之間的祕密吧。」

赤楊掌放鬆了心情。他拿起老鼠膽汁去沾剛剛又找到的壁蝨，然後將樹枝放下來。「葉池和松鴉羽不在的時候，我幫櫻桃落敷了紫草根的藥泥，」他承認道：「結果松鴉羽很生氣。」

「哇！」沙暴大聲說道：「你也太大膽了吧！棘星一定會把你丟出營地外面。」

赤楊掌一開始以為她是說真的，後來才發現原來她在開玩笑。

「你不必覺得難過，」這時老母貓換成嚴肅的語氣繼續說：「你已經盡力了，應該得到稱讚。不過下次你會知道該怎麼做比較好。見習生的工作就是要不斷學習和成長，你不覺得自己運氣很好，能有機會當葉池和松鴉羽的見習生嗎？他們很有智慧的。」

「我……我不想讓他們失望。」赤楊掌結結巴巴。

「松鴉羽看起來很失望嗎？」沙暴問他。「我的意思不是指他發脾氣哦……松鴉羽天生就愛發脾氣……我是說他表情很失望嗎？」

赤楊掌想了一下。「沒有，」最後終於說道：「他沒有。」

「所以囉，他只是希望你先以學習為重，」薑黃色母貓繼續說道：「這也是你現在的工作。你不應該要求自己現在什麼都要懂。你在做任何事之前，都要深思熟慮、小心謹慎，日後才能成為稱職的巫醫貓。」

她真的很瞭解我！赤楊掌心想，同時心裡也覺得好過了許多。**睿智的老貓給的建議還真不錯。**

「你還有別的心事嗎？」過了一會兒，沙暴又問道。

赤楊掌突然想起他在月池夢見的異象。**我幾乎可以確定那只是一場夢……可是萬一它不是呢？**

因她先前的建言而士氣一振的赤楊掌看見她那帶著鼓勵的眼神，於是決定全盤托出自己的心事。「昨晚在月池發生了一件事……」他開口道，然後就將他與火星會面，以及在池邊看見一個陌生部族的事情全說了出來。

「我覺得好奇怪哦……」他告訴沙暴：「那些貓似乎是住在有條河貫穿的岩壁峽谷裡。看起來好像是他們的族長正在舉辦新戰士的命名大典。」

沙暴瞇起綠色眼睛，神情變得緊張。「你形容一下那幾隻貓，」她喵聲道：「把你記得的全告訴我。」

「呃，」赤楊掌開口道：「族長是一隻淺棕和奶白相間的虎斑母貓，有一雙琥珀色眼睛。還有一隻很魁梧的薑黃色公貓以及一隻體型嬌小的銀灰色虎斑母貓，母貓的腳爪是黑灰色，有一雙深綠色眼睛。」他渾身發抖：「她抬頭看著我，好像知道我在那裡。」

沙暴興奮地跳起來，毛髮豎得筆直。「我認識他們！應該是葉星和她的副族長銳爪……至於那隻體型嬌小的銀色虎斑貓是回颯……他們的巫醫貓。」

「好奇怪哦，」赤楊掌喃喃說道：「我為什麼會夢見我從沒見過的貓兒呢？而且我從來沒聽說過他們。」

沙暴的綠色眼睛閃閃發亮。**「你不是在做夢……你是夢見了異象。」**

「真的？」赤楊掌也變得跟沙暴一樣興奮。「所以他們究竟是哪個部族的貓？」

「他們的部族叫天族，」沙暴回答：「他們可能需要我們幫忙。」

赤楊掌瞠目結舌地看著她。原來這世上還有他沒聽過的部族？他必須相信沙暴，因為他知道她很有智慧。他好開心自己就像真正的巫醫貓一樣能看見異象。不過他又覺得這種異能賦予在他身上未免太浪費了。「為什麼要讓我看見呢？」他脫口而出。

「為什麼不行？」沙暴的聲音冷靜：「你命中注定看見異象。是星族選中了你，你要引以為榮。所以你必須趕快告訴葉池和松鴉羽。」

赤楊掌緊張到胃揪成一團。他一想到要告訴導師們，就有點怯懦。**松鴉羽認為我做事太不知分寸……要是我告訴他我看到異象，他會怎麼想？會不會又認為我做得太過頭了？**

「松鴉羽一定會把我的耳朵撕爛。」他嘀咕道。

「亂講，」沙暴俐落回答：「赤楊掌，你不要再扭扭捏捏，你一定要把這件事告訴他們。」

赤楊掌拖著沉重的腳步，穿過岩坑，往巫醫貓窩穴走去。他一進窩穴，就看見葉池回來了，後者正低頭查探還在睡覺的薔光。

「呃……我……我需要告訴你們一件很重要的事。」他開口道。

松鴉羽抽動鬍鬚：「你又怎麼了？」

葉池用尾巴彈彈他的耳朵。「赤楊掌，你當然可以告訴我們。不過我們到外面去談好了。薔光剛剛醒來吃了點東西又睡着了。我不想吵到她。」

「有話快說。」松鴉羽喵聲道。

赤楊掌在窩穴外面低聲告訴導師們他在月池邊所夢見的異象。「沙暴說她認識這些貓。」

令他驚訝的是，葉池那雙琥珀色眼睛竟炯亮地看著他，就連松鴉羽也興奮地用爪子耙著地面。**他們兩個都很開心欸**，赤楊掌心想，**不是只有葉池而已**。

「你們覺得這可能是我的第一個異象嗎？」他問道。

「不，」松鴉羽回答。「這不是你的第一個異象。還記不記得那次星族在夢裡把預言告訴巫醫貓們？其實我在夢裡也看到你在場。」

赤楊掌驚訝地看著他。所以他以前真的見過火星！「原來那也是異象？」

松鴉羽翻翻白眼。「我的星族老天，我真受不了他。」

「是啊，那是異象！」葉池回答他：「這也是為什麼我們很清楚應該收你為徒。赤楊掌，星族顯然對你另有安排！」

赤楊掌難以相信這一切。他興奮到從鼻子到尾尖都微微刺癢，爪子不停地縮張。**原來我不是因為狩獵技術太爛，才被選來當巫醫貓的見習生……而是因為具有異能才被選**

上！

「我們必須去找棘星商討此事。」葉池宣布道。

「好啊。」赤楊掌喵聲道，隨即朝族長窩穴的方向轉身。**我等不及想聽聽看棘星對這件事的想法。**

葉池搖搖頭，這時松鴉羽也抬起腳爪攔下赤楊掌：「不，我們兩個去就行了。」他厲聲道：「你或許看得見異象，但經驗還不夠，無法參與討論。我們會再告訴你接下來該怎麼做。」

赤楊掌本來還覺得自己很特殊，這下竟又像洩了氣的皮球。「哦。」他低聲道，突然間他又覺得自己年紀太小，又笨又蠢。他站在窩穴外面，看著葉池和松鴉羽朝通往高聳岩的亂石堆走去。

我想不管我夢到了什麼異象，都得交由年長的貓兒來判斷和處理吧。

第八章

被單獨留在窩穴裡的赤楊掌，又回去整理曬乾的藥草，將葉池和松鴉羽剛採集回來的新鮮藥草收納好。剛剛的亢奮已然消失，總覺得很多事情好像都身不由己。他不確定自己想不想當一隻可以看見異象的貓，但他真的很想知道棘星對這件事的看法。

就在他的工作快完成時，聽見窩外有跛行聲接近……**一定是櫻桃落！**

赤楊掌完全不知道待會兒見到她，該說什麼？是要為了上次擅自作主地幫她治療而致歉嗎？還是問她傷口復原得如何？或者當作什麼事都沒發生？

結果當櫻桃落把頭伸進荊棘簾幕裡時，他根本沒機會說話。「赤楊掌！」她開口就說：「你快來！火花掌受傷了！」

驚恐像隻利爪劃穿赤楊掌。他想起先前治療櫻桃落的經驗，心想是不是應該先去找巫醫貓。

不……她是我姊姊！我現在就得去救她！

「告訴我她在哪裡？」他問櫻桃落。

他忙不迭地衝出窩穴，跟著薑黃色母貓朝影族邊界跑去。他們穿過森林，繞過荊棘叢，躍過地上的枝枝葉葉。就在快抵達時，赤楊掌聽見她姊姊的痛苦哀號。他們連忙穿過蕨葉叢，來到綠葉兩腳獸地盤附近，這時哀號聲愈來愈大。

火花掌躺在一棵樹下的土丘上，冬青叢蹲在她旁邊，輕輕搓揉她的肩膀，藤池拿著一球浸了水的青苔，鼓勵她多喝點水。兩名戰士站了起來，騰出位置讓赤楊掌過來查看他姊姊。

「怎麼了？」他氣喘吁吁。

「她爬上一根細樹枝，想抓一隻鳥，」櫻桃落解釋道：「結果從樹上摔下來，她的前腿現在……」她皺起眉頭，聲音愈說愈小。

「好痛哦……」火花掌哭喊著，痛到身子扭曲。

赤楊掌試圖甩開眼前景象，他姊姊火花掌理應充滿朝氣，無所不能，不該是這副痛苦不堪的模樣。**我從沒見過她這樣！她向來很有自信，總是相信一切操之在手。**他趨近查看，發現她的前腿以一種奇怪的角度錯開，看上去很不自然。

他心跳得厲害，想起波弟曾告訴過他煤心的遭遇：她是如何從樹上摔下來，跌斷了腿，結果在巫醫貓窩穴裡待了好幾個月，才能再度行走。

求求祢們，星族，千萬別讓這種事發生在火花掌身上。

赤楊掌穩住心神，在他姊姊旁邊蹲下來。「我必須檢查妳的腿，」他喵聲道：「但可能會有點痛。」

火花掌點點頭。「沒關係。」她咬著牙說道。

赤楊掌伸出腳爪輕輕觸摸火花掌的腿和肩膀。如釋重負的感覺頓時如暖潮竄流全身。**沒斷……只是骨頭錯位，我知道怎麼治療！**

葉池教過他怎麼做，還告訴過他以前莓鼻有一次出外狩獵，從岩岸上摔下來，骨頭也曾錯位脫開。赤楊掌突然很有信心自己處理得來。

「別擔心，」他向火花掌保證道。他試圖表現出自信的語氣，哪怕腳爪仍在發抖。「妳馬上就會覺得舒服多了。」

他說話的同時，看見藤池朝冬青叢挨近，甚至聽見她竊竊私語：「他真的知道自己在做什麼嗎？」

冬青叢很沒把握地搖搖頭。

赤楊掌又不免猶豫起來，**我真的知道嗎？**

這時火花掌又痛得哀號，他只得鼓起勇氣。「櫻桃落，」他指示道：「妳把腳爪放在她另一邊肩膀上，就是那裡。藤池和冬青叢，你們把她的後腿抓牢。別擔心，火花掌，」他補充道：「只要一下就好了，就跟妳抓隻老鼠的速度一樣快。」

赤楊掌彎下身，一隻腳爪扣住她的傷腿，另一隻腳爪抓住她的肩膀。**別想太多**，他記得葉池曾告訴過他，下手要快狠準。

於是赤楊掌照他導師教過的，將他姊姊的腿猛力一扭，腳爪下的火花掌痛得痙攣尖叫，但赤楊掌隱約聽得到腿骨滑回原位的聲響。

我喬回去了嗎？他納悶道。他聽見藤池和冬青叢驚恐地倒抽口氣，好像以為他把事情搞砸了。

「你們可以鬆手了，」他告訴戰士們：「火花掌，妳試試看可不可以站起來。」

火花掌對他眨眨眼睛，搖搖晃晃地爬起來，前後走動。赤楊掌大氣不敢喘地盯著她看。她看起來還搖搖晃晃，仍有點跛，但已經能把重量壓在那隻腳上了。

「太神奇了！」火花掌大聲說道，朝她弟弟轉身。「感覺好多了，謝謝你，赤楊掌。你以後一定會成為超厲害的巫醫貓。」

「沒錯。」櫻桃落附和道。

冬青叢和藤池也是一臉刮目相看。她們紛紛向赤楊掌道賀，後者靦腆地舔舔胸毛，但還是很得意她們對他的稱許。

「我得回去整理藥草了，」他緊張地說道：「火花掌，妳回營地後，得再去找葉池或松鴉羽檢查一下哦。」

赤楊掌回程穿過林子時，腳步騰雲駕霧似地得意到不行。**我治好火花掌的傷了！她沒事了！**

但就在他穿過舊兩腳獸的小徑時，這才想到他是在沒獲得允許的情況下擅自離營。他緊張到毛髮倒豎，他只好試著甩開忐忑的心情，慢慢趨近營地。

也許我偷偷溜回去，別的貓兒就不會注意到了。

可是他剛繞過舊樹墩，荊棘屏障才映入眼簾，便瞄見棘星等在隧道入口。

完了！赤楊掌心想，我又惹禍了嗎？我不該擅自離營……松鴉羽不是才告誡過我，做任何事情之前都要先知會他或葉池嗎？

「對不起，真的很對不起！」他一撞見棘星便脫口而出：「我再也……」

「我不懂你在對不起什麼？」棘星一臉疑惑地打斷他：「我來這裡不是因為你惹了什麼禍，剛剛松鴉羽和葉池告訴我你曾夢見異象，我只是想跟你聊聊這件事。」

赤楊掌驚愕地瞪大眼睛。剛剛醫治火花掌的壓力過大，以致於完全忘了導師們跑去找棘星討論的那件事。

「我們就坐在這裡好了，」棘星用尾巴指著一叢拱形蕨葉底下的蔭涼處。坐定之後，棘星繼續說道：「我們認為這異象代表你被星族選上，你要展開一場特殊的探索之旅。」

赤楊掌看見他父親眼裡的驕傲神色，頓時覺得一股暖意流竄全身，以至於沒完全聽懂他父親的意思。

「所以你必須離開雷族，展開探索。」棘星補充道。

等一下……什麼探索？

赤楊掌聽見這話，全身毛髮豎得筆直。「不……不行啦。」他倒抽口氣。

棘星捲起尾巴，擱在赤楊掌肩上。「如果你還沒準備好，星族絕不會讓你夢見這個異象，」他喵聲道：「我們相信你夢到的異象跟先前的預言有關。就像沙暴告訴你的，你在異象裡見到的那幾隻貓來自另一個部族，它叫天族。因為預言提到天空轉晴，所以我們認為可能是他們有麻煩了。松鴉羽、葉池和我都同意你應該出發去找他們。」

赤楊掌這才發現自己張口結舌的樣子活像一隻小黑鳥張大嘴巴等著餵食。他只好盡量先讓自己冷靜下來，試著提出幾個可釐清原委的合理問題。

「沙暴告訴我，我看到的貓兒是天族貓，」他開口說道：「但我看不出來他們需要我幫助。而且我要怎麼找到他們呢？」

「說來話長，」棘星坐直，尾巴繞在腳爪四周，低頭看著赤楊掌。「這是好幾個季節以前的事了，那時還在舊森林裡，天族跟你所知道的四大部族都住在那裡。」

「所以總共有五大部族？」赤楊掌倒抽口氣。

「沒錯，但天族失去了自己的領地，因為被兩腳獸占領，蓋起巢穴。而其他部族又都不願分一點領地給他們，最後天族就被趕出森林了。」

「這太不應該了。」赤楊掌憤憤不平地說道。

棘星垂下頭。「四大部族很後悔自己做過的事，從此絕口不提天族的往事，最後天族就被遺忘了。」

「後來天族怎麼樣了？」

「他們長途跋涉，終於抵達你在異象裡所見到的那座峽谷，安居樂業了一陣子，可是後來又被趕了出去，流離失所。」

「所以我看見的異象是以前的景象？」赤楊掌問道。他為天族的遭遇憤憤不平，全身發燙，爪子用力戳進地底。

棘星搖搖頭。「以前在舊森林的時候……當時我還是戰士時……已經升天成了貓靈的天族族長曾來找過火星，也就是帶領天族離開森林的那位族長。他託付火星去尋找天族僅剩的族貓，幫他重建天族。」

「哇！火星辦到了？」

「是沙暴跟他一起去的，所以她可以告訴你當時的經過。」棘星回答：「他們最後重建了天族，幫助他們在峽谷裡靠著戰士守則重新建立起生活秩序。」

「所以沙暴才會認得我在夢裡看到的貓兒！」赤楊掌喵聲道：「包括他們的族長葉星，副族長銳爪，還有……巫醫貓叫什麼的？哦……回颯！」

「沒錯，」棘星回答。「我相信天族可能又需要我們的幫忙。但你聽好，赤楊掌。天族的遭遇是個祕密，目前只有三隻仍活在世上的貓兒知道這個祕密：沙暴、我、還有你。這表示我們不能告訴其他貓兒你的探索之旅究竟要去做什麼……連葉池和松鴉羽，都不能說。」

赤楊掌瞪著他，驚訝到一時之間不知如何回答。「你……你意思是，」他最後結結巴巴地說：「你意思是貓戰士有一部分的歷史是隱晦到連巫醫貓都不知道？」

棘星點點頭。「只有你、我，還有沙暴知道其中真相。」

赤楊掌想了一下。「為什麼不讓大家知道呢？」他問道：「這樣欺瞞大家，不是很不誠實嗎？」

「你必須相信我，」棘星語氣溫和地說道：「說出真相有害無益。我知道我可以把這重責大任託付給你，」他補充道：「要不是我認定你已經可承擔此重任，我不會要求你去做的。」

他抬起腳爪，搓搓赤楊掌的頭，隨即緩步走回營地。赤楊掌目送他走遠，心裡不免激動。這祕密令他不安，但同時也引發他的好奇心想前去一探究竟。到底天族是不是真的需要雷族幫忙。他一方面擔心自己恐怕不夠格擔任此重責大任，另一方面又很自豪棘星對他的信任。

也許火花掌說得沒錯，他心想，**她常說我想得太多**，最後他決定，**我現在只要一心想著父親對我的全然信任，至於其他，就順其自然吧。**

第九章

「不管你怎麼說，」沙暴嘶聲道：「反正我一定要去，就這麼決定了。」

「這是不可能的，」棘星厲聲回答：「我請妳來，是要妳告訴赤楊掌有關天族的事，但沒打算讓妳跟他一起去。」

赤楊掌在棘星窩穴裡的沙地上緊張地蠕動著腳。他父親昨天才告訴他得展開探索之旅，但是目前為止，還沒決定找誰陪他去。

看來在棘星和沙暴爭辯完之前，我是不可能出發的。他向來以為他們相處融洽，如今卻看見他們吵到不可開交，像是想扒了對方的皮似的。

「你雖然是一族之長，但你的行為表現簡直跟鼠腦袋的見習生沒什麼兩樣。」沙暴氣到頸毛豎得筆直。「我只是……」

「夠了，」棘星甩打著尾巴：「沙暴，妳是長老，妳對部族的貢獻已經夠多了，而且是很了不起的貢獻。所以妳現在應該享清福，讓我們好好照顧妳。我要妳平安無虞地待在營地裡，別冒險涉足那些未知的領域。」

「重點就在這裡啊，」沙暴壓低音量，咬牙切齒地說道。赤楊掌慶幸她沒有像瞪著棘星那樣瞪著他。「我是這世上唯一還知道怎麼去天族營地的貓兒。我也是這世上唯一曾見過天族的貓兒。所以他們對我會比較沒戒心。」

聽見她這麼說，棘星臉上的怒氣消失了，取而代之的是若有所思的表情。「我瞭解，」他的語氣變得不太肯定，「但是長老不應該……」

他的話被朝亂石堆走來的輕快腳步聲打斷。赤楊掌轉身看見松鼠飛站在窩穴入口。棘星和沙暴迅速地看了彼此一眼。赤楊掌這才想到松鼠飛並不知道天族的祕密。

「狩獵隊都出去了，」她回報道：「我想問你，你要指派哪幾位戰士陪赤楊掌出外探索。他需要一群驍勇善戰的貓兒。我是不知道他要帶他們去哪兒啦，但我相信這趟旅程會很危險。」

「我會跟他去。」沙暴趕在棘星回答之前大聲宣布。

棘星勉強垂下頭，表示同意，沙暴的綠色眼睛露出洋洋得意的勝利眼色，松鼠飛的表情頓時驚慌。

「沙暴，妳不能去！」她大聲說道：「決定讓赤楊掌去已經是夠糟糕的決定了。妳覺得我會願意讓我的兒子和我的母親同時去涉險嗎？我辦不到！」

涉險？赤楊掌心想，這下他更緊張了。

「松鼠飛，別擔心，」沙暴喵聲道：「我雖然年紀大，但還算老當益壯。而且如果我陪赤楊掌去，反而沒那麼危險。」

「我雖然很不願意，但我必須承認她說得沒錯。」棘星附和道。

松鼠飛眼神銳利地來回巡看棘星和她母親，綠色眼睛有光閃爍。「你們有什麼事在瞞著我？」她質問道。

「妳必須相信我。」棘星回答她。

松鼠飛緊盯著棘星的琥珀色眼睛好一會兒，最後嘆口氣，垂下尾巴。「好吧，也只能這樣了。」

爭辯終於結束，棘星帶頭走出窩穴，上了高聳岩。松鼠飛走在他身側，沙暴和赤楊掌也謹慎地緩步走下亂石堆，回到營地的地面。

「請所有會自己捕抓獵物的成年貓兒都到高聳岩底下集合開會！」棘星大喊。

空地上的貓全都朝高聳岩轉頭。葉池和松鴉羽從巫醫貓窩穴裡出來，肩並肩地坐在荊棘簾幕前。百合心和黛西走出育兒室，安坐在入口附近，百合心的小貓正在她們腳邊玩角力遊戲。雲尾、亮心和鴿翅從戰士窩裡鑽出來，也在岩壁下方找到位置坐下。

本來在跟雪灌木和琥珀月說故事的波弟，也暫時中斷。「晚一點再把這故事說完。」他承諾道，隨即跟著灰紋和蜜妮趴坐在長老窩附近。

赤楊掌四處張望，尋找火花掌，瞄見她從荊棘隧道裡跟著櫻桃落和錢鼠鬚走了出來。**她的腳已經不跛了**，他在心裡自豪地告訴自己，**我的治療很成功欸**。那三隻貓兒都叼著獵物，快步越過營地，將獵物丟在生鮮獵物堆上之後便過來集合，聽候棘星宣布要事。

「雷族的貓兒們，」他們的族長開口道：「我有重大消息要宣布。赤楊掌夢見了跟星族預言有關的異象，我們認為這將有助於我們釐清究竟是什麼東西可以『使天空轉晴』。所以他必須出外探索，找到他夢裡所見到的那個地方。由於沙暴對他在異象裡的所見所聞略有所知，所以她也將同行。」

貓群聽見棘星的話，驚訝聲不絕於耳。他們一臉好奇地看著彼此。赤楊掌總覺得灰紋和蜜妮在聽見沙暴隨行這個消息時，表情尤其驚訝。

「為什麼是赤楊掌，而不是其他巫醫貓呢？」刺爪問道，語氣聽起來隱約帶點挑釁。

坐在巫醫窩穴前的葉池開口了。「刺爪，赤楊掌也是巫醫貓，你跟我一樣都很清楚這一點。至於星族為何選擇他……」她聳聳肩：「我相信自有祂們的道理。」

「但問題是……為什麼是沙暴去呢？」亮心問道，她用一種不捨的目光看著薑黃色母貓：「她已經是長老，理當退休好好養老。」

「可是我怕如果我不讓她去，她會把我的耳朵抓爛。」棘星故作幽默。

「這倒是真的。」沙暴嘟囔道。

「其實我答應讓她去也是有理由的，因為我相信沙暴對這次探索之旅而言有舉足輕重的角色。」棘星繼續說道：「所以現在就只剩下要派哪些戰士參加這次的行動。」

很多聲音熱情響應。

「我去！」

「讓我去！」

火花掌跑到赤楊掌旁邊磨蹭他，眼神炯亮：「讓我幫你！」她喵嗚道。

「哦，謝謝妳！」赤楊掌回答，他心想若能有他姊姊同行，一定可以寬心很多。

可是他注意到站在高聳岩的棘星和松鼠飛疑慮地互看一眼。跟著見習生走過來的櫻桃落也嚴厲地搖頭。「棘星會自己決定誰去，」她告訴火花掌：「而且他也不可能讓一個見習生出外去涉險。」

赤楊掌甩甩身子，抬頭望著棘星：「求求你，」他不顧一切地哀求，「可不可以讓火花掌陪我去？」

棘星愣了一下，顯然心裡正在掙扎，這時松鼠飛附耳過去低聲說了幾句話。她一想到她的兩隻小貓都要出外探險，神情難免驚慌。

族長和他的副族長交頭接耳了一會兒，最後棘星轉身面對空地上的貓兒們：「很好，」他喵聲道，「火花掌若執意要去，」他提高音量，蓋過火花掌得意洋洋的尖叫聲，「那就請櫻桃落和錢鼠鬚一起隨行。」

兩位戰士欣喜地互看一眼。

「你們將在明天黎明啟程出發。」棘星語畢：「願星族照亮你們的前路。」

✦✦✦

「赤楊掌！起床了！快醒來！」

火花掌的聲音似乎來自很遙遠的地方。赤楊掌睜開眼睛，睡眼惺忪地眨了眨，隱約看見她的臉在眼前晃動，一雙綠色眼睛在幽暗的窩穴裡閃閃發亮。

「快醒來！」她不斷喊道，用力戳他的腰腹。「該走了！鼠腦袋，這是你的探索之旅欸，你竟然還在睡。」

赤楊掌張開嘴巴，打了一個大呵欠，搖搖晃晃站起來。他昨晚失眠，腦袋一直在想著這趟探索之旅，總覺得好像才睡了一會兒就被叫醒了。

他跟著火花掌鑽出見習生窩前面的蕨葉叢，走進空地，為了掩飾心情的緊張，他刻意抬高下巴，揚起尾巴。

黎明空氣潮溼沁涼，滲進赤楊掌的毛髮裡。頭頂上方的天空有淺淡的曙光，微風窸窣掃過坑地上方的林子。

赤楊掌覺得似乎所有雷族貓兒都來到空地了，多數擠在巫醫貓窩穴四周，興奮的低語聲如蜜蜂嗡嗡作響。

赤楊掌和火花掌穿過貓群來到巫醫貓的窩穴外找松鴉羽和葉池。櫻桃落、錢鼠鬚和沙暴已經等在那裡。葉池正把一坨坨用葉子捲起來的藥草分給他們吃。

「這是你們的！」松鴉羽對兩名見習生說道。赤楊掌以為會因遲到而受到責罵，沒想到松鴉羽這次的語氣竟很是和善：「快來把專為長途旅行調配的藥草吃掉。」

葉池將兩坨藥草擱在赤楊掌和火花掌面前。赤楊掌小心翼翼地用腳爪撥開藥草，研究裡頭的成分。

「那是酸模，可以止渴，」松鴉羽嗅聞著每一種成分，逐一解說：「雛菊有助關節的柔軟度，還有……」他突然中斷，然後又說：「不過我想你應該都知道，畢竟你已學了很多藥草的知識。」

「洋甘菊可以緩解疲勞，地榆可以增強體力。」赤楊掌認出裡頭其中兩種藥草。他很得意松鴉羽的讚美。**自從跟棘星討論過我夢到的異象之後，他們對我的態度就變得不一樣了，**他心想，**可能是他們認為他們對這場探索之旅的所知有限，而他們相信我可以找到答案**。他刻意不讓身體打顫，**我當然知道答案在哪裡**。

松鴉羽點頭稱許赤楊掌對藥草的精確描述。「很好，我們會把這些藥草發給你的隊員們。要是你們沒有機會狩獵，這些藥草多少可以幫助你們保持體力。」

「味道好怪哦。」火花掌舔了舔她的份兒，下了結論。

松鴉羽翻翻白眼，但沒吭氣。

赤楊掌在吃藥草時，注意到棘星出現了，只見他把沙暴拉到一旁，與她交頭接耳了一會兒。他們的表情都很嚴肅。赤楊掌不小心偷聽到其中幾句。

「要是祕密曝光了，對各部族來說是很大的傷害。」棘星喵聲道。

「可是星族給了赤楊掌這個異象……」沙暴開口道。然後赤楊掌就聽不見後面她說什麼了，因為貓群開始移動離開。

一股不安在赤楊掌胃裡翻攪。這是屬於他的探索之旅，但是他對這趟旅程的細節所知甚少。**要是我把天族的祕密說出去……我是說要是不小心的話……不知道會釀出什麼禍事？**他重重嘆了一口氣，**不過至少沙暴會陪我們去，她可以在路上給我忠告**。

棘星終於點個頭，結束與沙暴的談話，一路跑過空地，爬上高聳岩。

沙暴緩步走到赤楊掌旁邊，用面頰搓揉他，綠色眼睛格外炯亮，看起來很為他感到驕傲。「你看起來有點擔心。」她低聲說道。

「我聽到妳跟棘星的一點談話內容，」赤楊掌承認道：「聽起來，他好像不太相信我。」

「胡說，」沙暴回答。「不是棘星不想讓你知道天族的事，而是他不想讓其他貓兒知道。他不是針對你。他只是很愧疚四大部族曾對天族做過的事。」

但那已經是好幾個季節以前的事了，再說那時候棘星都還沒出生，赤楊掌心想道，**他為什麼那麼介意呢？又不是他的錯。**

「我想我不太懂。」他喵聲道。

「有一天你會懂的。」沙暴回答。

赤楊掌恭敬地垂下頭。「謝謝妳，沙暴。我真高興有妳同行。」

「雷族的貓兒們！」棘星從高聳岩上喊道：「赤楊掌夢見了重要的異象……他的異象將帶領他展開探索之旅，我相信對我們雷族來說，這趟旅程就像當年大旱來襲，鴿翅以見習生身分展開探險，拯救湖泊那件事一樣重要。」鴿翅自豪地抬起尾巴。

赤楊掌察覺到每隻貓兒都轉頭看著他，眼裡流露出的恭敬與崇拜神色令他很不知所措。他靦腆地低下頭，看著自己的腳爪。**我其實根本不夠格。**

「巫醫貓的預言告訴我們，除非我們擁抱我們在幽暗處所找到的，天空才能轉晴。赤楊掌夢到的異象給了雷族貓一線希望去找到幽暗裡的答案。如果真的找到了，相信我們的部族將從此繁榮興盛。」

雷族貓兒放聲歡呼。「赤楊掌！赤楊掌！」

赤楊掌愣住了，巴不得現在就飛來一隻大貓頭鷹把他抓離這裡。火花掌推推他。「走吧，你這隻笨鼴鼠！」她喵聲道，同時親密地白他一眼。「該走了！」

赤楊掌直起身子，提起精神。「火花掌，真開心有妳同行。」他低聲道。

他慶幸當他和隊員們朝荊棘隧道走去時，是沙暴在前面帶隊。其他雷族貓緩步跟在他們旁邊，出聲祝福他們。

「赤楊掌，祝你好運！」

「一路順風！」

「願星族照亮你們的前路！」

但就在赤楊掌和火花掌踏進隧道之前，松鼠飛突然跳到他們面前。赤楊掌看見她眼裡的恐懼，但是當她開口時，語氣卻顯得嚴厲：「不准出任何事！我等你們回來告訴我你們的探險故事。」

「我們一定會小心！」赤楊掌保證道。

「我會好好照顧他。」火花掌肆無忌憚地瞪她弟弟一眼，補充道。

松鼠飛用鼻頭輕觸她的兩隻小貓，然後才退後一步。赤楊掌感覺得到她一路目送他們走進隧道裡。

總算開始了！探索之旅正式開始了！

✦✦✦

赤楊掌的隊伍穿過森林，往湖的方向走去，太陽正在升起，熾烈的陽光穿過林子，在林地上灑下斑駁的陰影。赤楊掌記得他第一次離開營地時，覺得領地大得可怕，現在卻覺得這地方親切熟悉而且安全。

「這趟探索之旅得花多久時間呢？」他旁邊的火花掌邊走邊跳地問道：「你看見的那個地方在哪裡？我想多瞭解一下你夢到的內容……不，我是說你的異象。」

「我不知道那地方在哪裡，也不知道要花多久時間，」赤楊掌回答，他聽到他姊姊這麼問，不免緊張到身體微微刺癢：「而且我不能跟妳討論這件事，這是巫醫貓的工作。」

「誰說的，你當然可以告訴我。你在異象裡有看到貓嗎？他們長什麼樣子？他們跟你說了什麼？」她繼續追問，目光熱切。

赤楊掌被她這一連串問題問得更緊張了，感覺肚子裡好像有隻大老鼠在齧啃他。他真希望自己可以實話實說，他不習慣撒謊。**尤其是對火花掌，我跟她之間從來沒有什麼祕密。**

火花掌從旁邊用力推他，害他一個踉蹌。「你是怎麼回事啦？」她不高興地說：「我只是想幫你找到藏在幽暗處的東西，拯救雷族。所以你是怎麼知道你的異象跟那個預言有關？說啊！」

「火花掌，別再煩妳弟弟，」沙暴厲聲道，同時停下來，等他們跟上。「他剛不是說了嗎？這是巫醫貓的工作。」

火花掌怒目瞪視一會兒，隨即又聳聳肩，滿臉不在乎：「算了，反正我早晚會知道。」她跳到旁邊，去找櫻桃落，後者已經走到前面帶隊。「妳覺得呢？」她問櫻桃落：「赤楊掌的異象代表什麼意思？」

赤楊掌如釋重負地嘆了口氣。他暗自慶幸火花掌沒有因為被斥責而暴跳如雷。他沒跟她實話實說，就已經夠糟了，竟還害她被罵。

「等我知道異象是什麼，再回答妳這問題吧。」櫻桃落很有耐心地回答她。

「反正我們以後不是都會知道嗎？」火花掌回答，還刻意瞟了她弟弟一眼。「不過妳應該也有些想法吧，櫻桃落。妳覺得我們最後會找到什麼？」

「就是找到我們必須找到的東西啊。」櫻桃落說。

「一種有助於天空轉晴的東西，」錢鼠鬚補充道，然後又嘀嘀咕咕地說：「不管它的意思是什麼，反正都得找到。」

「我認為它的意思可能是新的狩獵場，」火花掌大聲說道：「我希望答案是這個，那樣的話我們就可以……」

她的話突然中斷，因為他們走到一處空地邊緣，有隻松鼠在草叢裡坐得筆直，正用前爪拿著某樣東西在啃。火花掌忙不迭地衝過去，尾巴在身後擺盪。

但松鼠的速度太快，牠一發現她，立刻衝向近處的樹，迅速奔上樹幹，消失在枝椏間，幾片葉子跟著飄下來，落在火花掌腳下，後者懊惱地抬頭張望。

「我們都知道妳學習能力很強，」櫻桃落看見火花掌垂著尾巴走回來，趁機揶揄她：「但妳真的需要另一個新的狩獵場嗎？因為看來妳在我們現在這個狩獵場裡還有東西可以學哦。」她忍住大笑的衝動。

火花掌沒有回答，只是怒舔胸毛，掩飾尷尬。

那當下赤楊掌其實很為她感到難過，因為他比誰都清楚沒抓到獵物的感受如何。

「好吧，但我覺得我們應該先停下來，抓點獵物再說，」火花掌喵聲道：「這裡有很多獵物，誰知道我們離開了自己的領地後，還有多少獵物可抓？」

「不，我認為我們應該繼續趕路，晚一點再狩獵。」赤楊掌反對道。他心想火花掌只是希望再找一次機會來證明自己是個厲害的狩獵者。「我們還有很長的路要走。」

「而且還得穿過轟雷路。」沙暴補充道：「灰紋已經幫我整理出一條路徑，這樣就不必經過山區，不過會比較危險，因為會遇到兩腳獸和怪獸。」

「哼，轟雷路！」火花掌不屑地冷哼一聲：「波弟都告訴我了，其實也沒那麼可怕。」

「沒那麼可怕？」沙暴的頸毛豎了起來：「妳是鼠腦袋嗎？有多少貓死在轟雷路上。」

「我還是覺得我們應該現在狩獵，」火花掌反駁道，頸毛跟著豎起來。「照我看，光靠剛剛吃的藥草和一點嚼過的樹皮，是不會飽的。」

赤楊掌懊惱地甩動尾巴，**這次的探索之旅理當是由我來發號施令，但火花掌還是以為她可以對我呼來喚去，連長老都不怕。**

他齜牙咧嘴地發出低吼，正準備說他姊姊一頓，卻被沙暴攔住，後者的頸毛已經服貼平順，聲音也冷靜許多。

「火花掌，雖然你們兩個都是還在受訓的小貓，但這畢竟是赤楊掌的探索之旅，異象也是他夢到的，所以妳必須聽從他的指揮。他說得沒錯，我們必須趕路，在我們離開自己的領地之前，都不能停下來狩獵。」

火花掌低下頭，垂著尾巴：「好吧，」她嘟囔道：「對不起。」

赤楊掌挺起胸膛，慶幸有沙暴支持他，當眾宣布他才是隊長。但他也不願見到他姊姊受委屈。因此當他們再度出發時，他伸出尾巴輕輕刷拂她的腰腹。「別太在意。」他低聲道。

他們走出林子，來到湖邊，即將抵達與風族分界的那條河。赤楊掌以前來過這裡，當時他們是去參加大集會，所以當他再度踩上淺灘，繞著湖，往前帶路時，不免自信滿滿。

被隊員們簇擁著的赤楊掌，不時抬頭查看附近有無任何長腿的風族戰士，但光禿禿的山腰上，什麼也沒有。

「很好，」錢鼠鬚低聲道：「我想我們最好在風族察覺之前離開此地。要是有貓兒看見我們經過這裡，天知道會傳出什麼謠言。」

沙暴點點頭。「搞不好他們還會跟蹤我們。赤楊掌，我們走快點。」

赤楊掌沿著礫石灘加快腳步，隊員們都跟著他，最後直抵馬場附近的風族邊界。他不時瞥看荒原，一度以為金雀花叢裡有些許動靜，卻沒看到任何貓兒的蹤影。

等他們穿過邊界，站在馬場邊隅時，赤楊掌才停下腳步。他總覺得肚子裡好像有什麼東西在翻攪，很是焦慮不安。「沙暴，現在由妳來帶隊吧，」他喵聲說：「在我們裡頭，只有妳走過這條路。」

沙暴點點頭。「我們必須爬上山脊，」她回答，同時用尾巴指著一座點綴著零星樹叢、可直通山脊的陡峭坡地，山脊的高度比他們高了好幾隻狐狸身長。「我永遠忘不了我們抵達這裡的那天晚上，」她低聲道，綠色眼睛陷入回憶：「我們從另一頭爬上山脊，完全不知道星族會帶我們去哪裡。然後我們登頂，望見那座湖，湖面上映照著戰士祖靈們。」她嘆口氣。「那是我一生中最美好的夜晚之一。」

她停頓了一下，隨即甩甩毛髮。「我們走吧。」

赤楊掌和隊員們跟著沙暴朝山脊爬去。她先帶著他們經過馬場裡的兩腳獸巢穴聚落，再沿著一道籬笆前進，這種籬笆是用兩腳獸的某種發亮材質製成。

「你看！」火花掌興奮地在赤楊掌耳邊低語：「是馬欸！」

赤楊掌聽過黛西在育兒室裡形容過這種大型動物，所以馬上認出來。眼前有兩匹馬……其中一匹是暗棕色，另一匹是灰的，攙有斑點……牠們都站在樹蔭底下，輕輕地擺動尾巴。

「牠們其實並不可怕，除非你去惹牠們。」沙暴輕快說道：「而且牠們不會跑到籬笆這頭來。」

雖然如此，赤楊掌還是等到大夥兒都離開了馬場，一鼓作氣地攻上山脊後，才覺得鬆一口氣。但一爬上山脊，立刻停下腳步，愣在原地。

「哇！」火花掌長吁一大口氣，來到他身邊。「我都不知道這世界這麼大欸！」

赤楊掌放眼遠望，只見腳下地面陡然消失，直墜而下，形成寬闊的峽谷，峽谷內有多條串連的林地，看上去就像一條深色的蛇盤踞峽谷。再過去是成簇的林子，兩腳獸巢穴成簇挨擠，形成很大的兩腳獸地盤……遠比他們去湖邊採集藥草的兩腳獸地盤還要大……田野與山丘朝四面八方綿延不絕，看不見盡頭。

赤楊掌全身發抖，彷彿被冰錐戳到。他回頭一望，仍看得到四大部族環繞的湖泊……也是他這一輩子唯一熟知的地方。但前方一切卻是未知數。這趟旅程想必會比月池那一次還可怕，畢竟那時候他只要跟著前面的巫醫貓們循著小徑前進就行了。但現在他卻得帶著自己的隊員步上全然陌生的道路。

「你看得到你在異象裡見到的那個地方嗎？」火花掌問道。她看見眼前廣闊的景象，興奮到兩眼發亮。

赤楊掌環顧四周，試圖找到那處岩壁峽谷，沙暴卻代他回答。

「當然還沒看到。那地方還遠得咧。」

「我的星族老天！」火花掌尖聲喊道：「妳的意思是說還要走很遠的路？」

「遠多了，」沙暴告訴她：「我們愈早出發，愈早抵達。走吧，我希望趕在天黑前穿過轟雷路。」

赤楊掌這才知道她是指那條像黑蛇一樣的林地。它跟那條在湖邊戛然而止，隔開影族領地和河族領地的小轟雷路完全不同。有一些閃閃發亮的小東西正沿著它來回快速移動，遠望之下，宛如小甲蟲。

「等我們到了那裡，」沙暴繼續說道：「我沒下達命令之前，誰都不准輕舉妄動，聽懂了嗎？」她補充道，同時嚴厲地看了火花掌一眼。

火花掌點點頭，哪怕才剛被斥責，還是一臉雀躍樣。「絕對聽妳的，沙暴。」

幾隻貓兒在沙暴的帶領下步下山坡，沒多久便抵達一大片林地。儘管不像森林那般濃密，但赤楊掌還是很慶幸又能回到樹蔭底下，享受溫暖的氣味和腳下草葉的觸感。

他隱約察覺到遠方有聲音傳來。那聲音愈來愈大，這才明白那不是貓兒的聲音，也不是他以前聽過的任何動物聲響。他緊張到身上每根毛髮都豎了起來。

沙暴停下腳步，抬起尾巴，示意其他貓兒停下來。「有兩腳獸！」她斷聲道。

「真的假的？」火花掌的眼裡充滿興味：「我們可以過去看看嗎？」

沙暴猶豫了一下。「是可以去看看牠們長什麼樣子，」她終於回答：「不過我們來這兒的目的，不是專程來看兩腳獸，這一點千萬別忘了。」

她小心翼翼地帶隊前進。

赤楊掌必須承認，他跟他姊姊一樣好奇。截至目前為止，他只偶爾驚鴻一瞥過兩腳獸，大多是在綠葉兩腳獸地盤那裡，而且總是在遠處一瞥，從來沒聽過牠們的喧囂聲，也不曾走近去看他們到底長什麼樣子。

沙暴繞過刺藤叢，站在蕨葉叢後面探看，然後用尾巴示意。「好了，過來看看吧，但別讓牠們發現你在這裡。」

赤楊掌匍匐前進，火花掌跟在旁邊，隔著蕨葉叢窺看。有五頭體型不同的兩腳獸坐在空地，後方是一大片平地，地面覆著黑色轟雷路的路面材質，還有一個閃閃發亮的物體蹲在一棵樹下……而且是亮紅色的。

「那是什麼？」他低聲問沙暴。

「那是怪獸！」沙暴小聲回答：「如果你被牠們的黑色腳爪抓到就死定了。不過這頭怪獸看起來像睡著了，所以現在可能還算安全。」

「兩腳獸是坐在什麼東西上面啊？」火花掌問道：「看起來有點像樹幹，只是有點平。」

赤楊掌覺得她形容得很傳神。除此之外，還有一個更大的平板樹幹，上頭散置著一些像是用很大的葉子包起來的東西。兩腳獸八成抓到了一些獵物，因為牠們正把食物塞進嘴裡。

火花掌伸舌舔了舔。「我好餓哦，」她抱怨道：「不管牠們在吃什麼，都好好聞哦。」

在這麼近的距離下看見兩腳獸，又聽見牠們粗嘎的聲音和聞到牠們奇怪的體味，都令赤楊掌嚇得全身毛髮豎得筆直，但同時也覺得好有趣。

「牠們身上幾乎沒毛欸，」他低聲道：「是不是生病了？我記得葉池告訴過我，有種病會讓貓兒掉光身上的毛。可是這些兩腳獸好像都沒毛，」他轉向沙暴問道：「為什麼牠們的巫醫不醫治牠們呢？」

沙暴的綠色眼睛閃著興味。「牠們沒有生病，」她解釋道：「兩腳獸就是長這副德性。」

牠們看起來真蠢，赤楊掌心想，同時不免納悶自己以前怎麼那麼怕牠們，想著想著，就不再緊張，毛髮跟著服貼了下來。

突然間，個頭兒最小的小兩腳獸從平板的樹幹上跳起來，發出很大聲響。更可怕的，牠竟朝貓兒的方向跌跌撞撞地跑來，前爪在空中不停揮舞，一張圓臉很是紅潤，嘴裡發出瘋狂的叫聲。

「牠看到我們了！」櫻桃落倒抽口氣。

沙暴立刻下令：「別跑！各自散開，尋找掩護！」

赤楊掌強迫自己移動腳步，回頭鑽進刺藤叢裡，感覺到尖刺戳到他毛髮。他聽見火花掌也從附近鑽進來。「該死的刺！」她嘀咕道。

錢鼠鬚的聲音從更遠處傳來：「早就知道碰見兩腳獸準沒好事！」

赤楊掌聽見小兩腳獸抬高音量，發出尖叫。然後成年兩腳獸的低沉聲漸漸趨近，牠們粗重的大腳踏在地上，地面跟著輕微晃動。赤楊掌趕緊蹲下來，縮起身子，暗地祈禱他的隊員們已經藏好。

最後聲音漸漸消失，腳步聲漸遠。赤楊掌從刺藤叢裡退出來，甩甩身上的毛，總覺得森林裡的每根刺都黏在他身上。

他看見火花掌也鑽了出來，又回到空地邊緣，隔著蕨葉叢窺看。

「妳在幹什麼？」他嘶聲道，同時爬到她旁邊：「難道妳想被兩腳獸逮到嗎？」

「沒關係啦，牠們離開了。」火花掌回答：「你快來看，真的很有意思欸。」

赤楊掌忍不住好奇心的驅使，也撥開蕨葉叢偷看。三頭小兩腳獸正爬進怪獸的肚子裡，成年兩腳獸則在那張很大的平板樹幹上收集類似葉子的包裝皮，然後走過空地，丟進兩腳獸的某種裝置裡，那裝置看起來有點像一座岩石，只是上頭有個小開口。

「那是食物欸，」火花掌低聲道：「我聞得出來。可是為什麼牠們要丟進去呢？」

「也許那是兩腳獸存放食物的地方，」赤楊掌認為。「我想等牠們餓的時候，就會再回來拿。」

「不是，」赤楊掌嚇了一跳，這才發現沙暴已經緩步走到他們旁邊：「兩腳獸吃剩下不要的東西，都會丟進那裡面。」

「牠們為什麼不吃完？」火花掌問道：「那味道聞起來好香哦。」

赤楊掌嗅聞空氣，味道的確很香，害他也開始流口水，他才發現肚子好餓。

「兩腳獸真奇怪。」錢鼠鬚評論道，同時和櫻桃落緩步過來找他們。

赤楊掌看著兩頭大兩腳獸跟牠們的孩子鑽進怪獸肚子裡。怪獸醒來，發出憤怒吼聲，嚇了他一大跳，空氣裡充斥著刺鼻臭味，怪獸轉了一圈，準備離去，黑色腳爪在黑色轟雷路面上越轉越快，最後消失林間。

「怪獸剛剛吃掉牠們了嗎？」火花掌問道，驚恐地瞪大眼睛。

沙暴搖搖頭。「沒有，怪獸只是讓兩腳獸騎在它們肚子裡面，我根本就懶得去搞懂為什麼會這樣。」

「我就說兩腳獸很奇怪啊，」錢鼠鬚喵聲道：「難怪牠們的怪獸也是怪咖。」過了一會兒，他又說：「不過牠們雖然怪，有些食物倒是挺美味的。我對兩腳獸是沒什麼興趣啦，不過如果白白浪費牠們的食物，未免太鼠腦袋了，反正牠們又不在。」

大夥兒你看看我，我看看你。

「我不知道欸……」沙暴喃喃說道：「你們又不是不知道戰士是不吃寵物貓的食物。」

「那不是寵物貓的食物，」櫻桃落反駁道：「那是兩腳獸的食物。」

「呃……好吧。」沙暴勉強同意：「你們看看能不能把那食物掏出來，我來把風。」

她站在空地邊緣的蕨葉叢旁，火花掌興奮地帶路，朝那座形似岩石的物體走去。赤楊掌抬頭看，發現有發亮的黑色東西從頂端上的洞口伸出來，亮銀色的兩側沒有地方可伸爪握住。

「我們要怎麼進去啊？」錢鼠鬚問道，語氣上似乎不期待有誰能回答他的問題。

櫻桃落試圖爬上去，但爪子老在光滑的表面打滑，怎麼樣也爬不上去，於是退了回來。「鼠大便！」她大聲罵道。

「我有個點子。」火花掌的毛髮豎直，連尾巴也興奮得蓬了起來。「你們都退後。」

她快步往後退了幾隻狐狸身之距，接著倏地往前衝，猛地一躍，跳上形似岩石的物體頂端，身子在洞口邊緣搖來晃去。

「快下來！」櫻桃落吼道：「妳會摔進去，到時我們怎麼救妳出來？」

「我沒事啦。」火花掌尖聲喊道。

她搖搖晃晃地想用爪子抓住洞口邊緣。

那塊像岩石一樣的東西被她的重量壓得歪斜，最後整個翻倒，火花掌及時跳開，安全落地，兩腳獸的東西全從洞口掉出來。

「解決了！」火花掌氣喘吁吁，一副沾沾自喜。「很簡單吧。」

錢鼠鬚把頭伸進洞裡，兩腳獸的食物包材在他腳爪下劈啪作響。等他的頭從洞口出來，嘴裡已經叼了一坨東西。赤楊掌瞬間聞到很香的氣味。

「那是什麼？」他問。

「不知道欸，」錢鼠鬚嘴裡叼著它，含糊說道：「我猜是某種鳥吧，來吃吃看，還有很多。」

火花掌立刻也過去拖了一大塊鳥肉出來。「這體積大到簡直就像隻老鷹，」她喵聲道：「我拿去跟沙暴分。」

赤楊掌和櫻桃落也冒險探頭進去幫自己拿了些食物。「謝了，火花掌！」赤楊掌走到蕨葉叢旁邊加入他們：「就連兩腳獸的獵物，妳也很會抓嘛。」

赤楊掌一口咬下眼前的食物，發現它嚐起來的味道竟比聞起來還香。可是當他囫圇吞下食物時，毛髮卻忍不住豎了起來，總覺得好像有什麼生物正在窺看他。他試圖告訴自己別疑神疑鬼，但怎麼樣都擺脫不了這種被偷窺的感覺。

林子裡傳來窸窣聲響，赤楊掌全身緊繃，回頭看了一眼。

會不會是那個像瘋子一樣的小兩腳獸又回來了？又或者兩腳獸們根本還沒吃完牠們的食物？

但窸窣聲漸漸消失，赤楊掌什麼也沒瞧見，他試圖嗅出氣味，可是兩腳獸的食物香到掩蓋了所有氣味。他轉身繼續吃東西，在心裡告訴自己一定是他想太多了。

奇怪了……我剛剛明明覺得有誰在偷看我們。

第十章

太陽正要下山，紅霞滿天，貓兒們拖著沉重的腳步穿越林子。赤楊掌的肚子咕嚕咕嚕地叫。日正當中過後，他們離家愈來愈遠，他又開始緊張，以致於根本忘了肚子痛的原因是因為他還沒吃東西。大啖兩腳獸食物的那件事感覺像是是幾天前的事了。

「我覺得我們應該暫停一下，先去狩獵。」錢鼠鬚喵聲道：「就快天黑了。」

沙暴看起來猶疑不定。「我們還是得穿過轟雷路，」她回答：「我覺得我們應該先過了轟雷路再狩獵。」

赤楊掌首度注意到空氣中瀰漫著嗆鼻的臭味，遠方的隆隆聲響聽在耳裡猶如雷聲大作，但天空依舊晴朗。這氣味令他不免想起一群兩腳獸爬進怪獸肚子裡的那個畫面，這才明白這味道一定是從轟雷路來的。

「可是我好餓。」火花掌向沙暴抗議：「拜託讓我們先狩獵啦。」

沙暴抽動著鬍鬚。「好吧，」她終於同意：「我承認我也餓了。」

她話還沒說完，火花掌便衝進矮木叢裡，過了一會兒，嘴裡就叼了隻田鼠出來。

「太厲害了。」沙暴點頭稱許。

「我真搞不懂她是怎麼辦到的。」錢鼠鬚嘀咕道。

赤楊掌聽見他稱讚火花掌，只能盡量克制住自己的妒意，卻沒想到錢鼠鬚竟轉身對他說：「赤楊掌，要不要跟我一起去狩獵？」

「好啊……當然好啊。」赤楊掌心想錢鼠鬚八成以為他沒那能耐自己狩獵。**我好像又成了他的見習生**，他邊想邊跟著他的前任導師走進茂密的榛木叢裡。

「試試看我以前教你的方法，」錢鼠鬚提議道：「一次專注在一小塊地方。這方法似乎對你很管用。」

還不夠管用，赤楊掌心想，同時蹲下來，全神貫注落葉堆和附近榛木叢下方的枯枝堆上。他小心嗅聞，結果聞到老鼠的氣味，隨即發現牠正躲在一堆枯葉底下。

赤楊掌試圖回想還在當錢鼠鬚見習生時學過的技巧，於是躡手躡腳地走過去。老鼠似乎沒有察覺到他，仍在葉叢裡搔抓。赤楊掌停下腳步，目光掃過頭上樹枝。**這裡有足夠空間供我跳躍嗎？會不會碰到上面的樹枝，嚇到老鼠？**

他還在猶豫不定，老鼠突然停下動作，隨即疾步跑開。要不是錢鼠鬚撲上去一巴掌把牠打下來，恐怕早就逃掉了。

「你再試一次，」錢鼠鬚提議道，顯然受夠了跟赤楊掌一起狩獵的經驗。「我去看看有沒有松鼠可以抓。」

他緩步離開，留下老鼠讓赤楊掌帶回去。

赤楊掌又試了一次，這次瞄見榛木叢邊緣草地上有隻黑鳥在啄食東西。他馬上蹲下來，匍匐前進，發誓這次一定要成功。他想像待會兒叼著黑鳥快步回去找隊員們的情景。他慢慢趨近，興奮到腳爪微微發抖。

結果他的前爪突然踩滑，頓失重心。黑鳥應聲飛起，發出刺耳叫聲。「狐狸屎！」赤楊掌趕緊穩住身子，嘶聲怒罵，這才發現原來地上有個小坑，被垂生的草葉擋住才沒看見。

誰都可能遇到這種事，他心想，試圖為自己辯解，但又可憐兮兮地補了一句，**但一定只有我會倒楣遇上**。

他環顧四周，想找出其他獵物，卻看見錢鼠鬚前爪拖著一隻松鼠走過來。

「運氣有點背嗎？」他的前任導師一臉同情地問道：「沒關係，你可以跟我一起吃松鼠，對了，別忘了那隻老鼠。」

等他回到同伴們集合的地點時，發現沙暴也抓到一隻肥美的鴿子，櫻桃落則帶回兩隻老鼠。

「嘿，」火花掌在錢鼠鬚和赤楊掌走近時大喊：「你抓到老鼠了！」

「不是我抓的，」赤楊掌回答，同時丟下獵物：「是錢鼠鬚抓的。」

他和同伴們一起分享獵物，覺得自己好沒用。

等他們吃完獵物，太陽已經下山，樹林底下一片漆黑。「已經很晚了，」沙暴喵聲道：「如果我們想今晚穿越轟雷路，最好現在就出發。」

他們才一出發，赤楊掌就又覺得好像有誰在跟蹤他們，全身不安到微微刺癢。他們經過濃密的矮木叢，他忍不住往裡頭瞟了一眼，那瞬間，他幾乎可以確定矮木叢深處有某種東西正盯著他們看。他在想是不是該把他的疑慮告訴沙暴？可是當他嗅聞空氣時，發現這裡的味道都被同伴的體味掩蓋，以致於聞不到其他奇怪的氣味。**他們一定會認為我想太多了**，他告訴自己，試圖甩開這種被盯梢的感覺，**也許我真的想太多了**。

貓兒們繼續前進，怒吼聲愈來愈大，嗆鼻的臭味充斥空氣，淹沒了森林裡所有氣味。他們才走了幾隻狐狸身的距離，就離開了林子，踏上轟雷路路邊的狹長草地。

赤楊掌瞪著轟雷路，心跳快到心臟好像隨時會從胸膛裡迸出來。他從沒見過那麼可怕的景象。各種怪獸從兩個方向奔馳而過，距離近到貓兒們的毛髮都被牠們捲起的狂風掃亂。牠們狂奔時，會發出尖銳的怪異聲響，像是在彼此交談。而且大部分的怪獸都有如火球般的眼睛可以照亮前方的黑暗。

這時赤楊掌瞄到有頭怪獸只有一隻眼睛，牠看起來似乎比其他怪獸還危險。

「一隻眼睛的怪獸欸！」火花掌倒抽口氣，同時挨近赤楊掌，這是頭一次聽見她的語氣跟他一樣害怕。

「勇敢點，」沙暴語氣鎮定地喵聲道：「我們得在天色完全暗下來之前穿越轟雷路。跟我來。記住我的叮嚀。除非我下令，否則不准輕舉妄動。」

赤楊掌深吸一口氣，提起精神。他閉上眼睛，回想異象裡看到的那些貓兒。**我是為了你們才做的**，他痛下決心，再度睜開眼睛，**如果我們必須穿越轟雷路，那就上吧**。

他跟著沙暴往前走，和他的隊員們並排站在轟雷路路邊。他不敢相信他們離呼嘯而過的怪獸們如此之近。怒吼聲、風聲和刺鼻的臭味迎面撲來，害他都快搞不清楚自己身在何處。怪獸們的動作風馳電掣到他根本看不見牠們的腳爪，牠們猶如黑影不停飛嘯而過。怒吼聲大到連耳朵都刺痛，眼睛也熾亮到令他不敢直視。

「別擔心，」沙暴站在他旁邊說道：「只要我們算好跑過去的時間，怪獸奈何不了我們。」

赤楊掌很願意相信她的話，但仍不免注意到她的語調和氣味裡隱約攙了絲恐懼。怪獸之間的間隔時間近到貓兒們根本無法通過。赤楊掌忍不住想像自己被黑色巨爪壓在底下，平貼轟雷路黑色路面上的慘狀。

這時有坨東西從其中一頭怪獸的肚子裡飛出來，被一閃而逝的火燄般目光瞬間照亮，直接朝錢鼠鬚飛來。沙暴也看見了。

「小心！」她大吼，同時撲上錢鼠鬚，一把推開他。

兩隻貓兒頓失重心地在地上滾成一團，那坨東西直接撞上轟雷路的路邊，散落一地。

「謝了，」錢鼠鬚氣喘吁吁，爬了起來。「沙暴，要不是妳，我恐怕……」他的話又被打斷，因為又有另一坨東西從另一頭怪獸的肚子裡丟出來，黑鴉鴉地在空中飛掠而過。

「快逃！」沙暴喊道：「快退回林子。」

他們沒敢去看第二坨東西究竟是什麼，全都奔回林子。赤楊掌奔進林地時，只聽見它砰地一聲撞上他後方的地面。火花掌跟在他旁邊。起初他很怕他們會在黑暗中走散，但還好過了一會兒，又全都回來躲在蕨葉叢底下，渾身發抖地挨擠在一起。

「夠了，」沙暴的聲音顫抖，「我不打算摸黑過轟雷路了，至少不能在怪獸朝我們猛丟東西的時候穿越轟雷路。我們今天就在這裡紮營，明天早上再啟程。」

赤楊掌聽見今晚不必再回去面對那眼露凶光的怪獸，總算如釋重負。他試著壓抑住不安的情緒，先不去想明天早上還是得穿越轟雷路這件事。

貓兒們都累到沒什麼體力幫自己打理出真正的臥鋪。他們耙了耙地上的蕨葉，便蜷起身子，挨著彼此躺下來。赤楊掌很是感激躺在他旁邊的火花掌分享的體溫，錢鼠鬚則躺在他的另一側。

儘管睡意襲來，他還是感覺得到有誰正在偷窺他們，不安到毛髮微微刺癢。

✦✦✦

第二天一早，太陽斜滲進蕨葉叢，喚醒了赤楊掌。他勉力爬起，鑽了出來，走進空地，看見沙暴正在一棵櫸木底下梳理自己。其他同伴都不見了。

「好晚了，」他倒抽口氣：「妳為什麼不叫醒我？他們都去哪兒了？」

「別緊張，」沙暴喵聲道，同時舔舔腳爪，再用腳爪順順其中一隻耳朵。「太陽才剛出來，他們都去狩獵了。」

她說話的同時，蕨葉叢一陣騷動，櫻桃落出現了，嘴裡叼著一隻松鼠，錢鼠鬚和火花掌也跟在後面，各叼著一隻田鼠。

「太棒了！」沙暴讚美道：「我們吃完就上路吧。」

吃飽的感覺真舒服，赤楊掌心滿意足地跟著同伴們走到林子邊緣，再度回到轟雷路。當他蹲在黑色路面的路邊時，心裡還是很害怕，一看見怪獸呼嘯而過，毛髮便豎了起來。不過還好不像昨夜那麼可怕。

至少我們看得到怪獸，不是只看到那雙發亮的眼睛。

他們站成一排，沙暴站在中間，左右巡看，等待怪獸間隔的空檔。「我只要說『上』，」她喵聲道：「你們就盡快往前跑，就想像有影族貓在後面追你們，一直跑到路的對面才停下來。」

對赤楊掌來說，總覺得等了很久怪獸們的怒吼聲才漸漸停歇，最後一頭怪獸終於消失在遠方。

「上！」沙暴喊道：「快跑！」

赤楊掌用力往前一躍，像飛的一樣衝向對面林子。火花掌並肩跑在他旁邊。這時有頭怪獸的怒吼聲竄進耳裡，他聽見沙暴大吼：「跑快點！」

赤楊掌轉頭一看，只見體型巨大的怪獸朝他衝來，張開大嘴陰森逼近。他嚇得停下腳步，火花掌猛地撞他，要他快跑，他回神拔腿就跑。怪獸在他們後方風也似地掃過去，赤楊掌癱在轟雷路對面的草地上，氣喘吁吁。

「我的星族老天，剛剛好險哦！」火花掌驚呼道。

赤楊掌坐了起來，上氣不接下氣：「謝謝妳，火花掌，妳救了……」

他姊姊用力推他一把。「閉上你的嘴，笨毛球。」

「我們應該快點找掩護，」錢鼠鬚提議道：「免得那些怪獸又開始亂丟東西。」

「你說得沒錯。」沙暴同意道。

接下來他們花了一整天的時間徒步穿過林子，這時濃雲開始密布，森林漸漸暗了下來。上方樹枝被風吹得窸窣作響，雨滴飛濺而下。但近傍晚時，天空再度清澈，只是空氣仍舊冷冽。赤楊掌蓬起毛髮，渴望回到自己的見習生窩裡，躺在舒適的臥鋪上。**不過至少我不再覺得有被偷窺的感覺了，不管那是誰，也許在我們過轟雷路的時候，就甩掉他了。**

最後他們來到一處坑地，坑地四周布滿濃密的冬青灌木叢。坑地底部有一方小水池，大家這時候腳都瘦了，一跛一跛地步下斜坡，心懷感恩地舔著池裡的水。

「這裡真適合紮營，」沙暴喵聲道：「赤楊掌，我和你去收集臥鋪的材料，其他貓兒去狩獵吧。」

赤楊掌有點難過他們從不派他去狩獵，但也只能收拾心情，動手認真採集樹葉、青苔和蕨葉，幫他的同伴們在灌木叢底下打理臥鋪。等到月亮升起時，溫暖舒適的臥鋪已經準備妥當，其他貓兒也陸續帶回兩隻畫眉和幾隻地鼠。

「晚安，」火花掌大口啖完食物後，打了個大呵欠。「也許明天我們就能找出幽暗處的東西了。」

「才沒那麼快呢，」沙暴一臉睡意地回答：「還有很長的路要走。」

赤楊掌鑽進火花掌旁邊的臥鋪裡。

但就在他快睡著的時候，突然聽見灌木叢裡傳來樹葉碎裂的聲響。他坐了起來，全身警覺。他發現沙暴也聽見了，另外三隻貓兒仍搖搖晃晃地想爬起來。碎裂聲沒有止息，赤楊掌直覺那是腳步聲。

沙暴用尾巴示意其他貓兒待在原地。「我去看看。」她低聲道。

她像追蹤老鼠一樣小心翼翼地爬出臥鋪，朝灌木叢方向走去，但快要走到的時候，凶狠的吼聲突然劃破夜晚的空氣。

強烈的臭味朝赤楊掌迎面撲來，一個身影突然衝出灌木叢，朝沙暴直撲而來，赤楊掌嚇得尖叫，對方的尖牙利爪一閃而逝，凶惡的目光乍現眼前。

「不，我的星族老天！」火花掌哀號：「是狐狸！」

第十一章

赤楊掌不敢相信狐狸速度竟然那麼快。他愣看著對方結實的身軀空中飛撲，落在沙暴身上，尖尖的鼻口埋進她的毛髮，利牙戳進肩膀。沙暴痛苦哭號。

赤楊掌從驚愕中回神，衝了過去，撲上狐狸，後者齜牙怒吼，轉身用後腿站起，甩掉背上的赤楊掌。沙暴趁狐狸鬆口，翻滾逃開，卻仍然頭昏眼花，肩上的傷口鮮血直流。

「快逃！」赤楊掌朝她大喊：「太危險了……妳受傷了！」

沙暴伸出爪子，猶豫了一下，這才勉強拖著受傷的身軀退到一旁。

赤楊掌又衝向狐狸，這次伸爪劃牠腰側，又趕緊跳回來，免得被牠張嘴咬到。**其他同伴呢？**他心想，同時環顧四周，這下心跳得更厲害了，原來其他同伴也被另一隻狐狸攻擊，正拚了命地抵抗，**他們根本自顧不暇**，他的恐懼急速升高。夜裡空氣充斥著齜牙怒吼聲和血腥味。

赤楊掌應戰的那隻狐狸伸爪往他臉上一劃，他及時低身，勉強閃開。狐狸又朝他撲來，赤楊掌往後彈開，感覺撞到硬物，這才知道後面被樹幹擋住去路。

狐狸咆哮，利爪耙抓著地面。赤楊掌試著嘶吼回嗆，但聲音聽起來力道不足，一點威脅性也沒有。**我連一隻小貓都嚇不跑吧！**

狐狸蹲伏下來，打算飛撲過來，赤楊掌硬著頭皮應戰。但狐狸還沒來得及出手，突然有尖叫聲傳來。月光下，赤楊掌驚見一坨毛絨絨的東西快如旋風地從灌木叢裡飛撲出來，不偏不倚地落在狐狸背上。

狐狸驚恐嚎叫，前後擺動，試圖甩開背上那坨毛球，但對方的爪子戳了進去，緊緊巴住不放。

那是一隻母貓！赤楊掌這才發現。**我的星族老天！她好勇敢！但她絕對不是狐狸的對手。**

現在沒時間好奇陌生貓兒是誰了。赤楊掌再度加入戰局，試圖伸爪戳進狐狸喉嚨，但被牠的頭用力甩掉。這時他發現火花掌也來了，在他旁邊奮力抗敵，不時猛砍狐狸肩膀，又往後彈開，保持安全距離。

「攻擊牠的眼睛！」站在狐狸背後的貓兒喊道：「還有牠的後腿！」

陌生貓兒的聲音聽在赤楊掌耳裡異常熟悉，但他沒時間多想，月光斷斷續續地灑落地面，他根本看不清楚。

「不管妳現在攻哪裡，都別鬆手！」火花掌氣喘吁吁地對陌生貓兒說。

「我不會！」陌生貓兒利爪劃過狐狸的背，赤楊掌和火花掌則繼續攻牠腰側，試圖讓狐狸失去重心。

野獸最後放聲尖叫，猛力甩開背上的貓兒，後者四腳朝天地摔在蕨葉叢裡。赤楊掌衝過去擋在她和狐狸中間，試圖保護她，但狐狸顯然受夠了，轉身逃之夭夭。櫻桃落和錢鼠鬚隨後也趕走了另一隻狐狸。

大戰過後的貓兒們全都氣喘吁吁地站在原地好一會兒。沙暴率先開口：「大夥兒都還好嗎？」

「我沒事。」赤楊掌回答。

「我的肩膀剛撞到地面，」錢鼠鬚喵聲道：「明天可能會有點僵硬，不過不礙事。」

「我掉了幾撮毛而已。」櫻桃落說道。

赤楊掌忙著嗅聞火花掌全身上下，確保她毫髮無傷，但她一直扭來扭去，不讓他嗅聞。「赤楊掌，我真的沒事。」

「我也沒事。」陌生貓兒的聲音從赤楊掌後方傳來，他轉身看見剛摔進蕨葉叢裡頭的她正慢慢爬出來。

「謝謝妳出手相救，」他喵聲道，其他貓兒也同聲感謝。「要不是妳，我恐怕早被狐狸宰了……」

這時月亮從雲層後方出來，赤楊掌總算看清楚對方是誰。「針掌！」他倒抽口氣：「妳在這裡做什麼？」

針掌緩步走到他們中間，態度自若地環看他們：「從狐狸爪下救出你們啊！」

「可是……妳不是影族見習生嗎？」櫻桃落問道：「妳的導師呢？妳離家這麼遠要做什麼？」

針掌顯然很不高興被她這樣質問，她挑釁地揮揮尾巴。「我探索風族領地時，看見你們正啟程出發，」她回答：「我想這一定跟那個預言有關，所以就開始跟蹤你們。」

「沒有導師的陪同，妳怎麼可以四處遊蕩？」沙暴斥責她，但因受傷的關係，語調顯得痛苦。赤楊掌知道她此刻需要的是休息和妥善治療，而不是和影族貓爭執。「而且妳也不該跑進風族領地探險。」

「我又不是跑去那裡狩獵！」針掌反駁道：「而且我……」

在沙暴的瞪視下，她的聲音愈說愈小聲。「妳更不應該在沒有族長的批准下，擅自離開妳的領地，」沙暴繼續斥責：「妳難道不知道單獨外出有多危險嗎？等妳回去之後，花楸星絕對饒不過妳。」

針掌狠狠瞪了回去，但閉緊嘴巴沒再吭氣。

「妳跟在我們後面穿越轟雷路？」錢鼠鬚好奇問道：「那很危險。」

「我當然要穿越，」針掌語帶鄙夷地說道：「轟雷路又沒什麼大不了，我才不怕怪獸呢！」

赤楊掌不懂她真正的意思是什麼？她是在說氣話，好假裝自己夠強悍嗎？**轟雷路當然很可怕！**

「我看妳是鼠腦袋吧！」錢鼠鬚諷刺她。

「我可以照顧我自己，」針掌反駁道：「不勞你們費心。倒是你們……才需要我幫忙，我剛剛救了你們。」

「妳或許**幫忙**救了我們，」火花掌直言道，尾尖惱怒地前後擺動：「但也僅限於幫忙而已。」

針掌沒理她。「我要跟你們一起去。」她宣布。

櫻桃落和錢鼠鬚不可置信地互看彼此一眼。「不行！」櫻桃落大聲說道。

「沒錯，」沙暴的聲音粗暴：「妳應該回妳的領地。」

「我要留下來，誰也阻止不了我。」針掌喵聲道，意志堅定。「我知道你們要去找預言裡幽暗處的東西。但你們是單方面為了雷族出發去找，我才不會讓你們得逞。影族在這個預言裡也占了一份。」她的目光掃過所有貓兒，聲音變得急迫。但赤楊掌感覺得到她其實沒有那麼急著想找出那個所謂幽暗處裡的東西。「如果我能幫助我的部族讓天空轉晴，我當然義無反顧。」

赤楊掌有點同情針掌。**因為如果我是她，我也會想幫忙雷族讓天空轉晴**。只是當針掌一個轉身，直接朝他開口時，他竟不知所措了起來。

「赤楊掌，你是巫醫貓，你對預言這種事很清楚，你覺得我說得對不對？」她放軟語調，試圖說服他。「**拜託**你讓我去嘛。」

赤楊掌很高興她願意向他請益，表示對他的尊重。他知道自己不該太喜歡針掌，**她來自別的部族，而且老是破壞規矩，她對資深戰士很沒禮貌……但她很有趣、很有個性，而且她的狩獵技術和戰技都很厲害，她總是有話直說**。

「我……呃……我不知道，」他結結巴巴，很是不安：「我不確定我……」

「這是屬於赤楊掌的探索之旅，」沙暴打斷道，赤楊掌這才吁了口氣。「但即便如此，這件事也不能全由他自己作主。我們必須討論一下……私下討論。」語畢，她又瞪了針掌一眼。

「好吧。」針掌喵聲道，然後停頓一下，故作若無其事地舔舔其中一隻腳爪。

她其實很在乎這件事，赤楊掌發現，**但她絕不會承認，她很緊張我們會怎麼決定**。

雷族貓緩步走進坑地邊緣的樹叢底下。赤楊掌注意到沙暴跛得厲害，肩上的傷仍在流血。

「沙暴，妳還好嗎？」他問道：「我應該先看一下傷口。」

「不礙事。」沙暴抽動鬍鬚，神情不屑。

但赤楊掌不滿意她的回答。「妳先舔乾淨妳的傷口，」他們一在樹叢下坐定，他就這樣告訴沙暴。「火花掌，去幫我找點蜘蛛絲來。」

「唉……這隻巫醫貓很愛發號施令哦！」火花掌大聲說。「你這種態度是不是跟松鴉羽學的啊？」不過她還是聽命在矮木叢裡四周嗅聞，沒多久，就帶回一坨蜘蛛絲。

這時候，沙暴已經舔乾淨自己的傷口。赤楊掌小心檢查，慶幸流血情況已經緩和，只剩下一點點的滲血。

赤楊掌把蜘蛛絲塗上去，這時沙暴喵聲說：「不礙事啦，但是我們要怎麼處置針掌呢？我不喜歡她老跟著我們，但她年紀太小，放任她自己在外面跑，實在不太妥當，但如果硬要她回影族領地，勢必得派隻貓兒護送她回去，不然太危險了。」

「我覺得妳說得沒錯。」櫻桃落同意道。

錢鼠鬚憤怒地甩打著尾巴。「這隻聒噪的小貓是咎由自取，」他咆哮道：「她應該自己想辦法回去！這個臉皮超厚的影族見習生根本不勞我們費心。」

「呃……」赤楊掌開口道，有點不好意思反駁他的前任導師：「她雖然聒噪，卻在狐狸攻擊我們的時候，幫我們解了圍。」

錢鼠鬚嘟囔道：「你說的是沒錯啦。」

「但就算針掌沒幫忙，我們最後還是能打敗狐狸。」火花掌喵聲道。

「這樣談不出結果的，」沙暴嘆口氣：「赤楊掌，針掌有件事說得對：這是你的探索之旅。所以你的想法是什麼？」

「我不同意錢鼠鬚和火花掌的看法，」赤楊掌承認道，哪怕他其實很不想得罪他的前任導師和他姊姊。「我覺得針掌應該跟我們去。因為如果我們硬叫她回去，」他補充道：「她一定不會聽我們的話，還是會跟上來。」

「或許吧，」錢鼠鬚哼了一聲：「但這不構成歡迎她加入的理由。」

「好吧，」沙暴喵聲道：「既然我們沒有共識，那就由我來做最後裁決。針掌跟我們一起去。」

火花掌和錢鼠鬚失望地互看一眼。

「好！」火花掌厲聲道：「但我們絕不能告訴她這場探索之旅的細節究竟是什麼，對吧？」

赤楊掌不敢迎視他姊姊的目光，**其實就連我的同伴們也不知道這場探索之旅的細節是什麼啊！**

沙暴捕捉到他的目光。「我們不會告訴她的。」她低聲道。

雷族貓兒紛紛站起來，緩步走回坑地，準備告訴針掌他們的決定。途中，赤楊掌聽見櫻桃落和錢鼠鬚在他背後嘟囔。

「等她回到自己領地，就要倒楣了。」錢鼠鬚咕噥道。

「反正那也不關我們的事，」櫻桃落回答：「她自己得面對。」

他們離開的這段時間，針掌顯然好好梳理了自己，那身光滑的銀色毛髮在漸亮的曙光下閃閃發亮。而剛剛才跟狐狸大戰過的赤楊掌仍全身沾滿塵土和碎屑，相形之下顯得很邋遢。

「我們決定讓妳加入我們。」沙暴正式宣布。

針掌抬起一隻腳爪，仔細端詳眼前爪子。「我就知道你們會答應，」她淡漠地說道：「反正你們也阻止不了我。」

赤楊掌很是惱火她無禮的態度，不過他感覺得到她其實很開心，只是不願承認罷了。**她似乎有點……寂寞**，他心想。

太陽升起處的天空一片暈紅，如今赤楊掌更能清楚看見針掌臉上的表情。他從她眼裡看得出來她有多雀躍加入他們。

第十二章

「沙暴，」赤楊掌喵聲道：「既然太陽出來了，那就讓我好好檢查一下妳肩上的傷口吧。」

老母貓嘆口氣：「我就知道你會這麼說。」

她站著不動讓赤楊掌把前一晚敷上去的蜘蛛絲剝下來。傷口處仍有一點滲血。

「有沒有需要我們幫忙的地方？」火花掌問道，緊張地從他身後探看。

赤楊掌慶幸自己知道該怎麼醫治傷口。**葉池和松鴉羽一定會以我為傲**。

「我需要紫草根，」他回答：「櫻桃落、錢鼠鬚，你們可不可以去找一些回來？它的葉子很長很大，根是黑色的，有一種刺鼻的味道。」

「就是你那天塗在我腳墊上的那種藥草，對吧？」櫻桃落問道：「我知道它長什麼樣子。來吧，錢鼠鬚！」

「其實也不是很嚴重，」沙暴抗議道，但兩位戰士已經消失在矮木叢裡。「我沒事。」

「妳還是得讓我治療妳的傷口，」赤楊掌回答：「這很重要。」

要求長老聽命自己的感覺很怪，不過他很高興沙暴最後還是點頭答應。「還有妳先舔乾淨自己的傷口，」赤楊掌補充道：「等一下才好上藥。」

等到櫻桃落和錢鼠鬚帶著紫草根回來時，太陽才剛爬上天空。赤楊掌趕緊上工，將紫草根嚼爛，敷在沙暴的傷口上。當汁液滲進傷口時，沙暴立刻出現如釋重負的表情，長吁了一口氣。

「感覺舒服多了。」她喃喃說道。

「現在輪到你們了。」赤楊掌喵聲道。

「我們沒事，真的。」火花掌當場拒絕。

「等我看過了才算數。」赤楊掌反駁道，他記得松鴉羽對那些不想接受治療的貓兒也都是這麼說。

火花掌雖然抽動著鬍鬚，但還是乖乖不動地讓赤楊掌檢查。藉著早晨清澈的光線，他看見她前腿有處刮傷，是他昨晚漏看的，於是順手拿起紫草泥敷上去。

「謝了，好多了，」火花掌喵聲道：「嘿，你知不知道你自己的耳朵也在流血？」可能是因為狐狸大戰的壓力過大，後來又在討論針掌的去留問題，再加上得治療同伴們，以至於赤楊掌始終沒察覺到他的耳朵微微刺痛。

「笨毛球！」火花掌推他一把。「別動，我幫你舔一舔。」她伸舌快速舔了舔他的耳朵。「我敷點藥泥上去，」她繼續說道，「好了，完成了。我當巫醫貓還夠格吧？」

「少來！」赤楊掌打趣說道：「但妳倒算是個很厲害的戰士。」

他繼續檢查其他同伴的傷勢，很慶幸櫻桃落雖然被狐狸拔了幾撮毛下來，但沒受什麼傷。

「我的肩膀還在痛，」錢鼠鬚告訴他：「但也不是很痛，我想活動一下應該就沒事了。」

「我看到妳背上有被劃傷，」赤楊掌喵聲道，同時朝針掌轉身。他不太好意思向別族貓兒提議他想檢查傷口。「要不要我幫妳看一下？」

「請便！」針掌回答時，神情有點不安，身子蠕動了一下。「那隻疥癬狐狸把我摔進金雀花叢裡，痛死了。」

赤楊掌仔細檢查過後，發現她的背上扎了兩三根荊棘的刺，而且有一處擦傷挺嚴重的，滲出來的血都凝固了。

「妳身上被荊棘的刺扎到，」赤楊掌喵聲道：「妳蹲下來，我幫妳拔出來。」

針掌平貼地面，赤楊掌設法張嘴用牙齒咬住荊棘的刺，拔了出來，丟在地上。拔針的地方立刻滲出一點血。

「我幫妳塗上藥泥，」赤楊掌繼續說道：「就不會那麼痛了。」

當紫草根的汁液滲進針掌的背時，她如釋重負地伸了個懶腰。「謝了，赤楊掌，你真的很厲害，我覺得舒服多了，而且餓極了！」

赤楊掌聽到針掌的稱讚，尷尬到全身發燙。他趕緊趁櫻桃落在組狩獵隊時退回去。最後櫻桃落和錢鼠鬚、火花掌和針掌各自帶開，進入林子，赤楊掌和沙暴留守原地。

「赤楊掌，你做得很好。」其他貓兒離開後，沙暴低聲說道。

赤楊掌垂下頭。「謝謝妳，沙暴。」他不確定自己是否值得稱許，但仍感覺得到心底的喜悅滿得像被雨水填滿的坑一樣。

狩獵隊回來的時候，還沒日正當中。錢鼠鬚和火花掌各帶了一隻老鼠回來，櫻桃落抓到一隻田鼠。這時赤楊掌看到針掌帶回來的獵物，驚訝地瞪大眼睛。她正在拖一隻鴿子和松鼠，兩者的體型都大到幾乎拖不動。只見她加快腳步，走到坑底，將獵物丟在正在池邊曬太陽的赤楊掌和沙暴腳下。

赤楊掌極力想掩飾臉上的驚訝表情，但他相信針掌看得出來他對她有多麼地刮目相看。

「不錯吧？」她喵聲道：「這樣你就不會後悔讓我加入你們了，對吧？而且我還不只抓到這些哦。」

這時火花掌和其他貓兒也走過來擱下他們的獵物。赤楊掌看得出來他姊姊有點不高興針掌的成績比她好，不時斜眼覷她。

「她說的沒錯，」她告訴沙暴，「針掌不只抓到松鼠和鴿子，她還抓到一隻很肥的大老鼠。」

「在哪裡？」沙暴問。

「她先吃掉了！」火花掌火大地說：「她自己吃掉了！這根本有違戰士守則嘛。」

赤楊掌心想他絕對不敢罵得這麼大聲，不過話說回來，他們也沒有立場教導針掌戰士守則。**畢竟她不是我們雷族貓，而且就算她吃了那隻大老鼠，她帶回來的獵物也比其他三隻貓兒加總起來還要多。**

「我們先吃吧，好讓自己放鬆一下。」沙暴回應火花掌，語調聽起來疲憊：「大家都累壞了，現在我們需要好好吃一頓，好好休息。」

火花掌不再吭氣，不過毛髮仍然豎得筆直，而且一逕瞪著針掌，但後者似乎不在乎她的埋怨。

「我們吃吧，」針掌喵聲道：「來吧，赤楊掌，你可以跟我一起吃這隻松鼠。」

赤楊掌飢腸轆轆，每口松鼠肉都美味無比。但是當他再度坐下來，抬起腳爪想清理自己的鬍鬚時，卻發現他姊姊不見了。

「火花掌呢？」他問道，不安到腳爪微微刺癢。**該不會是狐狸又回來了……可是要是有狐狸，一定會發生激戰啊，她不可能憑空消失！**

雷族貓在坑地四周尋找火花掌，呼喊她名字，但都得不到回應，這時沙暴從灌木叢那兒叫他們回來，那裡是她和赤楊掌昨晚鋪好臥鋪的地方。

「她在這裡！」

赤楊掌跳過去，看見他姊姊舒服地蜷伏臥鋪裡，尾巴蓋在鼻子上，發出輕微鼾響。

「要不要叫醒她？」櫻桃落問道，這時同伴們都擠了過來。

「我倒覺得她這主意不錯。」錢鼠鬚評論道，也張嘴打了個大呵欠。

「是啊，就讓她睡吧，」沙暴同意道：「事實上，我也覺得我們都該好好補個眠了。」

赤楊掌尤其覺得沙暴看起來特別疲憊，不過他沒說什麼。他開始明白，這場旅程對她來說……尤其她現在又受傷……恐怕體力負荷不了，哪怕她不願承認。

「那誰來站崗呢？」他問道，這時大家已經躺在臥鋪裡。「畢竟還有狐狸。」

我應該自願站崗的，他心想，儘管他自己也早就累到四肢無力，也只能盡量不去想。**畢竟這是我的探索之旅，要不是我夢見異象，就不會有這趟旅行，哪怕不是我主動要求出外探險，但我對他們還是有責任。**

「我來好了，」沒跟他們一起搜索火花掌下落的針掌從池邊緩步走過來，幾滴水珠從她鬍鬚上滑落。「反正我需要的睡眠時間本來就不多，現在既然吃飽了，就算幾天沒睡都沒問題。」

赤楊掌謝過針掌，便在臥鋪裡蜷起身子，閉上眼睛，如釋重負地吁了口氣。但是他沒有陷入夢鄉，反而發現自己站在一處陰冷荒原的半山腰上，四周是裊裊薄霧。天上星光閃爍，遠處傳來痛苦的尖嚎聲，劃破寂靜的夜色。

赤楊掌嚇得全身毛髮微微刺痛，於是緩步朝哭喊的方向前進。薄霧中有暗色身影現身，當他趨近時，發現全都是貓兒，他們圍成一圈，對著天上的星群哭號。

「救救我們，哦，救救我們！」

赤楊掌的胸膛劇烈起伏，呼吸愈來愈急促，他能感受到他們的痛苦。**我認得這些貓兒！**在他們當中有他上次夢裡見到的天族族長葉星，還有她的副族長薑黃色大公貓銳爪。圈子盡頭處是嬌小的銀色虎斑貓回颯，也是他們的巫醫貓。她旁邊是那隻在他夢裡被受封為戰士、毛色黑白相間的年輕貓兒。除此之外，還有其他許許多多的貓，全都在痛苦害怕地放聲大叫。

「救救我們！救救我們！」

「我在這裡！」赤楊掌上氣不接下氣地說，他跳到前面去，站在圈子外圍。「我會幫你們！告訴我該怎麼做。」

但貓兒們似乎聽不到他的聲音。就連回颯這次也沒朝他轉頭。他們可怕的哭號聲一直沒間斷，彷彿不知道他就在那裡。

「我會盡我全力！」赤楊掌試圖接近，但好像有什麼東西拉住他，不讓他碰到他們或進入他們圈子裡。「你們看，我在這裡！你們需要我做什麼，我都會辦到。」

但他們還是聽不到他的聲音。他們越哭越大聲，這時突然一個搖晃，赤楊掌猛地醒了過來。

他全身顫抖地躺在青苔和蕨葉臥鋪裡好一會兒。**又一個異象……這代表什麼？**他心裡納悶，**那些貓兒一定有麻煩了**。

赤楊掌坐起來，這才發現同伴們都不見了。他搖晃著爬出臥鋪，發現他們都坐在外面啃食吃剩的獵物。林子上方的太陽已經有點偏西，金色陽光灑遍坑地。

赤楊掌跑過去找他們。「我們必須馬上出發！」他喊道。

櫻桃落懶洋洋地眨著眼睛看著他。「幹嘛這麼急？」她問道：「不會是你看見的那個地方快消失了吧？」

赤楊掌沒辦法解釋他的急迫性。**只有沙暴能理解。我得找她談一下。**「沙暴，」他喵聲道：「妳可不可以來一下，我想在出發前再幫妳檢查一次傷口。」

沙暴抽抽耳朵，站了起來，緩步跟著赤楊掌走到剩下的紫草根所放置的位置。他迅速回頭看了一眼，確定其他貓兒不會聽見他們的談話。

「怎麼了？」她問道，原本的不耐消失了。「我看得出來你找我來的目的不光是為了檢查傷口。」

「我在夢裡又看到另一個異象，」赤楊掌告訴她。「我看見天族貓圍成一圈，不斷哭號，好像很痛苦。他們的聲音聽起來像是嚇壞了！我跟他們說，我會去幫他們，可是他們聽不到我的聲音。」

沙暴表情理解地點點頭。「我懂你為什麼急著出發了，」她喵聲道：「我們也只能這麼做了，我們就盡快趕到你看到的那個地方。」

感謝星族，總算有貓兒懂此事的急迫性！但再怎麼急迫，他還是伸出腳爪，攔下正要回頭找其他同伴的沙暴。「我剛說要檢查妳的傷口，是認真的。」

沙暴一臉不悅地坐下來。「那就聽你的吧。」

赤楊掌撥開沙暴傷口上的紫草根時，胃不由得抽緊。傷口有點紅腫，他把腳爪輕擱上去，感覺到它微微熱燙。

「妳可能感染了，」他告訴沙暴，但盡量不讓自己的聲音發抖。「在妳痊癒之前，實在不應該長途跋涉，」他趕在沙暴開口想反駁之前，又補充道：「不然妳至少先休息一下，我去找些馬尾草或金盞菊來治療妳的感染問題，蜂蜜也會有幫助。」

「你學到的知識真的不少，」沙暴喵聲道，目光稱許地看著他，對他刮目相看。

「但我們不用在這裡耗時間去找藥草，路上若是看到了，再摘就行了。」

「可是……」赤楊掌正要開口。

「你必須相信我，」沙暴打斷他：「我沒事。你是巫醫貓沒錯，但我年紀一大把了，以前也不是沒受過傷，這點小傷對我來不算什麼。」然後用尾尖輕觸赤楊掌的肩膀。「不值得為這點小傷耽擱了探索之旅，尤其你剛剛才夢到可怕的異象。」

赤楊掌還想反駁：「可是妳的傷口……」

「你必須相信我，」沙暴重複道：「這是你的探索之旅，而我是你的長老。」

雖然還是有點不安，但赤楊掌不覺得自己講得過沙暴。他垂頭同意，於是沙暴起身。兩隻貓兒回頭相偕朝同伴們走去。

但他們還沒走到，赤楊掌就瞄到長草叢裡有個銀色身影。他發現是針掌，她就蹲在離他和沙暴剛剛談話地點兩條尾巴之距的地方。她迎視他的目光，但他看不出來她臉上的表情。

她到底偷聽了多少？

第十三章

貓兒們徒步穿過林子，這時太陽已經西沉。沙暴再度帶隊，後面跟著赤楊掌，針掌趾高氣昂地走在一旁，始終與其他貓兒保持一定距離，其他雷族貓則殿後壓隊。

赤楊掌還是覺得疲累，他猜其他隊員也一樣。他們都拖著腳步，雖然不太吭氣，但偶爾會聽見後面傳來一兩句抱怨聲。

「我不懂為什麼要趕著離開。」錢鼠鬚嘟囔道：「什麼事那麼急？」

「是啊，我們其實可以在那裡過夜的。」火花掌追加了一句。

赤楊掌回頭看了一眼，真希望自己能告訴他們真相。「我只是想快點出發。」他解釋道。

火花掌哼了一聲，但沒有回答。

四周林相漸漸稀疏，赤楊掌老遠就看見前方開闊的田野。他遠遠望見一棟巍峨的兩腳獸巢穴，看起來像是用某種紅色石頭建造的。**我真好奇那是什麼。**

當他們橫越空曠的空地時，針掌悄悄走了過來，挨著赤楊掌。赤楊掌很不習慣跟別族貓兒靠得這麼近，哪怕她身上難聞的影族氣味都快消失了。

「你知道嗎？當你跟沙暴跑到後面去談事情時，我其實都偷聽到了。」她附在赤楊掌的耳邊低聲說道。

赤楊掌驚詫不安到頸毛都豎了起來。**哦，不！她終於知道這次探索之旅的真正原因**

了。可是棘星告誡過我不能讓其他貓兒知道，更何況她還是影族貓。這時他的目光迎上針掌的綠色眼睛，這才發現其實她的表情看起來不是那麼篤定。她會不會只是虛張聲勢？**哼，妳會虛張聲勢，我也會啊！**

「哦，真的嗎？」他回答道，試圖裝得漫不經心，並強迫自己別讓毛髮豎起來。「其實我們也沒談什麼，不過就是紫草根的事。」

「紫草根？」針掌噗嗤大笑：「是哦，不只吧？」

「什麼叫不只？」赤楊掌問道：「我們又沒談什麼重要的事情。」

針掌迅速地看了四周一眼，確定沒有貓兒聽得到他們的談話。「該不會是跟你看到的異象有關吧？」

「妳在胡說什麼？」赤楊掌開始緊張，不知道針掌到底揣測出什麼？要是她真的什麼都偷聽到了，她聽得懂我們在說什麼嗎？「如果妳一定要知道的話，我可以告訴妳，我們只是在討論一些可能需要我們幫助的貓兒。」

「你們的情操真是高尚，」針掌喵嗚道：「是哪些貓兒呢？」

「呃……任何貓兒都有可能。我是巫醫貓，救治貓兒是我的責任。」

「是哦……」針掌若有所思地抽動耳朵：「可能需要幫助的貓兒……還有你夢到的異象……而這場探索之旅又是為了找尋了某種可讓天空轉晴的東西。你不覺得這一切都有關連嗎？」

赤楊掌全身打起寒顫。忐忑不安的他這才發現就算針掌剛剛只是假裝說她偷聽到他們的談話，他自己也不打自招地洩露了不少。

不管她知道了多少，心驚膽跳的他心裡想道，**都足以惹出麻煩了，這下可好，她占盡上風，現在無論如何，我們都得把她留在身邊了。**

「嘿，你們看！」櫻桃落的話打斷了赤楊掌的思緒。他抬頭往前看，發現剛剛遠處看到的紅色兩腳獸巢穴，已經近在眼前。

「我們進去看看，好不好？」火花掌提議道，興奮地跳來跳去。

錢鼠鬚搖搖頭。「那是兩腳獸的地盤，最好跟牠們保持距離。」

「我猜那跟馬場的那棟巢穴一樣，只是一座穀倉，」沙暴告訴他們：「這一定是座農場……你們看！再過去有很多兩腳獸巢穴。我的建議是離它們遠一點。」

赤楊掌同意她的看法。可是他們才沒走多遠，就被一道很高的籬笆擋住去路。那籬笆是用一種又硬又亮的藤狀物纏在一起製成，頂上還有可怕的尖刺。

「現在該怎麼辦？」櫻桃落沮喪地問道。

籬笆往兩端綿延，赤楊掌知道若要繞過籬笆，恐怕得花很久時間。就在他仍猶豫不決的時候，火花掌上前一步，嗅聞籬笆底部。

「也許我們可以從底下挖個洞。」她提議道。

「原來我們是兔子啊？」針掌嘴裡嘟囔，但火花掌已經在試著刨籬笆跟草地接壤處的沙土了。

「不行，」火花掌回報道，很是氣餒地甩甩頭：「看來籬笆埋進了土裡，而且埋得很深。」

「也許籬笆上有洞可以鑽過去。」錢鼠鬚提議道。

赤楊掌沿著籬笆查探一下，發現每處都很緊密牢固，只有老鼠才鑽得進這些藤狀物的縫隙。

「只剩一個辦法了。」針掌最後說道：「我們從上面爬過去。」

「妳是有長翅膀嗎？」火花掌語氣嘲諷。

針掌沒理她。「我先爬，」她喵聲道：「看起來不難爬，瞧我的！」

她把腳爪探進藤狀物之間的狹窄縫隙裡，慢慢往上爬，貓兒們緊張抬頭探看。只見籬笆顫巍巍地搖晃，但針掌繼續往上爬，終於爬上籬笆頂，四隻腳爪小心翼翼地在尖刺之間保持平衡。

「小心點！」沙暴喊道。

赤楊掌一度以為針掌一定會被尖刺刺到。只見她繃緊肌肉，拉長身子，翻過搖搖晃晃的籬笆，身手俐落地在另一頭落地。

「不難嘛！」她喊道，沾沾自喜地舔舔肩膀。

「如果她辦得到，我也行。」火花掌說道，然後也學針掌那樣爬上籬笆，再身段優雅地從另一頭跳下來。

櫻桃落跟著爬上去，雖然動作較慢，但也算安然落地，錢鼠鬚隨後跟上。

「該你了，赤楊掌。」沙暴告訴他：「我殿後。」

赤楊掌朝籬笆走近，胃忍不住翻攪。他試著不去想上頭的尖刺可能刺穿他，或者他的動作看在同伴……和針掌眼裡可能很笨拙這類事情。

一開始他爬得很慢，但他強迫自己專心想著異象裡貓兒們的痛苦哭號，他們一定比他此刻還要害怕。**所以我絕對辦得到，他們需要我。**

他意志堅定地一路往上爬，結果發現把腳爪插進縫裡慢慢往上爬，其實沒有想像中那麼難。只是當他爬上搖搖晃晃的籬笆頂端時，會有點恐怖。他緊張到一度反胃，但還是縱身一躍，砰地一聲在他姊姊旁邊落地。

我辦到了！

沙暴已經開始爬了，她很快就爬到籬笆頂端，攀在尖刺的縫隙間，猶豫了一下，結果腳爪一滑，摔了下來，在空中翻滾，眼看就要撞上地面。

「沙暴！」錢鼠鬚驚恐大叫，衝過去趴下來接住她。

老母貓直接跌在他身上，躺在那兒氣喘吁吁。赤楊掌急忙跑過去，其他同伴也跟在後面。「妳沒事吧？」他緊張地問道。

沙暴坐了起來，「我沒事，」她粗啞說道，有一點喘不過氣來。「我剛覺得自己像隻鳥一樣。」

「好吧，下次別再學鳥飛了。」赤楊掌回答。

沙暴休息了一會兒，然後他們就又重新出發，朝兩腳獸大巢穴走去。走在沙暴旁邊的赤楊掌注意到她的傷口範圍變大了，而且有血滲出來。

「妳的肩膀剛剛有被籬笆上的尖刺戳到嗎？」他問她。

沙暴聳聳肩。「可能有刮到吧，別大驚小怪，赤楊掌，沒事的。如果你真想擔心的話，」她追加一句：「倒不如去擔心眼前那頭巨獸吧。」

赤楊掌一心只想到沙暴，根本沒注意到眼前有什麼東西，結果抬頭一看，發現其他貓兒都停下了腳步，緊張地瞪著幾條狐狸身長之外的一頭巨獸看，就連針掌的表情也很害怕。

這頭巨獸的體型雖然比他們離開貓族領地時所看見的馬匹要小，但也大到有點恐怖。只見那粗壯的身軀布滿黑白相間的毛髮，四條腿細細長長，但腳爪厚重，尾巴末端有一撮毛，超大的眼睛鑲在正方形的臉上，面無表情地瞪著貓兒們看。

「這是什麼玩意兒？」火花掌倒抽口氣。

「別怕，」沙暴冷靜回答：「我以前見過這種巨獸，牠們還算友善，通常不太搭理我們。」

「通常？」赤楊掌緊張地問道。

「除非牠們受到驚嚇，不然還算好相處。因為牠們一奔竄起來，可能會把我們踩死，所以我們要小心，別驚嚇牠們。」

「妳這樣說，我還是很不放心。」錢鼠鬚嘟囔道。

赤楊掌強迫自己繼續前進，走進空地，小心繞過這頭奇怪的動物，但眼睛始終盯著牠的動靜。同伴們也跟著他。這頭巨獸的一對大眼睛一直漫不經心地看著他們，他們走到哪兒，頭就轉到哪兒。然後毫無預警地突然張大嘴巴，發出低吼。

赤楊掌嚇得大叫一聲，拔腿就跑，衝向兩腳獸的大巢穴，他聽見其他貓兒也嘶聲大叫，跟在後面跑。

我們有嚇到牠嗎？牠追在我們後面嗎？

可是當他停下腳步，氣喘吁吁地回頭看時，卻發現那頭動物根本無動於衷，仍站在原地瞪著他們，下巴很有節奏地上下咀嚼。

「我的星族老天！」櫻桃落大聲喊道：「搞什麼鬼啊！」

沙暴突然大笑出聲，其他貓兒也噗嗤笑了出來，氣氛頓時輕鬆不少。赤楊掌很不好意思剛剛自己的大驚小怪。他從同伴們臉上的表情看得出來，他們也有一樣的感覺。

「我們走吧。」他喵聲道。

他們疾步繞過巍峨的紅色巢穴和幾棟較小的巢穴，離開此地。赤楊掌希望他們已經遠離了兩腳獸的一切，沒想到又看見一棟較小的木製巢穴，巢穴四周有鳥兒在地上低頭啄食，啄著啄著就擋到了貓兒們的去向。

「這是什麼？」他好奇問道。

這些鳥的體型比鴿子大，有紅棕色的羽毛和細長的黃腳。牠們根本不在意朝牠們走近的貓兒。

「那是鳥啊，鼠腦袋。」火花掌回答赤楊掌：「這表示牠們是獵物。」

她立刻蹲下來，朝離她最近的一隻鳥偷偷走過去。但因為沒有地方掩護，所以她一撲上去，就被發現了，那隻鳥立刻轉身，朝她拍著翅膀，發出粗嘎的連續叫聲。

其他鳥兒四散奔逃，在草地上到處逃竄，好像不知道怎麼飛。可是火花掌想撲抓的那隻鳥竟伸長脖子，憤怒地啄她。火花掌趕緊往後彈開，嘶聲反抗。

「看起來妳比較像是牠的獵物欸。」針掌喵聲大笑，兩眼發亮。

「別惹牠們！」沙暴下令道，揮動尾巴示意火花掌回來。「不值得去冒險，萬一受傷了怎麼辦？我們離開這裡之後再狩獵好了。」

「沒錯，我們得繼續趕路。」赤楊掌也說道，他一想到天族貓的哭喊聲，便急到腳爪微微刺痛。

一臉惱色的火花掌只得照辦。她怒目瞪著正在學那幾隻怪異的鳥兒發出連串嘎嘎叫聲的影族貓看。「夠了沒，妳這瘋毛球！」她嘴裡嘀咕。

赤楊掌發現針掌似乎不懂他們必須趕路，只見她不時拿鼻子去聞地上的每個坑洞和每處長草堆，不免惱火。這時針掌看見另一頭奇怪的動物，立刻停下腳步，這頭動物比先前那頭的體型小，但是也有又尖又硬的腳爪。除此之外，頭上還有彎曲的角，下巴垂著一撮毛。赤楊掌一看到牠那雙眼睛的怪異眼神，不禁全身發抖。

這時牠突然發出又長又尖的叫聲，針掌也跟著學牠叫，學完後又喵喵地噗嗤大笑。

「妳有完沒完啊……」赤楊掌吼她，同時推了她一把。

「你少管我！」針掌回嗆。

等他們快走到一處樹籬時，她還在跳來跳去，活像第一天離開育兒室的小貓那樣興奮。樹籬後方是成排高聳的黃棕色作物，一路綿延到遠方。赤楊掌聽到隱約的隆隆聲響，注意到空氣裡有煙霧瀰漫。

「盡頭可能有一條轟雷路。」他喵聲道。

沙暴點點頭。「我還是認為這個方向是對的。」

赤楊掌沒有猶豫，直接鑽進樹籬，還好樹叢不是很濃密。「沙暴，小心妳的肩膀。」他警告她。

沙暴安然無恙地穿了過去，櫻桃落和錢鼠鬚也跟過去。火花掌把針掌推到她前面，決定自己壓隊殿後。「我對星族老天發過誓，」火花掌一鑽出來立刻嘶聲說道：「妳再這樣吊兒郎當，我就當場撕爛妳的耳朵。」

針掌玩笑地朝她揮爪：「妳隨時可以試啊！」

「走了啦！」赤楊掌怒氣沖沖地說道。

他帶頭鑽進黃棕色的作物叢裡。這些作物的莖桿硬又粗糙，就連腳下也是光裸堅硬的地面。不過至少針掌鑽進這些作物叢之後，似乎就乖多了。

赤楊掌聽到的隆隆聲愈來愈大，他猜他們可能正朝轟雷路前進，後來才發現另一頭的作物叢愈來愈稀疏。於是他朝那個方向轉身，把頭伸了出去，同伴們也擠在他旁邊，從他後面探看。

原來那裡沒有轟雷路。赤楊掌只看到作物被鏟除後的大片空地，地上只剩作物的殘株。他這才知道那隆隆聲的源頭何在：一頭下顎會旋轉的大怪獸，正朝他們直衝而來。

牠一路切斷整排作物，丟進自己肚子，塵沙漫天，在牠四周飛舞。

赤楊掌覺得自己好像被猛地丟進冰水裡，全身發顫。「牠要把整片田野吃進肚子裡！」他上氣不接下氣地說道。

「牠會吃掉我們！」沙暴喵聲道：「牠可以一次吞掉我們六個。快逃！」

赤楊掌連忙轉身，逃竄進作物叢裡，一路跳躍，在洞開的縫隙裡穿梭奔逃。他聽見櫻桃落在他後方喊道：「別走散了！」

赤楊掌回頭一看，發現其他貓兒都跟著他跑。高聳的作物擋住視線，看不到怪獸，但他知道牠近在咫尺……牠發出的噪音大到連空氣都在震動。**我們絕不能停下來！**

逃竄中的赤楊掌發現腳下硬實的地面逐漸被稀軟的泥地取代，泥巴黏在他腳下，發出難聞的氣味。他害怕到根本無心去想那是什麼泥巴，一心只想快點逃離怪獸。

赤楊掌又回頭看了一眼，卻猛然撞上某種堅固又富有彈性的物體，害他彈了回來，掉進一條尾巴外的作物叢裡。他爬起來，抬頭一看，懊惱呻吟。

「天啊，完蛋了！」

眼前又是一道發亮的藤狀籬笆，頂上也是尖刺。同伴們圍著他。

「我們得爬過去，」錢鼠鬚喵聲道：「不然會被怪獸逮到。」

「好吧！」火花掌率先爬上去，她很快攀上籬笆，翻了過去，跳到另一頭柔軟的草地上。「快點！」她催促其他同伴。

針掌是下一個。但就在赤楊掌等待的同時，突然注意到沙暴的傷口沾到了惡臭的泥巴，看起來很紅腫。赤楊掌確定她的傷口被感染了。沙暴低頭站在那兒，胸口劇烈起伏，顯然筋疲力竭。她的年事已高再加上剛剛的逃竄，體力根本負荷不了。

她的傷勢一定惡化了，赤楊掌在心裡告訴自己，**我感覺得出來**，這時恍然大悟原來稱職的巫醫貓需要具備這樣的本領，**我不只要能看得出來她需要好好休息，甚至可以憑直覺感應得出來。**

「妳應該休息一下。」他告訴沙暴。

沙暴抬起頭，懊惱地瞪他一眼。「我是長老，」她反駁道：「我年紀一大把了，經歷過的事情可多著咧，我知道自己沒事。」

赤楊掌以前就聽過這論調，但這次他不打算聽命。「不行！」他厲聲回答。

沙暴愕然地瞪大眼睛。「什麼叫做不行？」

「對不起，」赤楊掌回答：「只是我看得出來妳很累了，我是妳的巫醫貓，我有責任告訴妳，妳需要休息。」

薑黃色母貓遲疑了一下。「也許你說得沒錯，但先讓我們攀過這該死的籬笆再說。」

她沒等他回答就爬了上去。赤楊掌看得出來她爬得很費力，等到她終於攀上籬笆頂，竟突然失去平衡，直墜而下，尖叫落地。

赤楊掌忙不迭地翻過籬笆，奔向沙暴，驚恐地瞪大眼睛，只見她的傷口湧出鮮血。一定是被尖刺扎破了！

「夠了，」他吼道：「我們就在這兒休息吧。」說完朝其他同伴轉身：「快去幫我找蜘蛛絲來！」

貓兒們趕緊散開，到草地上零星散布的灌木叢裡搜找。赤楊掌趁等待的空檔，伸舌舔掉沙暴傷口上的泥巴。老貓側躺在地，氣喘吁吁。

同伴們一回來，赤楊掌便趕緊在傷口上敷蜘蛛絲，但血仍不斷滲出。他低頭看著沙暴，試著甩掉驚慌的心理。

她的傷勢更嚴重了，體力也比以前虛弱，要怎麼樣才能讓她復元呢？

櫻桃落碰碰他的肩膀。「現在很晚了，」她喵聲道：「我們該去狩獵了。」

赤楊掌一臉慌張地抬起頭來。他緊張到根本沒注意到太陽已經下山，夜色正在降臨。

「那就拜託你們了，」他回答：「我來陪沙暴，順便幫你們整理出幾個臥鋪。」

他發現接骨木底下有個很淺的坑，於是先往裡頭堆了些枯葉，再幫忙扶沙暴進去。老貓不再一味辯稱自己沒事，反而倚著他的肩膀，蹣跚走進臥鋪。

櫻桃落叼了一隻老鼠回來，這時赤楊掌剛把沙暴安置妥當。「謝了，」赤楊掌說：「沙暴，妳先吃這個再睡覺。」

「你真是個愛發號施令的毛球！」沙暴嘟囔，但還是乖乖吃完老鼠，就蜷起身子睡覺了。

赤楊掌看著她，暗自慶幸至少傷口已經幾乎止血，這時才發現自己也好累了。他差點撐不到其他狩獵的同伴們回來就睡著了。他勉強吃了幾口晝眉，立刻沉入夢鄉。

✦✦✦

頭頂上灌木叢的雨滴聲在冷冽的晨光中驚醒了赤楊掌。還好灌木叢夠濃密，臥鋪裡只滲進一點雨而已。

他抬起頭，看見沙暴還在旁邊睡，但其他貓兒都不見了，只有櫻桃落背對他，蹲在坑地旁，隔著枝葉往外窺看。赤楊掌坐了起來，腳下枯葉嘎吱作響，櫻桃落聞聲轉頭。

「其他貓兒都去狩獵了。」她喵聲道：「我留下來守衛。沙暴怎麼樣了？」

赤楊掌檢查老貓的傷勢，後者正在夢囈，煩燥地在臥鋪裡蠕動身子。她的傷口不再流血，但比以前還要紅腫，而且摸上去很燙。

赤楊掌彎下腰查看，沙暴的綠色眼睛卻倏地睜開。「啊，」她喃喃道：「你是來幫我抓壁蝨的嗎？」

赤楊掌這才知道沙暴以為自己仍在雷族營地裡。「不是，我們在外面探險，記得嗎？」他回答。「需要我幫什麼忙嗎？妳自己覺得怎麼樣？」

「我很好，」沙暴告訴他，聲音有精神多了。她試著坐起來，但因為痛的關係，眉頭皺了一下，又倒回臥鋪。「別擔心我。」

但赤楊掌就是很擔心。沙暴的綠色眼睛看起來有點呆滯，他猜她只是故作強悍。他搓搓她的毛髮，感覺身上溫溫熱熱的，然後發現她又睡著了。

後來等到其他同伴拖著一隻兔子和兩隻黑鳥回到灌木叢時，她又短暫醒了一會兒。

「這地方的獵物不太好抓，」針掌抱怨道，同時甩甩身子，雨滴濺到赤楊掌身上。「獵物大多躲起來了。」

「不過妳的成績已經很不錯了。」赤楊掌讚美她。「來吧，沙暴，妳要吃隻黑鳥嗎？」

沙暴費了好大的力氣才醒過來，勉強吃了幾口，又別過頭去。「我飽了，」她喵聲道：「剩下的給你吃吧，赤楊掌。」看見她胃口不佳，赤楊掌更擔心了。

於是他等其他貓兒都在坑頂安頓下來，準備進食時，才站起來跟他們說話。「沙暴生病了，」他宣布道：「我們得等她病好了，才能繼續旅行。」

「我病好了，」沙暴抗議道，但任誰都看得出來她在撒謊：「別聽這隻笨毛球的話。」

其他同伴顯然知道她的情況不樂觀，默不吭氣地低頭看著坑底的他，眼神陰鬱。就連淘氣的針掌也不敢再開玩笑。

「我們可以幫什麼忙嗎？」櫻桃落問道。

「你知道我們一定會盡力幫忙的。」錢鼠鬚補充道，火花掌熱切地點頭附和。

「我需要金盞花、馬尾草或蜂蜜。」赤楊掌告訴他們：「這些東西可以醫治感染的問題。我也不知道這附近有什麼藥草，只希望你們至少能找到其中一種。」

等同伴們一離開，赤楊掌就在沙暴旁邊坐下來，溫柔地舔她耳朵，但她始終睡睡醒醒。赤楊掌一直沒留意雨勢，直到微弱的陽光隔著灌木叢滲進來，他才注意到雨停了。這令他燃起一線希望。

火花掌第一個回來。赤楊掌看見她帶了幾根金盞花回來，總算寬了心。「太好了！」他告訴她：「我現在可以製作藥膏了。妳先幫我把沙暴傷口上的蜘蛛絲剝下來，好嗎？千萬小心，拜託了。」

火花掌在沙暴旁邊坐下來，開始剝開層層的蜘蛛絲。睡夢中的沙暴身子不時抽動，呻吟出聲，似乎很痛苦。可是每當火花掌下手猶豫時，赤楊掌就點頭示意，催她不要停下來。

他在咀嚼金盞花的同時，針掌叼著一球溼淋淋的青苔，鑽進灌木叢裡。「我找不到藥草，」她喵聲道，同時把青苔擱在沙暴旁邊：「不過我帶這個回來了，我想也許她會口渴。」

「妳說得對。」赤楊掌告訴她，對影族貓的好感頓時大增。針掌聽見他的讚美，不好意思地低下頭舔舔胸毛。

「沙暴，」赤楊掌輕輕搓揉老貓的頭：「醒來喝點水吧。」

沙暴的眼睛倏地睜開。「哦，太好了。」她吁了口氣，開始舔食青苔。

赤楊掌趁她喝水的時候，將金盞菊的藥泥塗在傷口上。**希望這些藥量夠了，他心想，要不是她流血過多，體力過虛，我也不至於這麼擔心。**他長嘆一口氣，**真希望葉池**

或松鴉羽能在這裡幫我。

沙暴伸出尾巴，輕碰他的肩膀。「赤楊掌，別擔心，」她的聲音沙啞。「我不會有事的，我們很快就可以再出發了……」她猶豫了一下，「他們需要我們。」她好不容易說完。

「他們是誰？」火花掌好奇問道。

赤楊掌的胃頓時抽緊。「哦，她在發燒，」他含糊說道：「有點胡言亂語。」但他心裡其實覺得不太妙，**沙暴一定是病到腦袋糊塗了，才會說溜嘴。**

「妳要好好休息，」他告訴她：「妳一定要好起來，沒有妳，我們根本無法完成這趟旅程。」

但他根本不確定沙暴有沒有聽見他說的話。他低頭看她，發現還在發燒的她又昏睡了過去。

第十四章

赤楊掌站在暫時棲身的接骨木樹叢外面的草地上，頭上夜空星光閃爍，雖然不冷，他卻全身發抖，彷彿剛從冰水裡爬出來一樣。

就在正前方，有隻貓兒正緩步離開，朝他們前一天攀爬的籬笆走去。她驕傲地抬高頭和尾巴，腳步堅定地往前走。腳下和耳畔的星光熠熠閃爍。

「那不是……」赤楊掌倒抽口氣，沒敢再說下去，他連忙轉身，查看接骨木樹叢底下的臥鋪。

但接骨木消失了，赤楊掌又轉身回來，這下連籬笆也消失了。原來他身處在一片茂盛的草地中央，四周樹林輕聲低吟。滿身星光的貓兒此刻正面對著他，他清清楚楚地看見對方正是沙暴。

「哦，不，不要……」他低聲道。

薑黃色母貓看起來比平常來得高大和強壯，受感染的傷口已然不見。她的薑黃色毛髮濃密光滑，綠色眼睛閃耀著愛的光輝。

「該是我跟你道別的時候了。」她喵聲道，語調沒有痛苦、沒有疑惑。「不過別擔心，赤楊掌，星族將是我的歸屬。」

「不！」赤楊掌用盡全身力氣喊道：「妳不能離開我，我們需要妳。」

「這是我的宿命，」沙暴回答：「你不再需要我。你聽我說，你比你所知的還要強大，」她朝他上前一步。「現在得由你來帶領他們，繼續往太陽的升起處前進。這是一趟需要跋涉多天的旅程，你必須穿越一條很寬和很繁忙的轟雷路。過了轟雷路之後，你會看到一條河流，只要往上游走，就會找到天族營地所在的峽谷。」

赤楊掌試著記住沙暴交待的話。**太陽的升起處……一條很寬的轟雷路……然後是一條河**。但他很自責，難過她再也不能為他指引方向。他別開目光，不忍看她。

「我令妳失望了。」他咕噥道。

「沒有，」沙暴輕柔地說：「你為我做了很多，比任何貓兒都多，我懷疑就算是松鴉羽或葉池也沒辦法讓我活這麼久。我在選擇參加這場探索之旅時，就已經做了最壞的打算。」她提醒他。「而我也知道你所夢到的異象是何等重要。」

「可是如果妳當初待在雷族，就可以活得更久。」赤楊掌難過地說道。

「但我現在可以在星族活更久啊，」沙暴直言：「而且還可以再見到火星，以及我所愛和我所失去的貓兒們。赤楊掌，生命就是這樣。你沒有什麼好難過的，也沒有什麼好愧疚的。」

赤楊掌緊張地轉著圈圈，無法相信沙暴剛剛說的話。**沒有她，我該怎麼辦？我要怎麼帶隊探險？**

「這不是異象！」他執拗地說道，再也承受不住內心的恐懼。「我只是在做夢，等我醒來，一定會發現妳還睡在我旁邊，就像以前一樣。妳一定會好起來的。」

沙暴的眼裡有憐憫與疼惜。「我其實已經快死了，」她提醒赤楊掌：「你早就知道了，不是嗎？」

「不……妳會好起來！」赤楊掌駁斥道，哪怕在他內心深處，他知道她說的是事實。「我一定會救活妳。」

沙暴難過地搖搖頭。「你救不了我的。我的時辰已到。沒有貓兒可以永生不死。這是你……或任何巫醫貓都必須學會的一課。」

她最後這幾個字的聲音漸漸消失，身上星光也愈來愈亮，亮到赤楊掌再也無法直視。過了一會兒，他突然在接骨木樹叢下的臥鋪裡驚醒。

感謝星族老天！這只是個夢，沙暴就在我旁邊。

赤楊掌搖晃著爬了起來，轉身輕推沙暴，想要喚醒她。可是他的爪墊一碰到她的身體，便心知肚明那不是夢。沙暴的毛髮毫無光澤，身軀冰冷，肋骨處不見呼吸的起伏。

原來那是異象，沙暴真的死了。

赤楊掌驚恐後退，毛髮豎得筆直，胃整個揪緊，痛哭失聲。「不！不！她的時辰還沒到！」

臥鋪裡的櫻桃落聞聲抬頭：「赤楊掌？發生什麼事了？」

其他貓兒也都醒了，滿臉疑惑與不解。赤楊掌用尾巴指著沙暴的屍體。沉默當頭罩下。他們一個個緩步過來，低頭看著一條尾巴距離外的冰冷身軀。

火花掌率先打破沉默：「她……她死了，是不是？現在我們該怎麼辦？」

「只有沙暴會帶路，」錢鼠鬚沮喪地說：「我們得靠她來帶領我們完成這趟旅程，所以她的死是不是象徵這場探索之旅結束了？」

其他貓兒都低語附和，語氣攙了點恐懼。

儘管難過，赤楊掌卻感到一股熱血在身上流竄，更堅定了自己的意志。「沙暴不會想看見我們這樣垂頭喪志，舉足無措，」他告訴面前這幾隻悲傷又茫然的貓兒：「她會要我們為她守靈，將她埋葬，再決定接下來該怎麼做。」

「你說得沒錯，」櫻桃落喵聲道：「來吧。」

雷族貓兒合力將沙暴拖出窩穴，放在草地上，輕輕搓揉她的毛髮，弄鬆她的尾毛。天色暗了下來，星光滿天，彷彿戰士祖靈都等著要迎接沙暴，榮耀她。

雷族貓圍著沙暴坐下來，針掌這時走過來找赤楊掌。「我知道沙暴不是我的族貓，」她低聲道，赤楊掌很驚訝她的語調竟然靦腆。「但我跟她相處過一陣子，很欽佩她的作為，所以我可不可以跟你們一起守靈？」

「當然可以，」赤楊掌回答，被銀色母貓的這番話所感動：「妳過來坐在我旁邊吧。」

火花掌在沙暴頭顱旁蹲伏下來，舔她的耳朵。「我們大老遠地來到這兒，」她難過地說道：「差點被怪獸或狐狸殺掉，我們好不容易活了下來……結果沙暴就這樣走了，這未免太不公平了。」

「我懂，」櫻桃落嘆口氣：「她死得太不值得了。」

「赤楊掌，你有什麼想法？」錢鼠鬚轉頭問他：「還要繼續往前走嗎？」

赤楊掌差點就想回嗆他**我剛不是才說等處理好沙暴的後事，再來煩惱探索之旅的事嗎？**「我會在守靈的時候好好思考這件事。」但他這樣回答他。

「也許星族會傳達旨意給你。」櫻桃落提議道。

貓兒們圍在沙暴屍體四周，守了一整夜的靈。由於白天才在窩穴裡睡過一覺，因此一整夜下來赤楊掌並不覺得累。他試著全心思索未來的路，但總忍不住回頭去想自己是不是少做了什麼，才沒保住沙暴的命。

她在異象裡告訴我，她注定會死，他心想，**但為什麼我還是這麼心痛？要是每隻貓兒最終都會死，那又何必費力地求生？**

他終於忍不住打起瞌睡，但後來就被同伴們的聲響驚醒。他眨眨眼睛，發現四周灑滿灰色的曙光。

「在營地裡，」櫻桃落喵聲道：「都是由長老負責埋葬死者。但在這裡，我和錢鼠鬚的年紀最大，所以就由我們兩個來負責吧。」

「但是我也想幫忙，」火花掌抗議道，語調悲痛：「她是我母親的母親欸。」

「好吧，那妳也來吧。」錢鼠鬚安慰她道。

赤楊掌搖晃著爬了起來，守了一整夜的靈，腿都僵了。「讓我先對她說幾句告別的話。」他深吸一口氣，仰望仍有戰士祖靈留守的星空。「沙暴，願星族照亮妳的前路，」他喵聲道，不自覺地說出巫醫貓代代相傳的禱詞：「願妳在安眠之處找到美好的狩獵場可以遮風蔽雨、盡情奔馳。」

所有貓兒都垂頭靜默了一會兒。

「我們需要找個妥當的地方來安葬她。」錢鼠鬚過了一會兒說道：「就埋在她斷氣的灌木底下，好不好？」

櫻桃落搖搖頭。「那就看不到天上的星群了，埋在灌木旁邊會比較好。」

錢鼠鬚點頭附和。就在他和櫻桃落準備搬動沙暴時，他小聲地說：「我覺得我們應該考慮調頭回營地。也許這場探索之旅注定失敗以終。」

「什麼？」開口的是針掌，她的頸毛全豎了起來。「沙暴是為了幫助我們完成探索之旅才死的，如果我們就這樣放棄，她豈不是白白犧牲了？」

錢鼠鬚朝她霍地轉身：「這件事不是由妳來決定，」他的聲音尖如利爪：「別忘了，妳不是雷族貓。」

赤楊掌聽見他們在爭吵，全身不由得發抖。他沒等針掌回答，便轉身離開，來到兩天前攀爬的籬笆處。他不想聽見他們的爭吵，只想找個安靜的地方好好思索。

他的胸口因悲痛過度而熱燙不已。他無所適從，頭昏腦脹。**我們應該繼續下去嗎？既然沙暴這麼想再見到天族，也許我們應該繼續前進？可是她死了。我真的相信異象裡的陌生貓兒確實如星族所言，可以幫忙解決我們的問題嗎？可是連棘星都好像不是很確定。**他嘆口氣，突然想到他最後一次在異象裡看到的天族貓，他們當時正在尖聲呼救。**為什麼他們需要我？**他反問自己，**我能為他們做什麼呢？**

他抬頭仰望天空，剛好看見最後一批戰士祖靈消失天際，太陽就要升起，天色漸亮。**沙暴現在看得到我嗎？聽得到我的想法嗎？我好希望能聽聽她的意見。**

他長嘆一口氣，大聲說：「我到底該怎麼辦？」

「把真相告訴他們。」一個聲音回答他。

赤楊掌嚇一大跳，霍地轉身，弓起背，但他聽得出來那是針掌的聲音。影族貓朝他走來，表情難得嚴肅，不再淘氣。

「大家都已經一路走到這兒了，」她開口道：「不能就這樣放棄。你必須繼續往前走，但首先你得告訴他們，這次探索之旅的背後真相究竟是什麼。」

「妳知道是什麼嗎？」赤楊掌語調鋒利地反問道。

「我不知道。我只聽到你跟沙暴的一點對話而已，」針掌承認道，表情嚴肅。「但我曉得內情不單純。我想該是時候讓每隻貓兒都知道真相了。要是你不想告訴他們，那就由我來告訴他們吧。」赤楊掌正想開口反駁，她隨即又說：「又或者由我來告訴他們我所知的事，這樣就能逼你說出所有真相。」

赤楊掌懊惱地瞪著她：「我沒想到妳會這樣出賣我！」

針掌往後縮起身子，以為他要賞她一巴掌。「這不是出賣，」她自我辯護：「我知道你性格多慮……什麼事情都要考慮再三。我也知道你絕對不會親口跟他們說這件事的背後真相，但我認為這很重要，他們必須知道。」

「為什麼？」赤楊掌質問她。

「因為沙暴剛離世，告知他們真相有助於團結，」針掌解釋道。赤楊掌這才明白她一定已經深思熟慮過這整件事。「也有助於大家體認這場探索之旅的重要性。每次你和沙暴在談論此事的時候，我都看得到你們兩個臉上的表情，所以我知道這件事有多緊要。」

赤楊掌想了一下，最後點頭同意，但仍試著掩飾臉上的驚訝。**我不敢相信竟然是針掌給我建言。**「我接受妳的建議。」他喵聲道。

針掌的雙眼又炯亮了起來。「那我們先去狩獵吧，」她提議道：「總得先餵飽肚子，才能把真相說清楚吧。」

赤楊掌還想爭辯，卻發現自己的肚子開始叫了起來，這才想到從昨天早上起，大夥兒便沒再進食。「妳說得沒錯，」他回答：「我跟妳去狩獵。」**倒也不是因為我現在有多會狩獵**，他在心裡自我挖苦道。

✦✦✦

赤楊掌在草地上匍匐前進，微風徐徐吹來農場動物的臭味，他試著從這裡頭聞出獵物的氣味。針掌走在他前面，步伐從容。

她一定有聞到什麼味道，但我只聞到那些奇怪動物的氣味，其他什麼也沒有。

突然間，針掌停下腳步，抬起尾巴，示意自己偵測到獵物。她朝赤楊掌轉了半個身子過來，偏頭示意，要他走另一個方向。

赤楊掌聽命，加快速度，穿過長草堆。**希望不會被我搞砸！**他終於聞到針掌偵測到的氣味。是兔子！他瞄到前方幾隻狐狸身長之距的地方有隻小動物正在啃食地上的短草。赤楊掌默不吭聲地試圖繞過牠時，牠的耳朵突然豎了起來，拔腿就跑，白色尾巴在奔竄中不停擺動。赤楊掌亢奮地追上去。

這時針掌不知打哪兒冒出來，剛好擋住兔子的去路，伸爪一揮，兔子尖聲慘叫，當場倒地。「感謝星族賜予獵物。」她喵聲道。

剛抓到獵物的針掌抬起頭來，神情激動，兩眼發亮。「哇，你剛剛速度好快哦！」她大聲說道：「剛好把牠趕過來，成了我的囊中之物，真是令我刮目相看！」

赤楊掌不好意思地轉過身去，但其實開心得不得了。**我竟然能幫忙狩獵！真希望剛剛火花掌也在場，就能看到我的表現了！**

他朝針掌走去，用鼻子推推她的頭顱。「謝謝妳幫我，」他喵聲道：「我們也許來自不同部族，但我很慶幸有妳同行。」

✦✦✦

當他和針掌帶著兔子回到接骨木那裡時，發現其他三個同伴已經在清理他們腳底的泥巴。他們上前招呼他時，聽起來心情好多了，於是大夥兒坐下來享用兔子大餐。

等他們吃完後，赤楊掌站起來，緊張地清清喉嚨。「我有要事宣布。」他開口道。

他停頓了一下，尋找適當字眼。錢鼠鬚不耐地抽動耳朵。「快說啊！」他催促道。

「是跟這場探索之旅有關的異象，」赤楊掌回答：「它比你們想得要複雜。我看見一群貓……天族的貓……而且我相信他們需要幫忙。」

「天族？他們是誰？」火花掌問道。

「我從沒聽過這個部族。」櫻桃落喵聲道。

「我對他們所知不多，」赤楊掌解釋道：「都是棘星和沙暴告訴我的。很久以前，在舊森林那裡，曾有五大部族，而非四大部族。但兩腳獸占領了天族的領地，而另外四個部族也無情地將他們趕走，於是他們就在一座峽谷的河邊定居下來，建立營地。但這個部族後來慢慢凋零、沒落。」

「如果我們不找出幽暗處裡的東西，也可能遭遇同樣問題嗎？」火花掌指出：「火星說大變革的時代即將到來，聽起來不像是什麼好的變革。」

「沒錯。」赤楊掌說道，突然被這句話點醒。**所謂幽暗處的東西，是不是就是指天族？**他思忖著。

「但如果天族沒落了，你看到的貓兒又是誰呢？」錢鼠鬚問道。

「火星曾幫忙重整天族。他和沙暴很久以前曾冒險前往天族，將舊天族的後裔集合起來，重新建立天族。當我告訴沙暴我夢見這個異象時，她立刻認出我所形容的那幾隻貓。」

「所以沙暴才會知道路怎麼走！」櫻桃落大聲說道：「可是我們現在要怎麼去呢？

她都死了。」

「她告訴過我怎麼去，」赤楊掌回答：「要是我們一直朝太陽升起處前進，就會看見一條河，然後再往上游走，便會找到峽谷裡的天族營地。」

他的同伴面露疑色地互看彼此。赤楊掌不確定他們是否相信他的話。

「為什麼其他部族要趕走天族，讓他們等死？」錢鼠鬚終於問道。

「這是戰士歷史上很不堪的一頁，」赤楊掌回答：「誰都不知道整件事的來龍去脈，除了我們之外……知道這段歷史的貓兒只有棘星。我實在不應該告訴你們的，但我認為我必須讓你們知道真相。」

貓兒們沉默不語，顯然正在消化剛剛聽到的內容。過了一會兒，櫻桃落站起來，用面頰搓搓赤楊掌的臉。「你很勇敢，」她喵聲說道：「當之無愧這支探險隊的隊長。」

赤楊掌很是感動，尤其聽見她承認他們願意服膺他的領導。

「我們可能得花幾天時間才能習慣這件事，」櫻桃落繼續說道：「不過我很高興你告訴我們真相。」

「我也是。」針掌附和。

錢鼠鬚站起來，環顧所有貓兒。「我想我可以代表在場的大家說話，」他喵聲道：「那就是我們承諾我們會盡全力找到天族，完成這趟探索之旅。」

同伴們都低聲附和，赤楊掌心裡滿是驕傲。

第十五章

赤楊掌沿著崖邊小心帶隊，他的腹毛刷過滿是塵土的地面，其中一邊野草蔓生，往遠方迤邐，間或點綴著低矮的樹木和灌木，另一邊則是斷崖絕壁，崖底有一條河，滾滾流過沙岩之間。

就快到了！他心想道，縱使疲累，卻欣喜無比，**這裡一定離天族的營地很近。**

自從赤楊掌告訴同伴們這次探索之旅的真相後，已經又過了好幾個日出日落。後來，他們幾乎是沒日沒夜地趕路，鮮少休息。他們循著沙暴指示的方向，經過了更多農田，穿越繁忙的轟雷路，繞過兩腳獸地盤，最後抵達這處河域，然後往上游挺進。

我從來不知道這世界這麼大！赤楊掌心想道，腳爪踩踏著多石的路面，痠痛不已，不禁皺起眉頭。**我不敢相信我們竟然走了這麼遠的路！**他回頭看了同伴們一眼，發現他們也跟他一樣疲累，個個垂著尾巴，跛著腳繼續前進。

一陣風突然襲來，將沙子吹進赤楊掌的眼睛裡，也把峽谷底下的貓兒聲音吹拂上來，其中還夾雜著很濃的陌生貓兒氣味，赤楊掌用力地眨眨眼睛，抬起尾巴，示意同伴們安靜。他匍匐前進，在崖邊蹲了下來。

等到他視線漸漸清楚，這才看見崖面有幾條小路和幾塊突岩，更下方，有淡紅色的巨石堆擋住去向。河水從岩間的黑色缺口湧出，洩進水池，再沿著峽谷奔流而下。

「原來河的源頭在這裡！」赤楊掌吁了一口氣。「天族的營地一定也在這裡。」

但他心裡又想，把這地方當成營地也太怪了吧。他看不到任何窩穴，也看不到任何生鮮獵物堆，只有紅色的岩石堆，以及岩間奔流的河水。**有貓兒住在這裡嗎？**他一臉疑惑地反問自己。可是當他仔細打量，竟看見有貓兒在巨石之間走動，或者停下來交談，或者曬著太陽，跟他的族貓們在營地裡的活動一模一樣。

「這些貓都在你夢裡出現過嗎？」

赤楊掌這才發現針掌已經偷偷爬到他旁邊，從他背後往下窺看。「離太遠了，我看不太清楚，沒辦法確定，」他回答：「可是紅色的岩石看起來很熟悉。」

「嗯……」針掌爬到崖邊，仔細地打量。「也許離得太遠，」她繼續說道：「不過在我看來，他們不太像需要幫助的樣子。」

赤楊掌知道她說得沒錯，於是嘆口氣。「也許我對異象的解讀有誤。」

「什麼？」火花掌也在赤楊掌的另一邊伸頭往下探看，語氣有點火大。「你大老遠地帶我們來這裡，結果全白費了功夫？」她嘶聲道。

「我們無從知道赤楊掌是不是錯了，」針掌反駁道，「至少從這麼遠的距離看不出來，也許我們應該走近一點。」

赤楊掌很感激她為他辯解，也很佩服她總是有辦法調適心理，以平常心看待任何挫敗。但他另一方面也擔心萬一被火花掌說中了。**要是這趟探索之旅真的白費了功夫，那該怎麼辦？**

「好吧，那我們還等什麼？」針掌問道，同時跳了起來。「就找條路下去吧。」

錢鼠鬚立刻上前擋住她。「妳是鼠腦袋嗎？」他質問道：「我們不能這樣大搖大擺地走進他們的營地，我們又不認識天族，他們對我們所知也不多。所以我們也不確定能不能完全相信他們。」他煩躁地抽動尾巴。「只有沙暴見過天族貓，但她已經死了。」

針掌聳聳肩，對前輩的說法不以為然。「我們只有走近一點，才能知道答案是什麼。要是這些貓兒不重要，赤楊掌為什麼會夢到他們呢？」

赤楊掌緊張地吞吞口水。「沒錯，」他喵聲道，試圖讓語氣更篤定一點。「妳來帶路，針掌。」

針掌大概搜尋了一下，終於找到一條可通到下方峽谷的蜿蜒小徑。赤楊掌跟在她後面，貼著崖壁走，盡量遠離緊臨斷崖的崖邊。他感覺得到爪墊下的岩石被太陽曬得溫溫熱熱的。

他聽見同伴們也跟在後面，總算鬆了口氣。

「赤楊掌的腦袋裡一定有蜜蜂，」他聽見火花掌嘴裡嘟囔：「竟然跟著這隻愚蠢的影族貓走。」

他們才往峽谷方向走了幾條狐狸身的距離，赤楊掌就聽見下方傳來吼叫聲。他朝聲音來處轉頭探看，發現有隻長毛灰色公貓正瞪著他們。吼聲引起了另外三隻天族貓的注意，他們朝他奔來，在灰色公貓為首帶領下，紛紛攀上岩石。

「完了。」針掌低聲道。

「反正早晚都會碰上。」赤楊掌回答，同時從針掌旁邊擠過去，站到最前面，又往前緩步走了兩條尾巴的距離，來到岩架處。「我們就在這裡等他們……看在星族老天的分上，千萬記住我們是來幫他們忙的，不是來找碴的。」

他話才說完，天族貓就映入眼簾，他們身手俐落在窄徑裡上下彈跳，直抵岩架，面對侵入領地的貓兒們。

灰色公貓上前一步，與赤楊掌鼻對鼻地對峙，天族貓一雙冰冷的綠色眼睛瞪視著赤楊掌，後者試著不畏縮退後。但對方孔武有力，肩毛豎得筆直，連尾巴的毛都蓬了起來。

「如果你們想入侵我們的領地，」他低吼：「最好先三思一下，你們寡不敵眾的。」

赤楊掌猶豫了一下，心想是否該由他來回應對方。雖然這是他的探索之旅，但沙暴不在了，錢鼠鬚和櫻桃落是兩位資歷最深的貓兒。**也許應該由他們來代表發言。**赤楊掌回頭瞥看錢鼠鬚和櫻桃落，發現他們倆都沒有動靜。**那就只好由我來處理了，**他心想，同時朝帶有敵意的長毛公貓轉過身去。

「我們不是來占領你們的領地，」他聲音平和地解釋道：「但我們是大老遠來找你們的……找住在峽谷裡的天族貓。」

灰色公貓偏頭看他，綠色眼睛有光一閃而逝。「你們大老遠的來，對天族的瞭解有多少呢？」他問道

「所知不多，」赤楊掌承認道：「不過既然來到這裡，就會有更多的瞭解。」

公貓鄙夷地哼了一聲：「你最好去跟我們的族長談一談吧。」他扭頭示意要他們跟他走，轉身沿著小徑往回走。

赤楊掌才跟上去一步，火花掌就擠到他旁邊。「你確定這樣好嗎？」她低聲道。

如果不是我帶隊，而是別隻貓兒帶隊，妳是不是就沒意見了？赤楊掌很想嗤聲回嗆他姊姊，但咬牙吞了回去。「既然棘星派我們前來，」他低聲道：「那麼無論結果如何，一定有它的道理。」

陪同灰色公貓前來的三隻貓先讓開一條路給他們過，然後才又圍上來。赤楊掌近距離打量下，這才發現其中一隻是黑色公貓，另外兩隻是母貓：一隻是虎斑色，另一隻全身白毛，但身上都沾滿沙土。事實上，這四隻貓兒看起來都需要好好梳理一番。

難道天族貓都不梳理自己的嗎？赤楊掌覺得奇怪。他只知道要是雷族見習生全身髒亂地跑出來，一定會被導師唸上一頓。

但他隨即提醒自己，當初天族是從舊領地被趕出來，才流浪到這處峽谷。他們已經離開四大部族很久了，所以就算習慣上有什麼不同，也無需大驚小怪。

當他們沿著小徑往下走時，針掌悄悄擠過赤楊掌旁邊，追上為首的灰色公貓。「你叫什麼名字？」她問道。

灰色公貓驚訝地豎起耳朵……赤楊掌猜測八成是影族見習生的語調太有自信。「我叫雨。」他回答。

就一個單名雨？赤楊掌奇怪針掌怎麼不追問下去。**可能是他們的命名習慣跟我們不**

一樣吧，他再度告訴自己，**連名字都取得很怪**。可是他記得沙暴提過天族裡頭有叫葉星、銳爪和回颯的貓兒。**這些都是很正規的戰士名啊，不過話說回來，沙暴來訪這裡已經是很久以前的事了**。

針掌始終走在雨的旁邊，毫不怕生地跟他聊了起來。赤楊掌覺得她的方法其實也對，於是也仿傚她，轉頭想跟離他最近的虎斑母貓聊上幾句。

「嗨，我叫赤楊掌。」他開口道。

虎斑母貓沒理他，只用黃色的眼睛不屑地瞪他一眼。

好吧，隨便妳，赤楊掌心想。他有點失望天族貓不像他想得那麼好相處。不過他告訴自己，也許等天族貓更瞭解他們，知道他們所為何來，就會比較友善。

長毛公貓領著赤楊掌和他的同伴爬上河水源頭處的岩堆。一隻孔武有力、身材結實的公貓坐在岩石底下，全身白毛，只有眼睛四周有黑色斑點，還有一條黑色的長尾巴。陽光下，公貓一身光滑的毛髮閃閃發亮，目光炯亮地打量著來客。

赤楊掌以為對方會登上岩堆，召開部族會議。**可是不對啊！**赤楊掌的胃突然抽緊，**我在異象裡看見的那位正在冊封戰士的天族族長不是他**。赤楊掌環目四顧，試著甩開慌亂的情緒，他看到愈來愈多天族貓不是從暗處走出來，就是從四周的岩縫裡鑽出來，將他和他的同伴們團團圍住。他仔細打量每一隻天族貓，希望至少找到異象裡看過的貓兒，但每一隻都不是。**這是怎麼回事？**

暗尾站了起來，臉上帶著冷笑。「他們是誰？」他問雨：「迷路的小貓嗎？」

赤楊掌注意到他的同伴們因為覺得受辱，毛髮都豎得筆直。「稍安勿躁，」他低聲道：「千萬別挑釁，我們需要多瞭解對方一點。」

「暗尾，」雨垂下頭：「這些陌生貓兒大老遠地來找天族。」

所以他們稱族長暗尾，赤楊掌心想道，這下更是不解了。**為什麼不是暗星呢？難道這又是他們跟我們不一樣的另一個地方？**

暗尾眼睛眨也不眨地看著赤楊掌。「你們找天族做什麼？」

赤楊掌直視著族長那雙感覺怪異的藍色眼睛，緊張到全身毛髮都豎了起來。他真希望錢鼠鬚或櫻桃落可以代他開口，而不是由他來主導對話。

「我來自雷族，」他強忍住心裡的忐忑：「我被派來尋找天族貓。」

「為什麼？」暗尾問道。

赤楊掌不知道該如何回答。**我還以為我們抵達這裡時，就會知道答案了。**「部族的存亡需要靠我們全體貓兒的通力合作。」他回答得不太有把握，但看見櫻桃落和錢鼠鬚雙雙點頭稱是，才稍微放心。

暗尾瞇起眼睛。「你是在要求我和我的貓兒們跟你們一起回……雷族？」

赤楊掌點點頭，覺得自己像是一隻還沒開眼的小貓正在黑暗裡摸索。只是他還不確定天族是不是就是星族口中他們必須擁抱的那個對象。**要是我說服他們跟我回去湖邊，棘星會怎麼想？我們要怎麼安置這麼多貓兒呢？**

「你們需要我們的援助嗎？」暗尾追問。

「不！」赤楊掌脫口而出：「我們不是來求你們幫助我們抗敵或什麼的。四大部族各自定居在自己的領地裡，還算相安無事，因為獵物充足。」**是你們需要我們的援助吧？**他在心裡默默問道，**還是我根本誤解了異象？哦，沙暴，我真希望妳在這裡幫我解開疑竇。**

暗尾似乎思考了一下，然後很有禮貌地垂頭向赤楊掌說：「我很佩服你們，」他喵嗚道：「也感激你們不遠千里前來尋找天族。不過我希望你們明白，我們不可能因為陌生貓兒的力勸就捨棄自己的營地。」

赤楊掌多少放寬了心，**至少暗尾聽起來是講道理的**，只是他沒想到與天族的碰面竟是這樣的結果，他心裡有一部分其實很想趕快離開，假裝這一切不曾發生。因為這些貓兒看起來一點都不需要幫助。

可是他想起自己夢見的異象，尤其在荒原上痛苦哭號的那些貓兒。**我不能就這樣撒手不管，轉身離去**，他心想道，暗自希望若沙暴還在他身邊該有多好。

「我們可不可以先待一陣子？」開口的是針掌，她抬頭挺胸，揚起尾巴，面無懼色地對暗尾說：「或許我們可以加入你們的狩獵隊和巡邏隊，相信不久之後，你們就會覺得我們是可以信賴的。」

赤楊掌不確定這主意好不好，但他想不出更好的辦法，只好默認這點子。

暗尾默不吭聲了一會兒，藍色眼睛掃過每隻貓兒，最後回到赤楊掌身上。「好吧，」他終於說道：「雨，你就帶我們的訪客去他們的休息處，沒錯……」他又對赤楊掌說道：「也許我們有可以互相學習的地方。」

赤楊掌勉強點頭同意，但毛髮仍然豎得筆直，而且全身發抖，**為什麼我總覺得不太對勁？**

✦✦✦

赤楊掌低頭舔食河水，陽光溫暖地照在他身上。他低頭看著河水，很想把腳洗乾淨，但他知道溼漉漉的腳只會更容易沾染砂土。

天族貓怎能忍受住在這麼髒的地方？他反問自己，**要是他們能跟我們回森林，部族貓的生活方式或許可以改變他們。**

前天晚上，雨帶他和同伴們到一處窩穴……美其名是窩穴，但其實不過就是峽谷邊緣一處光禿禿的洞穴而已，裡頭什麼也沒有，只有沙地……當赤楊掌安頓好要睡覺時，曾暗自希望星族能再讓他夢見一個異象，但如今他連自己有沒有做夢都不記得了。

想家的念頭像尖刺一樣扎得他心好痛，他想念老家腳下冰涼的枯葉，也渴望聽見頭頂樹枝婆娑擺動的沙沙聲響。**希望天族最後會決定跟我們回去，這樣我們就能早點回家，我的族貓都還不知道沙暴已經死了。**

他想起睿智的老母貓，又不由得悲從中來。要是她還在，一定知道該怎麼做，也會幫忙他釐清何以這裡的貓兒看起來都不像是異象裡見過的貓兒。她甚至會幫忙他搞清楚為什麼他們看起來不需要任何援助？

是時間上有誤嗎？難道我夢到的是以前的天族貓？

下游傳來吼叫聲，分散了赤楊掌的思緒。他轉頭看見針掌坐在幾條尾巴距離外的大圓石上。

「狩獵隊回來了！」她大聲說：「而且帶了獵物回來。」

赤楊掌離開水邊，跳回營地中央去迎接狩獵隊。他看見大堆獵物被擱在暗尾四周，猶如向上呈報，等候族長批准。狩獵隊隊員們半圍著獵物堆，雨站的位置離族長最近。

雷族貓都擠在赤楊掌四周旁觀，這時暗尾挑了一隻肥美的鴿子，嘶咬了幾口，然後向雨點點頭，後者上前來，自行挑了一隻松鼠。

「好怪哦，」火花掌在赤楊掌的耳邊低聲說道：「他們的生鮮獵物堆在哪裡？誰負責拿食物給長老和正在哺乳的貓后吃呢？」

赤楊掌都還沒來得及回答，雨就叼著松鼠往後退，這動作對其他天族貓來說像是某種信號一樣，他們突然一擁而上，爭先恐後地爭食肥美的獵物。赤楊掌看見圈子邊緣有兩三隻瘦巴巴的老貓也試圖上來搶獵物，但都被強壯的貓兒一把推開，大貓們蹲伏在食物面前，一邊大啖，一邊虎視眈眈四周動靜。一隻母貓帶著三隻喵喵叫的小貓擠進去，叼了一隻田鼠出來，卻被一隻大虎斑公貓從她嘴裡搶回去，後腿一抬，把她踢到後面。

赤楊掌和他的同伴們面面相覷，滿臉驚恐與不解。「他們在幹什麼啊？」櫻桃落倒抽口氣。

待在赤楊掌旁邊的針掌聳聳肩：「也許他們沒學過戰士守則。」

「我倒很驚訝妳竟然也聽過戰士守則這幾個字。」火花掌嘟囔道。

針掌斜睨她一眼，表情促狹。「雖然我不喜歡遵守一些愚蠢的規定，但並不代表我就不懂戰士守則是什麼。」她反駁道。

說完她突然迅速出手，鑽進那群爭食的貓群裡，三兩下掃開兩三隻年紀較輕的貓兒，過沒一會兒，就叼著一隻老鼠從搶食大戰裡溜出來，蹲在岩石底下囫圇吞下老鼠。

赤楊掌看見暗尾緩步離開，回到岩堆旁，神情冷漠地回頭瞥看爭食的貓群，他在突岩下方坐定，瞇起眼睛看著眼前景象。

赤楊掌的肚子咕嚕咕嚕叫得厲害，但他沒有勇氣加入爭食的戰場。**我才不要跟長老或小貓搶食物呢**。

他聽見旁邊的火花掌壓抑住低吼的衝動。「這太不公平了，」她低聲道：「有些天族貓根本是每天挨餓。難怪有這麼多貓兒看起來瘦弱不堪。」

她話一說完，就跳到前面，繞過爭食的貓群，向暗尾衝過去。

「火花掌，別去！」赤楊掌大聲制止，追在後面。他發現錢鼠鬚和櫻桃落也跟在後面，心裡暗自慶幸。

「你們怎麼會是這樣進食？」火花掌一在暗尾面前站定就不客氣地質疑對方。

赤楊掌不確定自己是佩服她的勇氣可嘉，還是對她的唐突態度感到不好意思。我們畢竟是來天族作客的。

「妳這話什麼意思？」暗尾甩著尾巴問道。

「在我們的部族裡，」火花掌解釋道：「我們會把所有獵物帶回營地，放進生鮮獵物堆。然後會有貓兒幫忙把食物拿去給長老和哺乳的貓后，還有生病的貓兒吃。接下來戰士和見習生們才會去取用食物，根本不像你們這樣你爭我奪。」她話說完了，雙耳鄙夷地抽動。

暗尾的唯一反應只是瞇起眼睛。赤楊掌上前一步，站在他姊姊旁邊，心想要是天族族長攻擊她，他可以就近保護。

火花掌繼續說道：「你八成以前也是這樣爭食長大的，才會覺得這很公平，但既然你們也是戰士，就該遵守戰士守則。」

赤楊掌注意到暗尾一聽到**戰士守則**這幾個字，眼裡閃過一絲興味。

「我們有自己的守則，」族長告訴火花掌：「自從我們離開其他部族後，就明白自己愈來愈積弱不振，所以決定制訂新的守則。天族守則獎勵的是強者……也就是最有資格保護天族的貓兒們。」

火花掌一臉不解：「那生病的貓呢？還有長老呢？」

暗尾聳聳肩：「他們得學會自己照顧自己。」

赤楊掌看見火花掌憤怒到頸毛都豎了起來，緊張地皺起眉頭。「那幹嘛還住在部族裡？這根本跟惡棍貓沒什麼兩樣。」

憤怒的低吼聲從暗尾胸口深處傳出，他伸出爪子。錢鼠鬚連忙上前，擋在暗尾和火花掌中間。

「她還年輕，對很多事都很好奇。」錢鼠鬚喵聲道：「夠了，走吧。」他推了火花掌一把，要她回窩穴。

他們調頭離開時，火花掌顯得垂頭喪氣。爭食大戰已經結束，狩獵貓兒們都在陽光下小憩，慵懶地梳理自己。赤楊掌瞄見針掌也混在其中。這時老貓們和帶著小貓的母貓們正忙著揀食剩下的獵物，尋找沒吃完的肉屑。小貓們都餓得哭了起來。

「我們應該回家去，」火花掌在大夥兒回到窩穴時這樣低聲說道：「這群古怪的貓兒根本不需要我們的幫助。我甚至不確定他們究竟算不算是部族貓。」

赤楊掌發現他其實頗為同意她對天族貓行徑的看法。暗尾剛剛才告訴他們，天族已經改了守則，這與棘星說火星和沙暴是如何千里迢迢地來到這裡重建天族的故事不合啊？「我真的被搞糊塗了……」他開口道。

「你們在說什麼啊？」針掌緩步走進窩穴，打斷他們的談話。

「我說我們應該回家去。」火花掌重複道：「這些貓又不需要我們。」

「什麼？」針掌語氣鄙夷：「我們來這裡的目的就是要找出是什麼東西藏在幽暗處，不是嗎？而且我們已經找到了，這些貓真的……呃……很黑暗。我們不能就這樣說走就走啊。」

「我覺得火花掌說得沒錯，」櫻桃落表情嚴肅地看了赤楊掌一眼：「這些貓……怪怪的。我覺得他們不需要我們的幫助。難道這真的是你在夢裡看的異象？」

赤楊掌環顧他的同伴們，感覺得到他們的疑慮。「我也不確定，」他承認道：「但我不相信棘星會搞錯，也不相信沙暴是白白犧牲了。只是我不知道原因何在，但我相信我們來這裡一定有它的道理。」

同伴們表情疑惑地看著彼此，赤楊掌緊張地等候他們的決定。最後櫻桃落點點頭。

「好吧，」她喵聲道：「我們就留下來靜觀其變。」

赤楊掌吁了口氣，如釋重負。「謝謝妳。」

希望星族能快一點讓我再夢見異象，他心裡想道，**因為我真的不知道我們在這裡要做什麼。**

第十六章

等到最後一塊獵物也被瓜分殆盡，天族貓就各自散去，最後只剩一隻年輕的橘色母貓仍待在族長旁邊，她咳得很厲害，身子搖搖晃晃的。

赤楊掌驚見暗尾大爪一揮，用力打她的背。

「不要吵了！」他吼道。

母貓神情害怕地看他一眼，不再咳嗽，不過赤楊掌不認為是那一掌治好了她，顯然她是忍住不敢再咳。

赤楊掌緩步上前，先很有禮貌地向暗尾垂頭致意。「聽起來她好像有白咳症，」他喵聲道，同時揮動尾巴，指著那隻母貓。「最好找你們的巫醫貓看一下病。」

兩隻天族貓茫然地看他一眼，赤楊掌突然覺得自己像是失足跌進幽黑的冰水裡。**難道他們連巫醫貓都沒有？**

他壓抑住驚訝的表情，繼續說道：「白咳症沒什麼大不了，用點艾菊就好了。」

暗尾還是一臉茫然，似乎想開口問艾菊是什麼。赤楊掌這下更是一頭霧水。**沙暴說過回颯是天族的巫醫貓啊，所以她出了什麼事？為什麼連他們的族長都沒聽過艾菊這種最簡單的藥草？**

這時年輕母貓又咳了起來，還一邊咳一邊往後退，像是怕咳嗽聲又會惹怒她的族長。

「我馬上回來，」赤楊掌喵聲道：「我去找點艾菊。」

他朝可通往崖頂的那條小路走去，打算在那裡的野草叢和灌木叢裡摘些藥草。但還沒走到，就瞄到岩壁有個洞穴。由於岩壁外緣突起，離水邊很近，因此長了幾株植物，但都快枯萎了。

赤楊掌跳上洞穴，聞了聞那幾株植物，立刻認出裡頭有艾菊，還有酸模、蓍草和山蘿蔔。他突然恍然大悟，這些藥草一定是某隻貓兒種的，就像葉池和松鴉羽在舊兩腳獸巢穴附近種藥草一樣。但現在顯然沒有貓兒在照料這裡的藥草園。

以前這裡一定是巫醫貓住的地方，赤楊掌心想，**可是為什麼他們有這麼完美的巫醫貓窩穴，卻沒有巫醫貓呢？也許回颯死前沒再收見習生？**

艾菊葉外觀軟趴趴的，氣味也不若赤楊掌在森林裡聞到的那般濃烈。不過總比沒有好。於是他摘下一些莖梗，緩步走回岩堆。

當他回來時，發現橘色母貓已經側躺在地，露出大片的白色腹毛。其他天族貓都躲得遠遠的，自顧自地做著自己的事，連看都不看病貓一眼，後者聲音沙啞，口沫四濺。**她的咳嗽問題遠比我想的嚴重，**赤楊掌頓時警覺，開始有點緊張了起來。

赤楊掌將艾菊放在橘色母貓面前。「把這個吃了。」他告訴她。

母貓抬頭看他，一臉不解地瞪大綠色眼睛，表情驚恐：「我會好起來嗎？」她氣喘吁吁地說道：「我不想被放逐。」

恐懼像冰冷的利爪攫住赤楊掌。他伸出一隻前爪，輕輕擱在母貓的腰腹。「妳叫什麼名字？」他問道。

「火燄。」她哽咽說道，說完又用力地咳了幾聲。

「我叫赤楊掌，我正在我的部族裡學習當巫醫。我敢向妳保證，艾菊對妳的病很有幫助。」

火燄張口咀嚼艾菊葉，赤楊掌退後幾步，給她一點呼吸的空間。

「這有效嗎？」一個粗嘎的聲音傳進他耳裡。

赤楊掌嚇了一跳，轉身看見暗尾眼神凌厲地瞪著他。「艾菊通常可以很快治好白咳症，」他回答，試圖表現出令對方放心的語氣。「但白咳症如果拖太久，就會變成綠咳症……到時火燄就麻煩了。」

暗尾開始變得一臉興趣盎然。赤楊掌心想他可能從沒聽過這些疾病的名稱。**也許在天族，他們對這些病症有別的稱呼。**

「所以要用什麼東西來治療綠咳症？」白黑色公貓問道，但語氣聽起來並非他有多在乎火燄的病情。

「你還是可以使用艾菊，」赤楊掌告訴他：「不過若能找得到貓薄荷的話，會更有效。」

「嗯……」暗尾迅速抽動鬍鬚。「那傷口要怎麼治療？貓薄荷也可以用在傷口上嗎？」

「不行，」**這隻貓怎麼什麼都不懂啊？**「如果是傷口，你得先用蜘蛛絲止血，再用紫草根止痛，如果傷口有感染的話，可以用金盞菊或馬尾草來治療。」

暗尾點點頭：「那發燒呢？」

「呃……」赤楊掌一時之間想不起來。**這簡直比松鴉羽的考試還難，真希望他在這裡！**「琉璃苣葉，」他終於想到。「蒲公英有助發燒的貓兒入眠。可是暗尾……」他忍不住提問題。「你們難道都不治療生病的貓嗎？」

那個當下，暗尾表情看起來有點茫然。「我們當然也治療啊，」他彈彈尾巴說道。「只是……做法不同。為什麼所有部族都要有一樣的做法？」

因為我們來自同一個地方，赤楊掌心想，但是他不敢說出來。他還沒跟暗尾提過以前天族貓是如何被趕出森林的，所以他現在什麼都不敢多說。**棘星告訴過我，這段歷史對天族來說是很大的傷痛，其他部族不該拒絕分享領地。天族可能會因此怪到我們頭上，哪怕這已經是遠古以前的事了。**

可是赤楊掌還是搞不懂為何暗尾對其他部族的生活方式完全陌生。**他們真的已經捨棄戰士守則很久了嗎？**

赤楊掌這時慢慢想通了，就像花苞漸漸綻放一樣。也許這預言的意思跟他當初想的不一樣。也許天族之所以在「幽暗處」，不是因為他們住在久被遺忘的遙遠地方，而是因為在戰士守則上，甚至所有有別於惡棍貓的生活方式上，天族已經完全失守。

所以我的使命就是導正他們，讓天空轉晴！

赤楊掌很是開心地抽動鬍鬚。「如果你願意的話，」他對暗尾喵聲道：「我可以帶幾隻天族貓到領地上走一走，看看能找到什麼藥草，再教他們藥草的用途。」說完又謙虛地補充一句：「不過我只是個見習生。」

暗尾似乎不介意赤楊掌的經驗不足，當場同意。「嘿，雨！」他喊道。

原本坐在河邊跟針掌聊天的灰色長毛公貓立刻跳起來，朝族長跑來。「暗尾，什麼事？」他問道，很是恭敬地垂頭致意。

「你跟這隻貓去，」暗尾下令道，同時彈動尾巴，指著赤楊掌。「他要去找藥草，然後告訴你用途是什麼。你要聽從他的話……他是見習生。」

「遵命。」雨回答道，但表情跟赤楊掌一樣一頭霧水。暗尾在提到**見習生**這幾個字的語氣時，好像覺得……這頭銜很了不得？

「我也去。」針掌說道，同時跑了過來。「我也想參觀這座峽谷。」

赤楊掌無法想像這地方這麼貧瘠骯髒，有什麼好參觀的？但他沒有反對的理由，**反正針掌的個性本來就古怪，所以不管她做什麼，都沒什麼好大驚小怪**。

在雨的帶路下，三隻貓兒朝下游走去，途中經過赤楊掌認定以前曾是回颯窩穴的所在。

赤楊掌心情愉悅地往前走，愈走愈樂觀。要是他能教會天族貓如何治病，或許能激起他們對彼此的同理心，就不會再無情地視而不見像火燄這樣的病貓。於是在思想上和行為上就會更像真正的部族貓。到時便能以盟友的身分回到森林。

這是完成探索之旅的第一步……幫助天族找回部族貓的生活方式。

✦
✦
✦

赤楊掌在窩穴裡不安地蠕動身子，他一直想著之前與針掌和雨的那場領地之旅，驚訝雨懂的事情怎麼這麼少？他們找到了蓍草和更多艾菊，但雨似乎認定有這兩種藥草就足夠治百病了。

「你必須到峽谷兩側去找藥草，」赤楊掌直言道：「甚至得跋涉到比平常狩獵區域還要遠的地方。因為有很多疾病都會找上貓兒，所以需要不同藥草和不同的療法。」

但雨只是聳聳肩，不予置評。「那還不如叫暗尾早點帶我們去新的領地，還比較明智。」他這樣說道。

此刻赤楊掌正緊緊地蜷伏起身子，試圖入睡。他急著想再夢見另一個異象，也許夢裡沙暴會來找他，向他保證這一切的發生都是理所當然。但自己又打從心裡知道，這部族怪怪的，不管他多努力地說服自己，那只是因為他們離開其他部族太久的關係，但他還是甩不掉那種不知道哪裡不對勁的感覺。究竟是什麼原因讓他在抵達峽谷之後，便再沒夢過任何異象？

這時一個想法突然出現，嚇得他全身發抖，猶如受驚的迷路小貓想大聲哭喊。**難道星族在這地方沒辦法連絡上我？**

等到赤楊掌的身子終於停止發抖，外頭的聲音吸引了他的注意。他其實早就發現到峽谷的岩壁會困住聲音，所以就算不想讓天族貓聽見他們說的話，怎麼刻意小聲說話都沒用。他拿尾巴摀住耳朵，試圖不想聽，但還是聽見暗尾的聲音傳來，他驚愕抬頭。

「這很簡單。」

赤楊掌盡量躡手躡腳地走向窩穴入口，朝黑暗中窺看。還好有足夠月光可以看見幾條尾巴距離外的暗尾和雨，除此之外還有一隻叫做渡鴉的黑色長毛母貓。

「我不知道欸……」渡鴉的語氣存疑：「這趟旅程會很遠又很艱辛。我聽過大轟雷路的故事，很多貓兒在那裡喪命。」

「轟雷路對我們來說沒什麼好怕的。」暗尾說道，同時不屑地揮揮尾巴。

赤楊掌心裡燃起一線希望。**也許天族貓正在考慮明天啟程，跟我們一起回湖邊，與其他部族團聚！**

他站起來，正打算去找他們，告訴他們他很高興他們做出這樣的決定，可是才離開洞穴，三隻天族貓就突然朝不同方向各自離開。

這時赤楊掌突然瞄到暗處有動靜，令他驚訝的是，竟然是針掌從一座大圓石底下走出來，快步迎上雨。而在這之前，他根本沒注意到她其實沒在窩穴裡跟他和同伴們一起睡覺。

「聽起來你們好像下定決心了。」針掌對雨喵嗚說道。

灰色大公貓朝她走近。「偷聽是很不禮貌的。」他嘶聲道。

「這又不是我願意的，」針掌的語氣毫不畏懼，甚至還帶了點淘氣：「你們在商討大計的時候，根本沒在防別的貓兒聽啊。」

雨嘴裡不知道在咕噥什麼地回答她，但因為他轉身要離去，所以赤楊掌聽不到他說了什麼。

針掌腳步輕快地走在天族貓旁邊，兩隻貓兒相偕朝上游的岩堆走去，不知怎麼搞的，赤楊掌忍不住從窩裡出來，偷偷跟在後面。雖然刻意保持一段距離，但還是聽得到針掌揶揄的喵嗚聲。

「雨，其他部族的生活方式是很不一樣的，他們有……一些規矩得遵守。如果你和暗尾還有其他貓兒想要融入，就得先學會這些規矩。」

「事情總有辦法解決的，」雨回答：「順其自然吧。」

赤楊掌不確定這隻大公貓的語氣聽起來是期待還是覺得好笑。然而不管怎麼樣，赤楊掌都不確定自己是否喜歡看見眼前的這一幕。**算了，我聽夠了，**他心想，同時朝窩穴轉身。

但轉身的同時，腳爪不小心踢到小石子，小石子又彈向另一顆，針掌和雨倏地轉身，瞪著他看。

「是誰？」雨厲聲問道。

「是我啦，」赤楊掌咕噥道：「呃……我只是出來清理身上的砂土。」

說完沒等他們回應，便趕忙逃進暗處，氣喘吁吁地回到同伴們入睡的窩穴。他懷抱的某種希望突然像泡沫一樣破滅，原本常砰砰心跳的胸口被內心深處某種沉重的東西推擠，試圖將他壓制在地。

第十七章

第二天一早，赤楊掌爬出窩穴，累到幾乎無法行走。他一直在思索如何讓天族貓重返部族生活，但顯然他們完全不懂身為戰士的意義何在，這使他煩惱到一晚都沒睡，再加上又聽到針掌和雨的對話，胸口更是莫名疼痛。

「我覺得我們應該去狩獵，」錢鼠鬚看見同伴們都走出窩穴，在水邊梳理自己，於是大聲說道。「我看我們根本不用奢望跟天族貓一起進食。」

「好啊，」櫻桃落附和道：「我等不及離開這座連星族都不鳥的峽谷透透氣了。」

「我覺得還好啊，」針掌打個呵欠，露出滿嘴尖牙：「住久了就習慣了。」

「那妳留下來好了，」火花掌呸口道，又低聲補了一句：「反正我們也沒邀妳一起去。」

「夠了，」錢鼠鬚喵聲道，抬起爪子，以權威的口吻說道：「針掌，妳想怎樣就怎樣。但我們要去狩獵。」

「這條河的對岸好像有片濃密的林子，」櫻桃落指出：「我們去那裡好了。」

錢鼠鬚帶隊穿過岩堆，附近幾隻天族貓，看見他們，竟都無意阻攔。赤楊掌跌跌撞撞地跟在後面，心想自己眼睛都快睜不開了，還抓什麼獵物啊？

可是當他走進林子時，竟發現精神突然好多了。腳下能再踩到潮溼的土壤和腐葉，隔著枝椏瞄見天空，感覺真好。赤楊掌看見樹葉正要轉成金黃，落葉季就快到了。

櫻桃落和火花掌相偕跑開，錢鼠鬚朝赤楊掌轉身。「你要和我一起去狩獵嗎？」他問道。

赤楊掌搖搖頭。「呃……不，謝了。」他沒辦法忍受前任導師又看到他失敗的模樣。「我自己練習好了。」

「好吧，那回頭見了。」錢鼠鬚鑽進蕨葉叢，消失在裡面。

赤楊掌一等他的聲響和氣味散去，便走進林子深處，豎起耳朵，張開下顎，希望找到獵物的蹤跡。沒多久，便看到有隻畫眉棲在鄰近一棵樹的樹枝上。

赤楊掌的肚子咕嚕咕嚕叫，這才發現自己餓壞了。自從他和同伴們兩天前來到這座峽谷，便幾乎沒進食。他在想要是他抓到這隻鳥，當場吃掉，不帶回營裡，會不會有什麼問題？不過他又告訴自己，反正現在也不在雷族，**而且我才不要跟天族貓一起吃呢，看見他們對小貓和長老那麼無情，我就倒胃口**。

畫眉拍著翅膀往林子深處飛去，他偷偷跟在後面，始終保持兩棵樹的距離，然後悄悄爬上山毛櫸的樹幹，攀上樹枝。他試圖回想以前還沒因狩獵技術太爛而改行當巫醫之前所學過的狩獵技巧。

還是先別想太多，他決定道，**不過是隻小鳥，我一定抓得到**。

赤楊掌躡手躡腳地爬近，又好不容易攀上畫眉暫棲的樹。牠看起來並沒察覺到他。可是正當他準備往前撲時，竟有另一隻貓從林地一躍而起，伸長前爪，想抓那隻鳥，卻因差了一隻老鼠身長的距離而失手。貓兒憤怒大吼，摔回地面，翻滾在地。受驚的畫眉瞬間飛離。

「狐狸屎！」赤楊掌嘶聲道。

陌生貓兒是一隻毛髮雜亂、瘦骨嶙峋的公貓，他搖晃著爬了起來，怒目瞪視赤楊掌。「都是你害我失手！」他吼道：「難道你沒看見我在跟蹤牠嗎？害我得提前出手。」

可是赤楊掌已經忘了畫眉這回事。他終於看清楚眼前的新來者，他驚愕地瞪大眼睛，**他就是我在異象裡看到的其中一隻貓啊！**

他記得當葉星在冊封新戰士時，有一群貓兒圍觀，這隻灰色公貓也在裡頭。但那時他看起來很健康，有一身光亮的毛髮。可是現在卻像一隻長滿疥癬的惡棍貓，打結的毛髮下面歷歷可見突起的肋骨。

「你是誰？」赤楊掌問道。

「我叫霧羽，」貓兒粗暴地回答：「我叫什麼名字關你什麼事啊？」

赤楊掌小心翼翼地爬下樹，視線始終不離灰色公貓。他刻意保持距離，以免霧羽以為他在挑釁，然後很有禮貌地垂下頭。

「你好，」赤楊掌喵聲道：「關於畫眉的事，我很抱歉。我叫赤楊掌，我來自雷族。」

灰色公貓瞪大眼睛，表情驚訝懷疑。「雷族！」他驚聲大叫：「那你一定認識火星。我還沒出生前，他曾來幫忙重建我們的部族，每逢滿月，有關他的傳奇故事就會在天岩上被傳頌。他是我們崇拜的偶像。」

赤楊掌興奮到身上每根毛髮都豎了起來。他張開嘴巴本想告訴霧羽火星已經死了，但認為現在不是個好時機，於是改口問他：「你是被你的部族放逐了嗎？」

灰色公貓回瞪他：「我被放逐？」他反問道，語氣怨恨：「我才沒有呢，是整個部族都被放逐了。」

「你這話是什麼意思？」赤楊掌問道，滿腹狐疑地瞪著他。

霧羽抽動尾巴，示意他靠近。赤楊掌坐在他剛剛追蹤畫眉的那棵樹下，灰色公貓緊挨著他蹲下。

「你見過峽谷裡的那些貓了嗎？」霧羽開口道：「我敢說他們一定讓你以為他們就是天族貓，但其實他們不是。他們是邪惡的惡棍貓，他們攻擊天族，把我們的領地占為己有。」

赤楊掌的第一個反應竟然是如釋重負。**我就知道那些貓怪怪的。原來他們根本不是部族貓，難怪他們的行為舉止這麼不得體！**可是他很訝異天族竟遭到如此厄運。**這就是我的異象試圖告訴我的真相嗎？天族被放逐了，需要我的援助？**

「這些惡棍貓從哪兒來的？」他問道。

「我不知道，」霧羽回答：「而且就算他們有什麼幫規，我也不知道他們的幫規是什麼。反正他們真的很邪惡。」

赤楊掌心裡雖然有如釋重負的感覺，但隨之而起的卻是疑慮：「你們部族應該能夠擊退他們啊！」

霧羽不敢迎視他的目光，羞愧到鬍鬚都垂了下來。「我們日子過得很苦，老實說，我們有幾位日光戰士，他們就跟我們住在峽谷裡的戰士一樣。」

「日光戰士？」赤楊掌一頭霧水。

「就是白天會來跟我們一起狩獵和接受訓練的貓兒，」霧羽解釋道：「到了晚上，他們會回到他們的兩腳獸那裡。」

「他們是寵物貓？」赤楊掌震驚到差點說不出話來。「你們讓寵物貓加入你們的部族？」

「他們是來幫我們工作的，」霧羽辯解道：「日光戰士是值得尊敬的英勇戰士，可是惡棍貓趁夜裡他們回去的時候來偷襲我們，我們根本寡不敵眾。」

「所以惡棍貓贏了。」

霧羽點點頭。「我們在戰場上出手向來講究分寸，不會殘殺敵貓，但這種打法很容易被打敗。」

「那其他天族貓呢？」赤楊掌追問，同時環顧四周，以為會看到更多貓兒從矮木叢裡出來。

「我不知道，」霧羽告訴他，「我們全走散了，只有我留下來。我也不知道還有多少天族貓倖存或者他們逃到哪裡去了。」

「你為什麼要留下來？」

霧羽的琥珀色眼睛瞬間被憂傷吞沒。「我的伴侶貓在戰場上被殺身亡，我決定在她的葬身之處當一隻獨行貓，不想再去找新的領地。」

赤楊掌乍聞之下，悲傷到一顆心像被爪子攫住一樣。**現在真相總算大白！**他總算確定自己的異象是真的，但罪惡感立刻宛如狐狸的尖牙撕扯著他。天族需要援助，可是他和他的同伴們來晚了。

「難怪峽谷裡的貓兒在行為舉止上一點也不像部族貓，」他半自言自語：「原來他們根本不是部族貓，只是一群趁火打劫的惡棍貓。他們跟小偷簡直沒什麼兩樣。」

「你懂什麼？」

粗嘎的聲音從赤楊掌後方傳來，他嚇了一跳，連忙轉身，看見暗尾竟站在一條狐狸身長外的地方，臉上帶著冷笑，那雙令人發毛的藍色眼睛不帶任何一絲情緒，緊緊盯著赤楊掌和霧羽。

「看來你已經見過峽谷裡的廢物了，」他對赤楊掌說：「沒想到他還活著。而且聽起來你正打算暗算我們。」

赤楊掌後退到樹幹處，目光來回巡看，巴不得他的同伴們就在附近，可是根本沒有他們的蹤影。樹影下，暗尾的身形似乎大了兩倍，**我得快點想出脫身的辦法**。

但饑寒交迫下的霧羽，腦袋似乎變得跟老鼠一樣笨，竟然奮力站起來，弓背對著暗尾嘶聲大吼：「你這隻偷我們領地的臭惡棍貓！」

「只有夠強壯的貓兒才能捍衛……或奪取領地，」暗尾不為所動。「要是天族貓沒本事守住自己的領地，就別在那裡抱怨。霧羽，如果你想奪回你的領地，何不當場跟我決鬥？」

赤楊掌氣得說不出話來。**難道暗尾看不出來霧羽的體力弱到誰都可以打贏他嗎？**

可是這隻被放逐的貓兒竟蓬起全身毛髮，伸出爪子，齜牙咧嘴地低吼。「暗尾，我才不怕你呢！」

赤楊掌上前一步，擋在兩隻貓兒中間，但霧羽尾巴一甩，要他退到後面。

「退後！」他嘶聲道：「不過是場決鬥而已。」

不，這會是場殺戮，赤楊掌心裡想道，卻又不得不往後退。

霧羽往前一撲，想攻擊暗尾，但惡棍貓首領輕鬆地往旁邊一閃，順手揮爪劃過霧羽的後腦勺。

「你速度得再快一點！」惡棍貓奚落灰色公貓。

霧羽毫不氣餒，立刻轉身，又朝惡棍貓首領撲過去，但暗尾跟先前一樣輕鬆閃過。霧羽這時已經氣喘吁吁，腳步蹣跚，暗尾抬腳輕推他一把，他便搖搖欲墜地幾乎摔倒。

赤楊掌暗自佩服霧羽的勇氣。他在旁觀這場一面倒的決鬥時，不免注意到這當中一些頗具技巧的格鬥招式，他心想要是這隻天族貓體力夠好的話，恐怕也是不容小覷的對手。

霧羽掙扎轉身，再度撲向暗尾，但每一次惡棍貓都能輕鬆躲過他那欲振乏力的攻勢，再順手劃他一爪。沒多久，霧羽的兩側腰腹開始滴血，毛髮散落林地四處。

霧羽終於體力耗盡，胸膛劇烈起伏，上氣不接下氣。暗尾緩步走向他，居高臨下。霧羽抬起一隻前爪想攻擊對方，但出手太慢，力道不足，暗尾輕輕鬆鬆就將它撥開。這時赤楊掌突然有不祥預感，全身肌肉繃得死緊。他看見天族貓倒地不起，筋疲力竭到毫無防備之力。

「愚蠢的癩皮貓，」暗尾怒吼：「你太自不量力了。」

「住手！」赤楊掌喊道，試圖上前保護被擊垮在地的天族貓，但來不及了。

暗尾已經撐起後腿，抬起前爪，往前猛力一揮，戳進霧羽的喉嚨，用力劃開，鮮血頓時噴出，霧羽一陣痙攣，便動也不動了。

赤楊掌滿臉驚慌地瞪著身亡的天族戰士。

第十八章

暗尾的爪子戳進赤楊掌的腰腿處，痛得他皺起眉頭。霧羽才死了沒多久，兇手就將赤楊掌押解回營地。

「繼續走！」惡棍貓首領以刺耳的聲音說道。

赤楊掌蹣跚前進，腦海裡仍揮之不去霧羽屍首的畫面，以及暗尾的爪子劃開天族貓喉嚨時鮮血噴出的場面。「你沒必要殺害霧羽，」他喵聲道，試圖掩飾他對惡棍貓首領的畏懼。「他已經體力不支，根本打不贏你，他又能危害你什麼呢？你甚至不肯埋葬他的屍骨。」

暗尾又伸爪戳赤楊掌的腰腿。「我為什麼要埋了那隻不老實的貓？」他吼道：「等你和你的同伴也死了，我一樣讓你們曝屍荒野。」

赤楊掌沮喪地想轉身抗議，但暗尾猛力推他，要他繼續往前走。**難道這就是我旅程的終點？**他絕望地想道，**當初我早該聽同伴們的話，早點離開的！**

「我們又沒有對你或你的手下做過什麼，為什麼要被殺？」他抗議道。

「別想唬弄我，跳蚤貓！」暗尾嘶聲說道：「你們和天族根本是一夥兒。你們是奸細，妄想瓦解我的幫派，好讓積弱不振的天族貓帶著他們的日光戰士回來。但這領地是我和我的手下光榮戰勝下的戰利品，我們不會放手，你們的計畫已經失敗了。」

赤楊掌不知道該如何回應他的誣告，他只知道多說也無益，暗尾絕不會改變想法。

暗尾和赤楊掌穿過岩堆，回到營地，所有貓兒都站了起來，瞪著他們看。赤楊掌看見他的同伴們都回來了，不覺鬆了口氣。暗尾將他推進一群惡棍貓中間，他的同伴們趕緊走到他旁邊。

「怎麼回事？」錢鼠鬚問道。

暗尾站在岩堆下面，目光掃過他的手下們，準備宣布要事。

難怪……赤楊掌心想，**難怪他總是坐在岩堆旁，因為只有真正的部族族長才會站在高處向貓群宣布要事。打從一開始我們就不該相信暗尾是部族貓，他的行為舉止一點也不像。**

「我發現這隻可悲的貓……」暗尾不屑地戳了戳赤楊掌，「正在林子裡跟一隻天族貓說話。顯然他們騙了我們。他們根本不是友善的訪客，他們跟天族串通，要來奪回領地，這領地可是我們努力奮戰下所得到的戰利品。所以他們的來訪打從一開始就是一場陰謀！」

憤憤不平的竊竊私語聲在惡棍貓們之間響起。赤楊掌看見他們的頸毛都豎了起來，用力拍打尾巴，臉色陰森地朝他和他的同伴們逼近。被這消息和指控搞得一頭霧水的部族貓幾乎抵禦不住。

「他們不是天族貓？」櫻桃落喵聲道。

「我們早該察覺到的！」錢鼠鬚嘶聲道：「這下總算真相大白。」

「這是真的嗎？」雨問針掌，整張臉逼近針掌，幾乎碰到她的鼻頭。「你們真的和天族串通好了？」赤楊掌看得出來雨有多憤怒，只見他的爪子不斷縮張。但赤楊掌察覺得到有另一種情緒藏在憤怒底下。**難道他有受傷的感覺？**赤楊掌不免納悶，胸口又出現那種怪異的心痛感覺。

針掌冷靜迎視雨憤怒的綠色目光。「當然不是真的，」她回答：「我們住的地方離這裡這麼遠，出發的時候，根本都還不確定天族存不存在，所以怎麼跟他們串通呢？」

她話語甫落，暗尾立刻怒吼。「妳的意思是我是騙子囉？」

「我當然不是這意思，」針掌的語氣還是很平和，甚至抬起一隻前爪順順鬍鬚。赤楊掌不由得佩服她的處變不驚。「我沒有說誰是騙子，」她轉身看著赤楊掌，臉上表情就像當初錢鼠鬚擔任他導師時不時會出現的那種懊惱神情。「我的巫醫貓朋友可能是不小心交錯了朋友，但我相信他絕對不是有意的。」

暗尾似乎正在思索她的話。這時黑色母貓渡鴉悄悄走近。

「有備無患，寧可錯殺一百，」她喵聲道：「我們根本不確定能不能相信他們。再說，他們也不知道打哪兒冒出來的。難道你們真的相信他們的一面之詞嗎？」

暗尾又想了一會兒，藍色眼睛眨也不眨地瞪著針掌。「發生了這種事情之後，我是不可能放你們走的。」

錢鼠鬚和櫻桃落突然上前一步，弓背豎起肩毛。「如果我們不想留下來，你也莫可奈何。」錢鼠鬚吼道。

「沒錯，」櫻桃落附和道：「如果我們想走，誰都攔不住我們。」

絕望的赤楊掌發現暗尾根本懶得回答，惡棍貓們沒等他下令便縮小包圍範圍，揚起尾巴，縮張爪子，準備大幹一場。

我們根本寡不敵眾，赤楊掌心想，**他們大可把我們拘留在這裡，對我們為所欲為。**

「我不是針對誰，」暗尾平和地說道：「只是已經有一隻敵貓入侵森林，我得確保峽谷不會出事才行。只要我確定危機解除，我就會讓你們離開。」他舔舔其中一隻腳爪，順順耳朵。「我保證……」

我們怎麼可能信得過你的保證？赤楊掌暗地裡想。

✦✦✦

太陽已經下山，深長的陰影投進峽谷。稍早前的對峙場面結束後，赤楊掌和同伴們被押解到另一個洞穴，這個洞穴充其量只算是岩縫，邊緣參差不齊，他們只能挨擠在一起，貼著粗糙的岩面，怎麼站或怎麼坐都不舒服。

渡鴉背對著他們，坐在洞穴外守衛。大夥兒看見她警覺地豎直耳朵，根本不敢討論他們的下一步該怎麼做。

「所以真正的天族究竟出了什麼事？」櫻桃落終於開口問赤楊掌，音量壓得很低。「你知道是怎麼回事嗎？」

赤楊掌點點頭。「霧羽……就是我在林子裡遇見的那隻貓……告訴我惡棍貓攻擊天族，把他們趕出峽谷。從此天族貓就走散了，霧羽也不知道他們去了哪裡。後來暗尾就殺了霧羽。」

火花掌驚恐地倒抽口氣，爪子深戳進穴裡的沙地裡。

「暗尾真邪惡，」錢鼠鬚喵聲道，然後朝針掌轉身，補了一句：「妳今天早上在想什麼啊？我們根本不用試圖跟暗尾解釋，我們想離開就離開。」

「你不覺得那些惡棍貓會跟蹤我們嗎？」針掌反駁道：「搞不好他們會一路追到我們部族那裡。」

她的音量有點高。赤楊掌和同伴轉身查看渡鴉，但就算黑色母貓聽見了他們的談話，也故作沒聽到。

部族貓再度陷入不安的沉默，只能在很不舒服的新窩穴裡或躺或坐下來。赤楊掌總覺得身上黏滿砂土，尖銳的石子不時戳到他的肉，害他不禁懷疑這趟探索之旅是否打從一開始就錯了。

我們終於知道天族出了什麼事……難道我們的下場也會跟他們一樣嗎？

第十九章

赤楊掌好不容易打了個瞌睡，卻覺得有腳爪輕戳他肩膀，立刻又醒了過來。他睜開眼睛，光線剛好夠他看見火花掌正低頭瞪著他。

「噓！」她低聲道：「我們必須離開這裡……現在就走。」

赤楊掌朝她眨眨眼睛。「妳說什麼？」

「惡棍貓睡著了，」火花掌低聲道：「不過誰知道會睡多久？太陽快出來了，這是最好的脫逃機會。」

赤楊掌費力站起來，張開嘴巴，打了個大呵欠。他弓起背，伸展被侷促在穴縫裡的身軀，這時看見錢鼠鬚和櫻桃落就站在他姊姊身後。針掌難得表情猶豫地等在洞口。

「我覺得這主意不太好，」她咕噥道：「萬一被他們逮到……」

錢鼠鬚的尾巴掃過她肩膀。「所以絕不能被他們抓到啊。」他說。

針掌垂著頭，勉強同意，這時錢鼠鬚朝其他同伴轉身，扭頭示意他們可以走了。他帶隊走進空地，渡鴉在兩條尾巴距離外的地方，鼻子埋進尾巴裡睡著了。赤楊掌心想等暗尾醒來，發現他們不見了，她一定就慘了。

他們悄悄地穿梭岩間，朝水邊前進。赤楊掌心想會不會有惡棍貓從岩壁的縫裡張望，看見他們鬼祟的舉止，一想到這裡，他就心裡發毛。空氣潮溼冷冽，赤楊掌全身發抖。天空雲層厚重，看不出來太陽會從哪裡升起。

他們還沒走遠，便來到有塊突岩隆起的岩壁處，只見河水繞著突岩打轉，水深湍急。

「鼠大便！」錢鼠鬚一邊咕噥，一邊爬上岩頂。「要離開這鬼地方，怎麼這麼難？」

赤楊掌跟在後面費力爬上去，爪子戳進細小的縫隙，總覺得有小石子扎進爪墊裡。還好另一頭的岩面沒那麼陡峭，他才輕鬆地滑下去，來到錢鼠鬚旁邊。

「至少從營地那裡看不到我們了。」櫻桃落喵聲說，這時其他貓兒也陸續過來會合。

「我們還是得繼續前進，」錢鼠鬚說道：「別忘了惡棍貓可以追蹤我們的氣味。」

「那麼也許我們應該渡河到對岸，」赤楊掌提議道：「這樣氣味就會被中斷，讓暗尾和他的手下難以追蹤我們，我們才有更好的逃脫機會。」

「這主意好！」櫻桃落回應道：「我們來找地方過河吧！」

但就在錢鼠鬚行動之前，火花掌竟猶豫了起來。

「妳怎麼了？」錢鼠鬚問道，語氣惱怒。

「我只是懷疑我們真的應該離開嗎？」火花掌遲疑了一下，這才答腔。「是星族派我們來這裡的，但我們還沒找到天族啊，所以也許我們應該留在附近找他們。」

「我們現在幫不了天族的忙，」赤楊掌語氣嚴肅地說道，哪怕他打從心底佩服他姊姊竟然有勇氣提出這樣的建議。「我們現在根本不知道他們去了哪裡。要是我們試圖待在林子裡，暗尾和他的手下一定找得到我們。也許等我們回家後，棘星會想出辦法來幫助天族，但這場探索之旅……」他停頓一下，盡量不讓自己的聲音發抖。「算是失敗了。我們現在能做的就是平安回家。」

「他說得沒錯，」櫻桃落喵聲道，同時憐惜地輕觸見習生的肩膀。「我們已經盡力了，但我們沒有能力拯救天族。」

火花掌嘆口氣，點點頭：「我想也是吧。」

錢鼠鬚再度帶隊，沿著水邊緩步前進。赤楊掌四處尋找安全的渡河點，但天色太暗，根本看不出來河水到底有多深。而且這裡水流湍急，一不小心就可能被急流捲走。**要是河族貓就會游泳了**，他一想到此，便全身不寒而慄，**可惜我們不是河族貓，我也不想下水去試**。

「下游有很多樹木，」火花掌彷彿跟她弟弟心電感應似的，竟在這時幫他解圍，「也許那裡有方法可以過河。」

櫻桃落開心地點點頭。「這主意好，我們走快點，太陽快出來了，惡棍貓隨時會醒。」

她動身朝林子跑去，其他貓兒跟了上來。他們抵達林子，結果發現前方的樹木都太短小瘦弱，又離水邊很遠，無助於他們渡河。赤楊掌本來希望找到一棵橫倒在地的樹幹，就像部族貓用來越過湖泊、參加大集會的那種樹橋。可是他只找到一根卡在岸邊的原木，尾端只搆到急流處。

再走過去一點，樹木較為粗壯，灌木叢散布其中。「這裡是狩獵的好地方。」火花掌疾步走在她弟弟旁邊，氣喘吁吁地說道。

「沒時間了。」赤楊掌上氣不接下氣地回答。

「我肚子都空了。」火花掌抱怨道：「真希望……」

「你們看！在那裡！」櫻桃落的聲音打斷了火花掌，前者正朝河邊一棵斜生的樹木跑去，長長的枝椏垂在水面上，幾乎快搆到對岸。「這棵樹太完美了！」

赤楊掌跑上前去，總覺得這棵樹看起來有點危險，不過也不反對。在這裡過河顯然是他們逃脫惡棍貓的最佳機會。

「嗯……」錢鼠鬚低聲沉吟，同時專注打量那棵樹的大小。「樹枝可能夠長，如果我們的氣味在這裡消失，暗尾會以為我們掉進河裡，被水沖走了。」

「值得一試。」赤楊掌附和道，不過他還是緊張到胃不停地翻攪。

「我先試，」火花掌自願先上場，迅速爬上斜傾的樹幹，再朝最長一根樹枝攀過去。「來吧……沒問題啦！」

火花掌往河對岸挺進時，錢鼠鬚也跟在後面爬上樹幹，櫻桃落尾隨其後。赤楊掌強迫自己移開目光，不去看他姊姊的進展如何，改而窺看上游處，發現惡棍貓並沒有追上來。雖然曙光漸亮，卻毫無動靜。

現在就說他們絕對不會追上來，未免太早了點……

「該你了。」針掌的聲音把赤楊掌的注意力又拉回那棵樹上。

此刻火花掌已經快爬到樹枝上的起跳點。錢鼠鬚和櫻桃落也都緊跟在後，赤楊掌簡直不敢看他們在細長樹枝上小心穩住身子的畫面。

「妳先上，」他對針掌喵聲說：「我來把風。」

針掌看起來不太情願，她猶豫了一下，最後聳聳肩。「如果你堅持的話。」她爬上樹幹，揮動尾巴，沿著樹枝往前走。

再無理由耽擱下去的赤楊掌也只好跟著爬上去。斜傾的樹幹還算好爬，但是當他攀上樹枝時，雖然腳下踩踏的感覺挺堅固的，但因為有太多貓兒踩在上面，以至於愈垂愈低，幾乎碰到水面。

還是一個一個過去比較妥當，赤楊掌心想，同時將爪子戳進樹枝，**不過現在沒時間重來了。**

這時他看見火花掌蹲下來，繃緊全身肌肉，朝對岸縱身一躍，樹枝在她跳出去之後又反彈回來，赤楊掌嚇得尖叫，差點抓不住樹枝。還好過了一會兒，他姊姊平安落地對岸，他才鬆了口氣。又過了一會兒，錢鼠鬚和櫻桃落也陸續跳到對岸與她會合。

走在赤楊掌前面的針掌正慢慢前進，每次只敢踏出一隻老鼠身長的步伐，再停下來，用爪子緊緊扣住樹枝。樹枝被她的重量壓得彎了下去，看上去來險象環生。

「繼續走！」赤楊掌催促她。

針掌回頭瞥他一眼。「我怕掉進水裡，」她嘶聲道，「你懂嗎？」

「不會掉下去啦，」赤楊掌喵聲道：「總比被惡棍貓抓到要好吧。」

可是針掌才又往前走了一步，就聽見嘎吱聲響，赤楊掌嚇得不敢妄動，只能後退。但為時已晚，樹枝傳來劈啪斷裂的聲音，針掌驚恐尖叫，但樹枝已經應聲折斷，兩隻貓兒撲通跌進冰冷的河水裡。

赤楊掌在急流裡胡亂拍打四肢，他被冰冷的陌生水域團團包圍，嚇得不知所措。湍急的水流將他捲走，他完全不知道從哪兒上岸。水壓沉重，順勢灌進耳裡，他試圖睜開眼睛，視線卻被黑水矇蔽。他拚命踢腿，胸口痛到他以為自己就要喪失意識。

這時他的頭顱突然破出水面。他抓住機會大口吞進空氣，用力蹬腿，藉助水流的力量浮上水面。他環顧四周，想找針掌，卻不見她的蹤影。

還是太黑了，什麼也看不見，他心想，**希望她就在附近**。

他豎直耳朵，想捕捉她的哭喊聲或岸邊同伴們的叫喚聲，但灌進耳裡的河水淹沒了所有聲響。

水流的速度似乎更快了。赤楊掌朝前方張望，發現湍急的河面戛然而止，再過去什麼也沒有，只有灰濛的天空。但耳裡的隆隆聲響愈來愈大。

是瀑布！

赤楊掌知道他得快點游上岸才行。急流裡的他死命踢腿，拚了命地想游到安全處，但水勁太強。

我上不了岸，我就要命喪此處了。

這時赤楊掌突然發現前爪勾到水裡某個突起物，這東西似乎正把他拖向岸邊，水浪襲來，他隨波抬起身子，這才發現原來勾住他的東西是針掌。

河岸近在咫尺，赤楊掌再度燃起希望。「繼續游！」他上氣不接下氣地對針掌說：「我們一定可以游上岸。」

可是不管這兩隻貓兒如何奮力游，水流的力道總是更勝一籌。赤楊掌瞥了河面一眼，只見河水順流而下瀑布，這才發現自己就要被捲下去，嚇得驚聲尖叫。

他驚覺自己掉了下去，和針掌沖散的他被瀑布拋來扔去，驚恐尖嚎聲在撞上下方水面的那瞬間戛然中止，一口氣喘不上來。

赤楊掌沉進水底，周遭幽黑一片。等他浮出水面，光線竟刺眼到害他睜不開，頭暈目眩的他全身無力地在水面掙扎，愕然發現自己竟還活著。這時有某種東西正從他頸背用力推擠，帶著他划向岸邊。沒多久，他感覺到他的腳爪撞上泥地，他終於可以自己移動身子，奮力爬出水面。他一個轉身，看見針掌也跟在後面涉水上岸，毛髮溼淋淋地黏在身上。

赤楊掌砰地癱趴地上，腰腹劇烈起伏，全身發抖，慶幸自己活了下來。針掌也趴倒在他旁邊。

赤楊掌好不容易定神下來，等到呼吸平穩，才提起精神查探同伴們的聲響和身影。「我聽不到其他同伴的聲音。」他喵聲道：「妳聽得到嗎？」

針掌只顧著甩乾身上的毛髮。「我沒聽到，」她大吼：「我聽不到他們的聲音……水聲這麼大，我什麼也聽不到，我討厭這裡！」

赤楊掌緊張地兜著圈子，四處張望，但眼前所見只有樹木和天空，耳裡所聞只有奔流的水聲。他聞得到腳下潮溼的泥土味，心上的恐懼才漸漸消失。

但現在該怎麼辦？他心裡納悶。

第二十章

起初赤楊掌只是昏躺在針掌旁邊，但一想到其他同伴，立刻驚醒。「我們應該起來了，」他氣喘吁吁地說道：「我們得想辦法回到同伴那裡。」

針掌一臉病奄奄地舔舔肩毛。「我是不曉得你啦，」她喵聲道：「但我真的很需要休息。」

「可是我們不知道他們發生了什麼事！」赤楊掌懊惱地看著上游說道：「我們必須找到他們。」

而且我們又要怎麼找到天族呢？

針掌哼了一聲：「你先別擔心別的貓好嗎？先擔心一下你自己吧。何不等他們來找我們，反正我們也需要好好休息。」

赤楊掌知道針掌說得沒錯。他搖晃著爬了起來，環顧四周，看到幾條狐狸身長外有條轟雷路，路上怪獸正來回奔馳，路的對面有一排兩腳獸巢穴，空氣裡充斥著怪獸和兩腳獸的臭味。

「我不敢相信，」他嘆口氣：「這裡竟然到處都是兩腳獸！」

「沒關係，」針掌回答，同時朝水邊和轟雷路之間的一叢接骨木揮動尾巴。「我們可以在這裡弄個臥鋪，兩腳獸就不會發現我們了。」

赤楊掌暗地希望她說得沒錯，於是跟著她鑽進樹叢裡，踏平腳下的長草堆，臨時做了個臥鋪。他的腿又瘦又痛，於是在她旁邊蜷起身子躺了下來。

沒多久臨時窩穴裡傳出針掌的鼾聲。赤楊掌雖然筋疲力竭，卻發現自己難以入眠。怪獸的聲響和臭味太近，再加上剛剛從惡棍貓手中死裡逃生的畫面在腦海裡一直揮之不去。赤楊掌緊貼著針掌，聞著她的體味，試著想像自己已經回到營裡，正在見習生窩裡和火花掌一起打盹，這才好不容易睡著。

✦✦✦

赤楊掌醒來時，明亮的陽光正隔著接骨木的枝椏滲進來。他看見針掌不見了，心上一陣焦慮。兩腳獸聲響飄進赤楊掌的耳裡，他小心翼翼地爬出灌木叢，竟瞄見有幾頭小兩腳獸正在他們的臨時臥鋪外面互相丟擲著某種亮色物體。

一股思鄉情緒突然湧現，赤楊掌懷念起老家的湖與森林。**這些小鬼真吵！我們什麼時候才能耳根子清靜一點？**

這時長草堆突然一分為二，針掌出現了，嘴裡叼著一隻肥美的麻雀，朝他快步走來。「生鮮獵物！」她大聲喊道，同時將獵物丟在他腳下。

「感謝星族老天，妳終於回來了。」赤楊掌大聲說道。「我好擔心妳。」

針掌彈彈尾巴。「有什麼好擔心的，快吃吧！」

「妳覺得我們接下來該怎麼辦？」赤楊掌問道，他大口吞下麻雀溫熱的肉，嘴裡全是口水。能坐在灌木叢裡曬乾潮溼的毛髮，感覺真不錯，但他也知道不能在這裡久留。

「去找他們吧，我想。」針掌滿嘴食物地說道。

赤楊掌慶幸這次他們不用爭辯就有了共識。他無法想像要是沒先找到同伴就逕行回家，會是什麼場面。

他們一吃完，便回頭朝上游走去，直抵瀑布。「我猜我們還是得原路回去。」他嘟囔道，同時抬頭看著瀑布旁櫛比鱗次、覆滿青苔的岩塊。

「看起來不難爬啊。」針掌喵聲道，同時跳上第一塊岩石。

赤楊掌不盡然同意她的說法，但也只能跟著往上跳。旁邊的瀑布隆隆作響地奔灑而下，他一想起自己曾被急流捲走，差點淹死，便不住發抖。被水花濺溼的岩石很是滑溜，就算他想把爪子戳進青苔裡，還是很滑腳，差點失去平衡。在他前方的針掌正奮力往上爬，腳下碎石和水滴不時灑在他身上。

等到赤楊掌爬上崖頂，早已氣喘吁吁。他很想再稍事休息，但一想到失散的同伴們，便又趕緊再站起來，動身出發。

他和針掌沿著河邊跋涉前進，不停大聲呼喊同伴們的名字，路上來回嗅聞，尋找他們的氣味。赤楊掌愈走愈沮喪，因為就快走到峽谷了。**會不會惡棍貓逮到了他們，把他們都殺了？**

「嘿，」針掌再次大聲喊道，同時停下腳步，在水邊一棵榆樹的樹根間嗅聞空氣。「在這裡！」

赤楊掌疾步過去找她，也去嗅聞樹根底下鋪滿樹葉的坑洞。他聞到三個同伴的氣味。

「他們一定曾在這裡休息，」他喵聲道，聲音顫抖，如釋重負。「火花掌！錢鼠鬚！櫻桃落！」他喊道，希望他們聽得到他的叫聲。但是沒有貓兒回應。

「依我看，」針掌喃喃說道，專注地追蹤從樹根處離開的貓兒蹤跡：「他們一定是往下游走去，我敢跟你打賭，他們也在找我們，要是沒有，我就一整個月都去值黎明巡邏隊的班。」

赤楊掌興奮到心撲通撲通跳。「所以我們在路上錯過了他們？」

「我不懂怎麼會錯過？」針掌滿臉不解。

「反正……」腳爪又恢復力氣的赤楊掌說道：「我們只要跟著他們的氣味走就行了，來吧。」

「我們又得從那個天殺的瀑布旁邊爬下去嗎？」針掌一邊跟著他，一邊咕噥。

同伴們的氣味痕跡一路往下游而去，有時候在水邊，有時候離水邊遠一點。偶爾也有各自落單的氣味，但最後又會會合起來。

「他們在找我們。」針掌喵聲道。「我真的不懂我們怎麼會錯過他們？」

結果就在他們抵達兩腳獸巢穴附近灌木底下暫憩的臥鋪時，竟發現那氣味蹤跡竟從臨時臥鋪旁邊錯身而過，繼續往前，沿著河流和轟雷路之間的草地延伸而去。

「我不敢相信！」針掌甩著尾巴吼道：「他們竟然錯過我們！他們一定是在我們睡著的時候直接從旁邊經過。」

赤楊掌沮喪地吼了一聲。「我們當時身上溼淋淋的，氣味早被河水洗掉了。」他喵聲道：「再加上這裡的兩腳獸氣味這麼濃。不過也還好，至少我們知道他們還活著，沒被暗尾抓回去。所以現在我們只要繼續跟蹤下去就行了。」

但就在他和針掌往下游走時，這才發現事情沒那麼簡單。有太多兩腳獸和怪獸的臭味覆蓋在氣味痕跡上。最後他們來到一處地方，赤楊掌猜一定有頭怪獸曾停在這兒，濺起了某種暗色的惡臭東西，覆上草地，掩蓋了同伴們經過的氣味，即便跑到另一頭也聞不到他們的氣味。

「我們失去他們的蹤影了。」赤楊掌說道。

「他們可能以為我們淹死了，」針掌小聲回答：「天知道他們會從這裡走到哪裡？」

「他們一定會沿著這條河走，」赤楊掌直言道：「不然還能去哪裡？又沒有地方可以過河。」

「可能吧，」針掌難得沮喪地說道：「不過要是我們錯了怎麼辦？要是我們再也找不到他們呢？」

赤楊掌費力地吞吞口水。「那我們就從這裡找路回家。」他試圖以自信的語調回答：「如果他們放棄尋找我們，也會回家的。」

赤楊掌環目四顧，這才發現自己毫無頭緒究竟身在何處。他們已經從河的對岸快走到當初的峽谷入口，但從他現在的位置來看，一切景色似乎都變得有點不一樣。他甚至不確定他們是不是錯過了當初首度看見這條河的那個位置。

「我們得到對岸去，」他喵聲道：「然後朝夕陽的方向前進。」

「這樣走有點不太保險，」針掌抽抽鼻子說道：「我們可能會錯過老家的湖和部族的領地。而且你休想叫我游到對岸，因為我不會游過去的。」

「誰叫妳游過去，」赤楊掌語調平和地說道：「我們先往下游走，也許路上會看到橫倒在地的樹幹或者什麼可以讓我們平安過河的地方。幸運的話，搞不好還可以追上他們。」

針掌冷哼了一聲。「那得碰運氣了。」

只是這時太陽已經西下，河面上布滿紅霞。赤楊掌這才發現再過不久他們就得再找個地方過夜。**不過至少我們已經遠離了兩腳獸的巢穴**，他心想。

沒多久，轟雷路便轉了個方向，離道河道，原本狹長的草地豁然開朗，灌木叢零星點綴其中。

「這裡很適合休息。」赤楊掌喵聲道，張大嘴巴，打了個呵欠。「有機會抓得到獵物嗎？」

針掌一想到獵物，精神就來了。「看我的。」

她消失在離他們最近的一叢灌木裡，過了一會兒，就叼了隻黑鳥出來。赤楊掌這時已經在榛木叢底下找到一處隱蔽的坑地，還鏟了些枯葉弄成臥鋪。當他和針掌分食獵物時，才發現自己已經筋疲力竭。雖然他一直在擔心找路回家這件事，但還是立刻陷入夢鄉。只是到目前為止，星族都沒再到夢裡找過他。

赤楊掌和針掌沿著河岸又走了三個日出。每當他們又聞到失散同伴們的氣味，知道他們仍沒失去同伴的蹤跡時，便又精神一振。河水滾滾向前，河域更寬，水流也變得更強勁。他們一直找不到安全的地方可以過河。

到了第三天，赤楊掌又聞到怪獸的臭味，而且前方空氣煙霧瀰漫。日正當中後沒多久，地平線上就看到更多兩腳獸巢穴陰森逼近。

「這是一個很大的兩腳獸地盤，」赤楊掌壓抑下嘆氣的衝動，喵聲道：「而且我確定我們去峽谷的路上沒有經過這裡，我們走得過頭了。」

針掌聳聳肩：「我們其實也沒別條路可走啊。」

「現在還是沒別條路可走。」赤楊掌瞥了一眼滾滾河水，對岸看似遙不可及。「看來我們還是得徒步穿過這個充滿惡臭的地方。」

「我倒覺得這主意還不錯。」針掌自言自語。他們結伴緩步前行，第一批兩腳獸巢穴愈來愈近。

赤楊掌已經快受不了兩腳獸地盤裡的臭味和喧囂聲。「針掌，這不好笑。」他沒好氣地說道。

「我不是在開玩笑。」針掌停下腳步，轉身面對他，綠色眼睛閃著興味，但語氣隨即變得嚴肅：「我們得先找隻寵物貓。」

「寵物貓？」赤楊掌懊惱地說道：「妳腦袋沒問題吧？我相信這裡沒有藥草可以醫

治一隻腦袋有蜜蜂的貓哦。」

「不是啦，你聽我說，笨蛋，」針掌不耐地彈打他的耳朵。「寵物貓或許能告訴我們哪裡可以過河。」

赤楊掌哼了一聲：「妳憑什麼這麼認定？」

「寵物貓一定對這附近很熟啊，」針掌回答：「而我們又不熟啊，而且搞不好他們也可以分一點寵物貓的食物給我們吃。」

赤楊掌聽了就反胃：「妳在開什麼玩笑？」

「我才不開玩笑呢，我們還有很長的路得走，」針掌喵聲道：「可以的話就盡量餵飽自己，這有什麼好奇怪的？」

「我才不吃那種東西呢，」赤楊掌上路時這樣嘀咕道：「吃寵物貓食物完全有違戰士守則，而且那種食物看起來就像老鼠屎一樣。」

赤楊掌跟著針掌朝兩腳獸地盤走去，清楚知道其實沒有必要再多做爭辯。針掌一股腦兒地往前走，終於來到一排兩腳獸巢穴旁的轟雷路路邊。針掌停下腳步，瞥看兩頭看有無怪獸，然後伸出一隻腳爪，輕輕擱在堅硬的黑色轟雷路面上。

「妳在做什麼？」赤楊掌問她。

「感覺一下路面有沒有震動啊。」針掌回答：「怪獸是龐然大物，所以在你看到牠們之前，可以先察覺到牠們是不是正朝著你來。」

「有道理。」赤楊掌低聲道。他從沒見過針掌這麼做，不過以前旅程途中，只要是過轟雷路，都是由沙暴、錢鼠鬚或者櫻桃落在指揮帶路。

我猜針掌以前一定常常自己偷跑出來玩。

針掌戳戳他腰腹，打斷他的思緒。「來吧，現在過去很安全。」

赤楊掌跟在針掌後面越過轟雷路，還跟著她走進充斥著各種兩腳獸巢穴的大本營裡，心情跟著愈來愈忐忑。**她這舉動活像這裡是她地盤似的**，他心想，**她怎麼敢離兩腳獸這麼近啊？牠們可能隨時發現和攻擊我們！**

眼前有一頭公的兩腳獸正在巢穴外面幫牠那頭亮色的怪獸洗澡，針掌朝牠快步走去，赤楊掌緊張到全身發抖。可是針掌竟一無所懼地磨蹭著兩腳獸的腿，小聲發出友好的喵聲。

兩腳獸還沒來得及伸手抓她，赤楊掌便趕緊衝過去撞開針掌，把她推到一旁。「妳在做什麼？妳是想要牠拿妳去餵怪獸嗎？」

「別傻了，」針掌反駁道：「你難道不知道只要巴結一下兩腳獸，牠們通常都會賞你一點肉吃或者其他美味的食物嗎？以前在影族領地的綠葉兩腳獸地盤上，我經常做這種事。當然如果是你去巴結，恐怕也沒搞頭，」她補充道，同時上下打量赤楊掌：「只有長得可愛的貓兒才能迷住兩腳獸哦。」

「妳腦袋裡長蜜蜂啦！」赤楊掌吼道：「快點走啦。」

針掌一臉沾沾自喜，繼續往前走，尾巴翹得老高。

令赤楊掌慶幸的是，還好才轉了一個彎，就看見一隻寵物貓。那是一隻體型很大的薑黃色公貓，正在牆上懶洋洋地伸著懶腰。「嘿，你好！」針掌大聲喊道，同時跳了上去。

「嗨，」寵物貓從瞌睡中驚醒，回答道：「要我幫忙嗎？」

「我們是部族貓，但我們迷路了。」針掌解釋道：「我們想回自己的領地去，可是要回去，得先橫過這條河。你知道有什麼方法可以過河嗎？」

赤楊掌訝異針掌竟然跟寵物貓說這麼多事情，心裡老大不高興。**我們又不認識這隻寵物貓，但他隨即又自我安慰，搞不好他也聽不懂我們在說什麼。**

薑黃色公貓打了個大呵欠。「妳跟日出時跑來這裡問我路的那三隻貓認不認識？」

「三隻貓？」赤楊掌緊張地追問道：「一隻乳白和棕色相間的公貓、一隻薑黃色母貓和一隻年紀較輕的橘色虎斑貓？」

寵物貓點點頭。「是啊。他們很沮喪，說走失了兩個年輕同伴。」

赤楊掌精神一振。「他們有沒有說他們要去哪裡？」

「你們就是他們說的那兩個同伴嗎？」寵物貓滿臉同情地看著他們。「他們也在找可以過河的地方。」

「你告訴他們了嗎？」針掌問道。

「就在前面。」薑黃色公貓用尾巴指著兩排兩腳獸巢穴中間的一條窄巷。「那條路可以帶你們走到河邊，再往下游一點，有一道橋。」

「兩腳獸的橋嗎？」赤楊掌疑慮地問道。

「鼠腦袋，當然是兩腳獸的橋！」針掌火大地推了赤楊掌一把。「我們以前也走過那種橋啊。謝了！」她又抬頭向寵物貓說道。

「不客氣。」寵物貓回應道，然後又打了個呵欠。

赤楊掌正準備轉向，突然靈光一現。「那你有沒有看到另外有一大群貓從這裡經過？」他請教寵物貓：「不過那應該是很久以前的事了。」

寵物貓搖搖頭。「對不起，沒見過。」

所以天族沒經過這裡，「不管怎麼樣，都很謝謝你。」赤楊掌喵聲道。他想找到天族貓的最後一絲希望破滅了。

就在他再度轉身，準備離開時，針掌卻似乎沒有離去的打算。「在我們走之前，」她開口道：「可不可以再麻煩你幫我們找點食物？我們真的很餓。」

「沒問題，」薑黃色公貓站起來，伸個懶腰。「沿著這道牆，走到那個開口處。我在那裡跟你們碰面。」說完，他就從牆上跳下來，消失了。

針掌急切地沿著牆往前跑，跟著後面的赤楊掌心不甘情不願。寵物貓就站在一道籬笆旁邊等他們，這道籬笆是用堅硬的發亮物體製成。籬笆柵欄的縫隙很大，針掌和赤楊掌輕鬆穿了過去。

在他們眼前是一大片粗糙的礫石地，再過去是草地，周圍布滿灌木和鮮豔的兩腳獸花草，後面聳立著兩腳獸巢穴的高牆。赤楊掌一想到得踏進兩腳獸的領地，身上毛髮不由得倒豎。

「食物在這裡。」寵物貓喵聲道，同時用尾巴指。

赤楊掌朝他指的方向轉身，驚恐到全身毛髮豎得筆直。原來寵物貓指的是礫石路盡頭的一棟小巢穴，巢穴開口處蹲著一頭怪獸。

「你不能進去那裡！」他倒抽口氣，對針掌說道，但後者已經在寵物貓的陪同下朝小巢穴走去。

「怪獸睡著了。」針掌若無其事地說道：「不過老實說……回營地後，不准對別的貓兒說哦……我只是對寵物貓的食物有點好奇而已。」

「可是萬一……」赤楊掌才要開口，針掌已經跟著寵物貓消失在怪獸的巢穴裡，根本不理會他的警告。

赤楊掌沒打算跟進去。**我絕對不吃寵物貓的食物！**於是他站在外面把風，以防有兩腳獸從巢穴裡出現或者怪獸突然醒來。他在等待的同時，前爪忍不住撕扯著地上草葉，爪子不停縮縮張張。她愈晚回來，他的另外三個同伴就離他們愈遠。

針掌和寵物貓終於從怪獸巢穴裡出來。針掌滿意伸舌舔舔嘴巴。「太好吃了，」她喵聲道：「謝謝你，包伯。」

包伯？赤楊掌心想，**寵物貓的名字叫包伯？這是什麼怪名字啊？**

「是啊，謝謝你，包伯。」他重覆道：「你真的幫了我們很大的忙。」

「我的榮幸。」包伯回答，同時與針掌互觸鼻頭：「祝你們旅途順利。」

赤楊掌朝包伯稍早前指的那條小巷走去，針掌腳步輕快地來到他旁邊。「你可以晚一點再謝我，」她喵聲道：「我的點子不錯吧！現在我們知道怎麼過河，終於可以回家了。」她停頓一下，然後又說：「你怎麼啦？為什麼看起來老大不高興？」

自從包伯告訴他們，他沒見過天族貓的蹤影，赤楊掌的心頭就一直沉甸甸的，他本來不想在針掌面洩露心事，但看來還是藏不住。

他停下腳步，朝她轉身。「妳不懂嗎？」他難過地說道：「因為我失敗了。我算什麼巫醫貓啊？」

第二十一章

針掌滿臉不解。「你這話什麼意思？」她問道。

「妳知道我的意思是什麼。」赤楊掌氣針掌感覺遲鈍，只好試圖壓抑住自己的情緒。「天族貓在惡棍貓攻擊之後，離開了峽谷，大家都不知道他們去了哪裡。我們本來是要來救他們的，沒想到抵達的時候已經太晚了。」

「你怎麼那麼確定？」針掌偏著頭問道。

「因為天族是被其他部族……我是說我們這幾個部族……趕出森林的。這件事很可恥，所以從那時起誰都不敢提。我夢裡的異象要我去找天族，把他們帶回來共享湖邊的領地……使天空轉晴，就像預言說的一樣。」赤楊掌愈說愈覺得自己失敗，聲音開始發抖。「我搞砸了！我沒有在一開始的時候就立刻弄懂異象的含意，後來沙暴又死了……等我們趕到峽谷時，已經來不及了。我們沒能找到幽暗處的東西，因為天族已經離開。現在天空再也無法轉晴！天知道四大部族未來會遭遇什麼？而這一切全是拜我這隻糟糕的巫醫貓之賜。」

他在堅硬的轟雷路上蹲下來，鼻子抵著腳爪，發出絕望的嗚咽聲，他的眼前除了黑暗之外，什麼也沒有。

針掌沒有吭氣。等到赤楊掌終於抬頭看她時，竟發現她就坐在他面前，尾巴整齊蜷放前爪上，一臉不信邪地看著他。「你哭夠了沒？」她問道。

赤楊掌彈彈耳朵，有點氣針掌，也氣自己在她面前痛哭失聲。「應該夠了。」

「你真的是又笨又愛自怨自艾。」針掌的語氣殘酷。「惡棍貓要在天族的舊營地定居下來，是要花很久時間的。而且從你描述霧羽的情況來看，他毛髮凌亂不堪，又瘦得跟排骨一樣，所以那場攻擊根本不可能是昨天才發生的事。從你夢見異象的時間來算，我們根本不可能及時趕到，拯救天族。」

赤楊掌覺得她說得沒錯，心裡多少好過了一點。「所以呢？」他最後怯生生地問道。

「所以……」針掌回答，同時站起來朝巷子走去：「你夢見的異象一定有它的意義存在。」

赤楊掌沉默了一會兒，決定好好把事情從頭想一遍。他們在靠近下游的巷底看見了包伯告訴他們的那座橋。還好不是那種可供怪獸過河的大橋，而是一道很窄的木製橋狀物，有點像老家那座往湖面伸出一半的橋。眼前沒見到任何兩腳獸，所以赤楊掌和針掌只花了一會兒功夫就過橋了。

河對岸，有條小溪蜿蜒流過長草叢，涓流匯入河裡，後方有長帶狀林地。赤楊掌朝林子裡走去，頓時精神了起來，但仍忍不住擔心他這場探索之旅的背後意義究竟何在。

他不得不承認針掌說得有道理。**可是要是我的異象不是要帶我找到天族，拯救他們，那它的意義究竟何在？**他難以理解目前為止的探索之旅到底成就了什麼？**我們又沒救到任何一隻貓兒，也沒擁抱幽暗處找到的東西，我們好不容易才活了下來，我們失去了沙暴。我到底疏漏了什麼地方？**

沒有星族的帶領，赤楊掌覺得自己就像小貓一樣無助。

✦✦✦

赤楊掌和針掌結伴跋涉，橫越曠野，就這樣又過了好幾個日出，他們始終朝夕陽西下的方向前進。他們越過轟雷路，繞過兩腳獸地盤，還找到一條路涉過田野，田野上有許多奇怪動物一邊啃草、一邊好奇地打量他們。此刻，艱辛跋涉的一天又將接近尾聲，赤楊掌又累又冷，早就受夠了在灌木叢底下或空曠的坑地裡打地鋪的日子。他只想回到老家岩坑裡舒適的臥鋪上。

至少我的狩獵技術進步多了，他心裡冷笑，**看來我只需要多餓個幾回，就會像錢鼠鬚教我的那樣全神貫注在獵物上**。

他和針掌不時聞到另外三名同伴的氣味，這令他們更有信心自己沒有走錯方向。只是每一次聞到的氣味痕跡，都比上一次淺和陳腐，這表示三名同伴的行動速度愈來愈快，離他和針掌愈來愈遠。

天光漸暗，前方有灰雲籠罩。刺骨寒風颼颼掃過草地，吹亂了他們的毛髮。雨滴不時打在赤楊掌身上，他猜就快要有暴風雨了。

我們怎麼這麼衰啊！他暗地抱怨。

突然間，前方的針掌興奮大叫，往前狂奔。

「等一下，發生什麼事了？」赤楊掌在後面大喊。

「是那座農場！」針掌回頭丟了這幾句話。「就是我們來的路上經過的那座農場。」

赤楊掌追在針掌後面，終於瞄見前方發亮的籬笆和作物高聳的棕黃色田野。如今田裡只剩下尖長的殘株，下顎會滾動的怪獸已然不見。

針掌跑到籬笆處，三兩下翻了過去，又往兩腳獸的巢穴聚落跑去。

「等一下，妳快回來！」赤楊掌喊道，可是針掌不理他。

就在這時，天空開始下雨，傾盆而瀉，赤楊掌瞬間淋成落湯雞。隔著雨幕，他幾乎看不見前方的針掌。等他抵達籬笆那裡時，籬笆上那些發亮的藤狀物已經變得溼滑，他費了好大的勁兒才攀爬過去。

這時赤楊掌想到沙暴，又是一陣椎心之痛。**當初就是從這地方開始，一切都變了樣。可怕的尖銳籬笆再加上黏稠的爛泥，害她傷口惡化。我們一定是在路上錯過了沙暴的墳。哦，沙暴，我真的很對不起妳……**

赤楊掌從籬笆另一頭笨拙落地，隨即揮開過往的不堪的記憶，設法找到針掌的蹤跡，同時繼續朝農場中央跑過去。「妳停下來，快回來！」他又喊道。但就算針掌聽到他的聲音，也八成充耳不聞。

「狐狸屎！」赤楊掌吼道。他知道此刻最明智的作法是離開農場，跑到樹底下躲雨，等暴風雨過去，再想辦法離開。可是他現在沒有選擇，只能跟在針掌後面跑。

只見她從兩腳獸巢穴聚落旁衝了過去，奔向紅色大穀倉座落的田野裡。穀倉入口有大木門擋住，但底下有缺口。針掌費力鑽了進去。赤楊掌懊惱低吼，也只好跟在後面，貼著泥地爬進去。結果背上的毛被門底刮到。

赤楊掌搖搖晃晃地站起來，抬眼四處張望。這座大穀倉被木製屏障隔成好幾塊區域，其中有兩個隔間都有馬站在裡頭，他不禁當場愣住。

「針掌！小心點！」他喊道，然後才發現原來馬匹都被很長的藤狀物綁在裡面。**感謝星族老天！牠們出不來。**

針掌跑進其中一處空隔間裡，然後伸頭出來，彈動耳朵示意赤楊掌：「過來啊，鼠腦袋！」

赤楊掌跟在她後面走進小隔間，穀倉地板鋪滿乾草，令他不由得想起田野上那些棕黃色作物。某種溫暖的動物氣味充斥空氣，其中馬匹的味道最強烈，除此之外，他還聞到老鼠的氣味。

「妳跑到這裡做什麼？」他問針掌，肚子裡的火氣還沒消。「妳到現在都還沒學會教訓嗎？兩腳獸很危險的！」

針掌在乾草堆前坐下來，開始梳洗自己。「我從來不想跟兩腳獸住在一起，」她趁舔洗的空檔回答他。「不過牠們有溫暖舒適的巢穴，還有很多食物。難道你情願這時候待在外面淋雨？」

赤楊掌聽見屋頂劈里啪啦的雨聲，不得不承認這隻討厭的母貓說得有道理。於是嘆口氣，也在她旁邊的乾草堆上坐下來。

「等雨停了，我們就離開。」針掌直言道：「但目前看來，至少我們有個安全的地方可以休息，還有很多老鼠可以吃。」

她突然停下梳洗的動作，跳了起來，鑽進乾草堆裡。過了一會兒，又出現了，全身沾滿乾草，嘴裡叼著一隻肥美的老鼠。

「這是給你的，」她喵聲道，同時將獵物丟在赤楊掌面前。「只是要跟你說對不起，沒聽你的話在外面淋雨。」

她哪時候聽過別隻貓兒的話了？赤楊掌心想，同時搖搖頭。「謝了。」他告訴她，隨即露出尖牙戳咬溫熱的獵物。

針掌又幫自己抓了另一隻老鼠，然後在赤楊掌旁邊坐下來。赤楊掌總算放鬆了心情。溫暖的空間、撐飽的肚子、再加上穀倉外始終沒有停歇過的雨聲，赤楊掌昏昏沉沉地陷入夢鄉。

✦✦✦

「見到你真好！」

赤楊掌睜開眼睛，察覺到水池表面星光閃爍，水花輕輕濺起。他趕緊跳起來站好，一顆心跳得厲害。這才發現自己站在月池邊。沙暴就在他身旁，淺薑黃色毛髮在寒冽的冷光下閃閃發亮，腳下星光點點。祂喵嗚地笑，綠色眼睛充滿慈愛地望著赤楊掌。

「沙暴！」赤楊掌倒抽口氣：「我好高興見到祢哦！」

沙暴低頭用鼻子碰觸赤楊掌的耳朵，他忍不住別過臉去。

「這不是你的錯，」沙暴溫柔地告訴他，彷彿讀得懂他的心思。「是我的時辰到了。我當初就知道要是我決定跟你們一起去找天族，恐怕熬不到最後。」祂補充道，聲音更溫柔了，「我不願意晚年只能坐在營地裡，以長老身分終了一生。我要死得有意義……而你的探索之旅給了我機會重溫與火星的過往回憶。」

「祢跟火星重逢了嗎？我是說在星族？」赤楊掌問道。

「是啊，我們重逢了，」沙暴喵嗚道。祂在月池邊坐下來，用尾巴示意赤楊掌過來，然後繼續說道：「現在告訴我，你的探索之旅進行得如何？你學到了什麼？」

赤楊掌很是沮喪。「很糟，」他脫口而出：「我不認為我有學到什麼。」

但沙暴只是沉默不語，綠色目光始終盯著他。於是他滔滔不絕地說起自祂死後的所有經過：在峽谷裡找到暗尾和他的貓群；發現他們不是真的天族貓，天族貓已經被趕走；他們試著決定下一步該怎麼做，最後逃出營地，卻跟針掌掉進水裡，被沖進下游。

「拜託祢告訴我，現在該怎麼辦？」他說完了。

沙暴沒有回答。赤楊掌可憐兮兮地垂著頭。「我知道我把一切都搞砸了。」

「怎麼會呢？」沙暴問道。

赤楊掌想這不是很明顯嗎？「因為我沒有及時趕到啊！如果我們的使命是去拯救天

族，『讓天空轉晴』，那我根本就沒辦到。我帶著貓兒涉險探索，結果成就了什麼？什麼也沒有！」

他無法再面對沙暴，只能絕望嗚咽。過了一會兒，他感覺到祂用鼻頭搓著他的頸子，他全身上下舒服極了，終於抬起頭來看著祂。

「你知道你和火花掌的差別在哪裡嗎？」沙暴問道。

赤楊掌聽不懂這問題的重點是什麼。「祢說什麼？」

「火花掌相信她什麼問題都能迎刃而解，」沙暴回答，眼裡充滿慈愛。「而你總認為問題是你造成的。你們兩個就像一片葉子的正反兩面。但這問題根本不是你造成的，」她繼續說道：「你還沒有失敗，現在要去完成探索之旅也為時未晚，只是需要走不一樣的路而已。」

「這話什麼意思？」赤楊掌問道，可是當他問話的同時，感覺到自己正在被搖晃。月池水面上的星光慢慢消失，沙暴的身形也跟著消散。「等一下！」赤楊掌緊張喊道：「什麼不一樣的路？」

他一醒來，發現是針掌在搖他肩膀。「雨停了，」她喵聲道：「我想你也許希望我叫你起床，因為你一直急著回家。」

赤楊掌搖搖晃晃地站起來。「是啊，我們回家吧！」他喃喃說道。**可是……**他在心裡默默告訴自己，**我們一定要找到一條不一樣的路……**

第二十二章

赤楊掌和針掌慢慢走近前些日子離開雷族領地後所越過的第一條轟雷路。疲累的赤楊掌走到腳都痛了，但一想到快要到家，情緒便憂喜參半。

「我好想快點回到影族領地哦，」快步走在他旁邊的針掌喵聲道：「我真想念我的窩穴，還有……」

「妳回去後不會被處罰嗎？」赤楊掌問道：「妳的導師應該不會饒過妳吧？見習生怎麼可以不經允許就擅自離開領地？」

「我是有任務在身，你忘了嗎？」針掌回答：「因為我知道你們這些雷族貓正偷偷摸摸地要去找**幽暗處的東西**，再說……」她毫無憂色地補充道：「在影族，沒有處罰這回事，年長的貓兒頂多吼幾句，跺個腳，他們又能……」

她愈說愈小聲，因為他們已經快到轟雷路，閃閃發亮的怪獸正從兩邊呼嘯而過，他們不自覺地停下腳步。

赤楊掌其實沒在聽她說話，他站定不動，若有所思地望著遠方。

過了一會兒，針掌戳戳他：「你在幹什麼？」

「思考。」

針掌懊惱地哼了一聲：「思考什麼？」

「我不想回家，」赤楊掌嘆口氣道：「因為這代表探索之旅結束了。而我到現在都還沒搞懂這場探索之旅的意義何在。」

「就是擁抱你在幽暗處所找到的東西，不是嗎？只是我們沒找到，不過我們發現了很多有關它的事情。你沒必要站在這裡悶悶不樂地想這麼多，我們走吧！」

「可是我覺得一定有什麼地方是我應該再努力一點。」赤楊掌無奈地在心裡告訴自己，也許他得跟針掌說，睡在兩腳獸穀倉時，沙暴曾來找他。他一直很努力地想弄清楚星族戰士所謂的「不一樣的路」是什麼意思，可是探索之旅就快結束了，他還是想不透。於是他終於開口：「我做了個夢……」

針掌瞪大眼睛聽他說完沙暴帶給他的訊息。「你怎麼不早說呢？」她問道。

赤楊掌尷尬地聳聳肩。「這是我夢到的異象，我想自己搞清楚。」

「我們都同甘共苦了這麼久，你還在我跟見外，」針掌懊惱地嘆口氣。「你應該知道你需要我！嗯……」她自言自語，環目四顧：「不一樣的路……」

「我不認為沙暴所謂不一樣的路真的就是字面上的意思。」赤楊掌喵聲道：「應該是指一種思路方式吧，就像……」

可是針掌根本沒專心聽他說什麼。「你看！」她喊道，同時離開了轟雷路。

赤楊掌發現她竟跳進一處凹地，就在黑色路面的路邊草地裡。原來它可以通往一條地道，地道入口處有兩腳獸製作的堅硬條狀物擋住，但足夠寬到可供貓兒鑽進去。一股潮溼的霉味從裡頭飄送出來。

「妳在做什麼？」赤楊掌跟在針掌後面問道：「很危險欸。」

針掌朝他轉身，翻了個白眼。「你腦袋有蜜蜂嗎？你看，我們來的時候是從轟雷路上面過來的，現在這裡有『不一樣的路』從底下走啊。再說它也是在幽暗處！所以我們可以走這裡！」

「妳腦袋裡才有蜜蜂咧！」赤楊掌反嗆道：「我不相信星族的預言只是要我們去走一條地道而已！裡面又黑又暗，味道聞起來又怪。所以裡頭可能藏有什麼奇怪的東西。而且我看得到底下有水。」

其實爭辯也沒用，因為針掌已經鑽進條狀物的縫隙裡。「妳從來不聽我的話！」赤楊掌抱怨道，但母貓還是沒理他。

赤楊長嘆口氣，看看轟雷路，又看看地道。轟雷路上的怪獸數量不若他們當初經過時那麼多了，他大可不必理會針掌，獨自過轟雷路，任由她自生自滅。**畢竟她又不是我雷族的貓兒，甚至也輪不到她來參加這趟探索之旅**。可是哪怕他腦袋裡有小小的聲音在阻止他，還是一樣沒用，他就這樣跟著針掌走進地道裡。

他才剛鑽進條狀物的縫隙，一股臭味便竄進喉間，害他忍不住作嘔。赤楊掌小心涉水而過，突然發現有一側地勢較高，於是爬上去，不想再弄溼腳。

地道很陰暗，等赤楊掌適應了光線之後，發現後方入口其實有光滲進，盡頭的出口也有光透進來。他看得到遠處出口前方的針掌身影，她正在不停地往前跳。

「我很好奇沙暴要我們接下來走哪裡？」她喵聲道，聲音怪異地迴盪在地道裡。「什麼叫不一樣的路？或許我們不該原路回去。而是改走別的路？」她繼續說道，同時停下腳步，朝赤楊掌轉過半個身子。「我們何不一路繞過部族貓的領地，直接穿過影族。或者改走另一條路繞湖而行，直穿河族。我只去過河族領地一次，」她若有所思地說道。「結果就被他們逮到，押解回家了。」

赤楊掌搖搖頭。「妳這個鼠腦袋！」他回答。

針掌轉身繼續走。赤楊掌正要跟上去，突然聽見暗處傳來很小的哭泣聲，就在地道牆面那裡。他愣了一下，豎直耳朵，哭聲又出現了。他小心朝它走過去。光線幽暗，赤楊掌只看得到有個東西在青苔和枯葉鋪成的臥鋪裡蠕動。他嚇得後退，然後又上前查看，結果聞到類似小貓的乳香味，不由得倒抽口氣。一隻黑白相間的幼貓躺在臥鋪裡，旁邊還有一隻灰色的幼貓，黑暗中，毛色很難分辨清楚。

兩隻小貓似乎也察覺到赤楊掌，他們閉著眼睛，朝他探身，張大粉紅色的嘴巴，發出尖銳的喵聲。

「怎麼回事？」針掌又朝赤楊掌跑了回來。「你為什麼……」她一瞄到臥鋪，立刻急剎腳步。

「他們是……」赤楊掌開口道。

「他們是小貓！」針掌不敢相信地搖搖頭。「他們的貓媽媽在哪裡啊？」她環顧四周。

「他們的眼睛都還沒睜開欸。可能只出生幾天而已。」

「而且他們好瘦。」赤楊掌補充道：「我感覺得出來他們已經有一陣子沒吃東西了。」

「我去找找看貓媽媽。」針掌朝地道另一頭跳過去，再從條狀物中間的縫隙擠出去。赤楊掌聽見她在外頭大喊。

赤楊掌俯身探看，仔細打量小貓。原來都是小母貓，毛髮下的身子瘦巴巴的。

「嘿，針掌！」他喊道：「先暫時別找貓媽媽了，兩隻小貓需要吃東西，妳去抓獵物，現在就去！」

「好！」針掌喊了回來。過了一會兒，她就從條狀物中間鑽進來，沿著地道跳過來找赤楊掌，嘴裡叼著一隻肥美的田鼠。

「妳速度真快！」赤楊掌口氣羨慕地說道。「我們把肉嚼一嚼，再餵小貓。」

他們先把肉嚼成泥，再由赤楊掌輕輕打開小灰貓的嘴巴，放了些肉泥進去。小貓被食物嗆到，又把肉泥吐出來。

「什麼老鼠屎啊！」針掌嘆口氣：「她們還不習慣吃這種東西，她們需要喝奶。」

「妳有奶嗎？沒有的話，我們還是得試著餵肉泥啊。」赤楊掌態度堅定。

他又放了些肉泥進小貓的嘴巴，並按摩喉嚨，幫忙小貓吞進去。小貓再度嗆到，但過了一會兒，肉泥終於吞進去，她哭著還要吃。

「感謝星族老天！」赤楊掌歡呼道。

針掌也開始餵黑白色的小母貓，沒多久兩隻小貓都熱切地吸著肉汁，急著填飽肚子。

「要是沒有我們，他們一定會餓死。」針掌低聲道，她眨眨眼睛，表情慈愛地看著小貓，語調難得溫柔。

一股突如其來的暖意漫過赤楊掌全身。**我的探索之旅或許失敗了，但至少我們救了兩隻小貓。**

「現在我們得幫她們保暖，」他喵聲道。小貓們這時終於停止進食，小小的肚子漲得大大的，她們緊緊偎著他和針掌，分享他們的體溫。「噢，」赤楊掌的鼻子被小灰貓打了一拳，失聲驚呼。「妳的爪子好利哦！」

他開始舔小灰貓，反向地從尾巴舔向頭部，幫助她血液流通。針掌也依樣畫葫蘆地舔著黑白色小貓。沒多久，兩隻小貓就喵喵叫地睡著了。

「還好我們發現了她們。」赤楊掌告訴針掌：「不然她們在這裡活不了多久。」

針掌低聲附和。「不知道她們的貓媽媽出了什麼事。會不會是被轟雷路上的怪獸壓死了？」

赤楊掌一想到那畫面就全身發抖。「我不知道，不過我覺得我們應該把這兩隻小貓帶回營地，讓她們得到妥善照料。」

「好主意，」針掌喵聲道：「我覺得我們應該先幫她們取名字，這隻小貓就叫小紫羅蘭，怎麼樣？」她繼續說道，同時用尾尖搓搓黑白色小貓的頭。「因為我有聞到紫羅蘭的味道，我想她們的貓媽媽應該是用了一些紫羅蘭葉子來做臥鋪。」

「這名字真好聽，」赤楊掌喵嗚道：「那我要叫這隻小貓——小嫩枝，因為她就跟一根嫩枝一樣小。」

針掌哈哈大笑。「好，就叫小嫩枝！」

他們雙雙站起來，正準備從頸背處叼起睡著的小貓，針掌突然朝赤楊掌轉身，臉上帶著傻笑。「你什麼時候才要謝謝我剛剛堅持帶你走地道這條路？」她問道。

還在專心處理小貓事情的赤楊掌一臉不解地瞪她一眼。「妳在說什麼啊？」

「這還不夠明顯嗎？」針掌的表情看起來更得意了。「這兩隻小貓就是你在幽暗處找到的啊！」

第二十三章

赤楊掌站在山脊上，冷冽的寒風吹亂了他的毛髮，他低頭俯看山腰下方的湖泊，晨曦照耀下，湖水波光粼粼。他嘴裡叼著小嫩枝的頸背，後者揮舞四肢，尖聲叫嚷。赤楊掌將她輕輕擱在草地上。

「我們快到家了。」他吁了口氣。

他們離開地道後，就一直趕路，直到天黑，然後在當初碰到兩腳獸並偷吃了牠們食物的那處地方做了一個臨時的窩穴，吃了點東西。針掌抓了兩隻老鼠，他們又餵了小貓一次。如今老家的湖泊和四周的林子及荒原已映入眼簾，預計日正當中之前，就能回到各自營地。

針掌爬上山脊，站在他身旁，把小紫羅蘭也放下來，擱在小嫩枝旁邊。「我們辦到了！」她氣喘吁吁。

「我猜我們得道別了。」赤楊掌開口道，覺得有點尷尬。「妳想取道河族，回到妳的領地嗎？……那是最快的捷徑。」

「好啊，我想也是。」針掌附和道。

「呃……針掌……」他朝她轉身，面對著她，感覺尷尬。「妳可不可以不要在妳族貓面前提到峽谷的事，至少等我跟棘星談過之後。記得我跟妳提過，天族那件事是個不能說的祕密。」

他的語氣畏畏縮縮，因為他知道針掌不太可能為了成全一隻雷族貓就守住祕密。他以為她會氣得對他嘶吼，沒想到她只是看著他，沒有吭氣。

「好吧，那就這樣了，」赤楊掌發現自己最好還是快點離開比較好。「那妳可不可以幫我把小紫羅蘭放到我背上……」

針掌聽見他這麼說，嘴巴頓時張大。「你在說什麼啊？」她質問：「我才不要把幽暗處找到的小貓們留給你。是我幫忙找到她們的！誰說她們要去雷族？」

赤楊掌不敢相信他聽到的話，**她腦袋長蜜蜂了嗎？**「要不是我夢見沙暴，我們怎麼會找到這兩隻小貓？」

針掌的頸毛豎了起來，耳朵貼平。「要不是我，你怎麼會找到她們？」她直言道：「要不是我叫你走地道，你還不就只會站在那條愚蠢的轟雷路前面一直想沙暴的意思是不是指思路要不一樣？所以你在跟我說什麼蠢話啊？」

赤楊掌覺得他氣到身上的毛髮都豎了起來。「妳才在跟我說什麼蠢話！」他嘶聲道。有部分的他很清楚自己不該把怒氣發在針掌身上，但他已經沮喪到再也忍無可忍。「這本來就是我的探索之旅！再說，妳真的認為我可以讓妳把兩隻小貓帶到無法無天的影族那裡嗎？你們影族的見習生只會一天到晚想著怎麼破壞戰士守則，那我還不如把她們送給峽谷裡的惡棍貓算了！」

「膽小鬼！」針掌呸口道，一臉嫌惡。「要不是我們有幾次打破戰士守則，我們根本回不了家。赤楊掌，你眼裡只有戰士守則，所以才會瞎到什麼都看不到！」

赤楊掌沒有答腔，小貓們的喵喵聲打破沉默。他和針掌低頭看著兩隻毛絨絨的小貓。赤楊掌發現他對她們的掛心更甚過於他對針掌的怒氣。他從針掌的綠色眼睛裡也看出她有一樣的感受。

「這問題只有一個辦法可以解決，」過了一會兒，她喵聲道：「我們拆散這兩隻小貓，各帶一隻回去。」

赤楊掌低頭看著小貓們，她們緊緊偎在一起喵喵叫。他的心痛了一下。「我們不能這麼做。」他回答：「這樣是不對的。針掌，難道妳不懂嗎？這兩隻小貓只剩彼此了，她們就像我和火花掌一樣，我雖然不見得事事都同意火花掌的看法，但我無法想像，我生命裡若是沒有她，我該怎麼辦？」

針掌沉默不語，低頭看著小貓。**我懷疑她可能不像我和火花掌那樣有自己非常在乎和關心的貓兒**，赤楊掌心想道。

但就在赤楊掌看著針掌和小貓們時，山腰下方的貓吼聲吸引了他的注意。當下他和針掌都直覺地移動身子，站到小貓前面保護她們。赤楊掌俯看打量後，竟發出歡欣的喵叫聲。

「錢鼠鬚！」

原來是他的前任導師正奔上山坡，後面緊跟著另外三隻雷族貓：樺落、罌粟霜和莓鼻。赤楊掌隨即朝山腰下的馬場籬笆衝。

錢鼠鬚驚喜地瞪大眼睛。「哦，感謝星族老天，你還活著！」他歡呼道。

「你也活著！」赤楊掌如釋重負，開心到整個身子暈陶陶的。「櫻桃落和火花掌都好嗎？」

「都好，大家都平安無事，」錢鼠鬚向他保證道。「我們昨天回到營地，把事情經過告訴了大家。他們都以為你淹死了，非常難過。我們在河邊朝下游一直找，但都找不到你們。」

「所以今天早晨，」樺落走過來站在錢鼠鬚旁邊說道：「棘星就派我們組成搜救隊，由錢鼠鬚帶隊想回到你當初失蹤的地點去找你。」

「你怎麼活下來的？」罌粟霜問道，她直盯著赤楊掌，彷彿不敢相信他竟然出現在眼前。

「針掌把我從河裡拉了出來，」赤楊掌回答：「她也來了，就在山坡上。」他開始往回走，帶著其他貓兒回到他剛離開針掌的山脊處。

「嗨，」影族母貓在雷族搜救隊走過來時跟他們打招呼：「你們看，我們帶了同伴回來。」同時伸出腳爪，撥開草叢，露出裡頭像坨毛球、正在打瞌睡的兩隻小貓。錢鼠鬚和其他隊員驚訝地喃喃低語，圍了上來，低頭探看。

「她們好可愛哦！」罌粟霜驚呼道。

「她們是誰啊？」莓鼻問道，一臉疑色地嗅聞她們。「你從哪兒找到她們的？」

「我晚點兒再告訴你們經過，」赤楊掌回答：「現在的當務之急是小貓們需要妥善的照料。她們的狀況不是很好，所以我們打算把她們帶回雷族營地撫養，讓她們恢復健康。」

針掌瞪著他。「事實上……」

「你說得對，」樺落一臉權威地說道，他顯然是這支搜救隊的隊長。「赤楊掌，你本身就是巫醫貓，可以幫忙照料她們。」

「可是這兩隻小貓也是我發現的，」針掌抗議道，肩毛豎了起來。「我意思是……是我們一起發現的。我們認為這兩隻小貓也許就是……就是星族要我們去找的東西。」

雷族搜救隊的隊員們一臉驚訝地看著彼此。「你相信這是星族的旨意？」樺落問赤楊掌。

「我覺得可能是吧。」赤楊掌回答：「但我不是很確定。」

「那就這樣決定了，」樺落下令道：「我們現在就帶小貓回雷族，好讓她們得到妥善的照料，然後……」

「她們在影族也可以得到妥善照料啊。」針掌打斷道。

可以嗎？赤楊掌不免懷疑，**雷族有兩隻巫醫貓……再加上我就是三隻……影族卻只有小雲，而且年紀很大了。**

樺落用眼神制止針掌再說下去，彷彿不以為然見習生怎麼可以有這麼多意見。「我話還沒說完，」他喵聲道：「再過幾天就是大集會，我們會把小貓帶到那裡，到時再來決定如何處置。針掌，這樣可以嗎？畢竟我們都同意目前的當務之急是先讓小貓得到妥善的照料。」

針掌低下頭。「好吧。」她咕噥道。

赤楊掌注意到她看起來像是被樺落果決的語氣震懾住了，**我倒是從沒看到她這副模樣。**

「如果妳是自己單獨跑出來的，」樺落繼續對針掌說道。「那麼自己回去影族領地，應該也沒問題吧？」

「謝了，我可以自己回去。」針掌翻了翻白眼，顯然受夠了樺落的質疑，所以不再像先前那樣態度畢恭畢敬。她轉身對赤楊掌說：「我想我們應該很快就會再見面了。」

赤楊掌瞪著她看，心想她有把他說的話聽進去嗎？她不會洩露天族的祕密吧？「希望大集會上能再見到妳。」他喵聲道。

針掌轉身離開，赤楊掌頓時覺得心裡像被爪子劃過一樣痛。**畢竟我們一起經歷過這麼多事，多少總是會……唉，我也不知道……**

他覺得針掌一定也很難過，因為她轉身朝河族方向的下坡跑去之前，曾回頭看了他一眼。

就在他目送她離去之際，罌粟霜的毛髮輕輕刷過他身上，發亮的眼睛滿是崇拜。「赤楊掌，你好厲害哦！」

「是啊，雷族很以你為榮，」錢鼠鬚告訴他。「而且我等不及想知道櫻桃落看到小貓時的反應。」

樺落和莓鼻也在跟他道賀，赤楊掌挺起胸膛，為自己感到驕傲。**我覺得我好像是英雄哦，感謝星族老天，回到家的感覺真好。**

第二十四章

赤楊掌把頭探進育兒室的入口。「我可以進來嗎？」他輕聲喊道。

「當然可以，」百合心喊道，「不過要小心腳下哦。」

等赤楊掌適應了育兒室裡幽暗的光線之後，這才明白何以百合心要他小心腳下。她自己的三隻小貓——小葉、小雲雀和小蜂蜜，已經開了眼，正在育兒室的地板上翻滾，玩著格鬥遊戲，地板上鋪有一層很厚的青苔和蕨葉。小紫羅蘭和小嫩枝也已經睜開眼睛，就坐在地上看著他們。

「等妳們當上見習生，就要學會這樣格鬥。」小葉告訴兩隻幼貓，同時坐起來，甩掉龜殼色毛髮上的青苔屑。

「什麼是見習生？」小嫩枝問道。

「等妳六個月大的時候，會有一個導師教妳，到時妳就要開始學習怎麼當戰士。」小雲雀回答。

「然後妳會跟狐狸和獾打架，還有跟敵營的貓兒打架，」小蜂蜜補充道。她跳上她哥哥身上，發出兇惡的吼聲：「你這頭臭獾，快滾出我們的營地。」

「妳才臭呢！」小雲雀回嗆道，同時抬起後腿踢他妹妹。

赤楊掌繞過正在打架的小貓們，在百合心旁邊坐下來。「妳一定忙壞了。」他喵聲道。

「對啊，不過我樂在其中。」百合心喵嗚道。「你放心，我有黛西幫我忙。她剛剛出去幫忙狩獵了。」

「太好了，」赤楊掌喵聲道。「所以妳們兩個小傢伙最近好嗎？」他問道，同時伸長脖子和小紫羅蘭、小嫩枝互觸鼻頭。

「我們很好，謝謝你。」小紫羅蘭回答道。

赤楊掌看得出來她說得沒錯。現在不用再擔心小貓們的健康了。她們才來營地幾天，小小身軀便開始渾圓了起來，毛髮也變得光滑。現在她們的眼睛睜開了，瞪得又亮又大。

「有我們的媽媽在真好。」小嫩枝補充道，同時偎近百合心。

「她才不是妳媽媽呢！」小葉沒等赤楊掌或百合心回答，就搶著說：「她是我們的媽媽。妳們是從很遠的地方來的……而且還不是湖邊。」

兩隻幼貓看看彼此，一臉不解，表情受傷。

「別擔心，小東西，」百合心喵嗚道，低頭舔舔兩隻小貓的耳朵。「我就像妳們真正的媽媽一樣愛妳們。」

「沒錯，」赤楊掌附和道，同時親膩地搓搓兩隻小貓。「妳們只要知道自己很特別就行了。」

兩隻小貓聽見他的保證，都心滿意足地喵喵叫。赤楊掌很高興自己救了她們，不管這背後的意義代表的是什麼。

「她們好可愛，」百合心喵聲道：「我很樂於收養她們，我的孩子們也很愛她們。」

赤楊掌點點頭，但他知道這兩隻小貓的未來得靠今晚的大集會來做決定。**我真希望可以把她們兩個都留下來，**他心想，發現自己已經愈來愈離不開她們了，**可是這不是我能決定的。**

✦✦✦

赤楊掌一從育兒室出來，就差點撞上松鴉羽。

「原來你在這裡！」松鴉羽沒好氣地說：「我到處在找你。」

「我去看兩隻小貓。」赤楊掌解釋道。

松鴉羽冷哼了一聲。「我早該料到。反正你得跟我來一趟，棘星和葉池想跟你談一談。」

赤楊掌以前曾經很怕被族長召見，現在雖然會有點緊張，但心裡多了一點期待。就在他跟著松鴉羽後面走時，不免想到幾天前回到營地的情景。當時所有族貓看見他回來都歡欣鼓舞。火花掌簡直寸步不離他身邊。今天早上還是她首度離開他，跟著櫻桃落、蕨毛和栗紋去參加狩獵隊。

棘星已經找過機會將赤楊掌拉到一旁問他峽谷裡的事了。

「這經驗太沮喪了，」赤楊掌承認道：「我們應該及時趕到，從惡棍貓手裡救出天族的。我覺得我失敗了。」

棘星將尾尖輕輕擱在赤楊掌肩上。「我不太懂，」他承認道：「如果為時已晚，為什麼星族還要給你異象呢？不過你不算失敗。」他匆匆說道。

赤楊掌不安地聳聳肩。「我覺得我好像漏掉了什麼重要的環節……總覺得沙暴的性命白白犧牲了，而且都是我的錯。」

「沙暴的死不能怪你，」棘星語氣中肯地向他保證：「我很難過她走了，雷族貓兒也都很難過她走了，但是是沙暴堅持參加這場探索之旅。記不記得我當時根本不准她去？可是她心意已決，根本說服不了她。」

「我想也是……」赤楊掌喵聲道，不過他還是無法擺脫愧疚的感覺。

「另一方面……」棘星喵聲道，突然改變話題：「我已經跟錢鼠鬚、櫻桃落和火花掌交代過，要他們守住天族的祕密，至少暫時不要洩露出去。」

「希望你不介意我把這祕密告訴了他們……」赤楊掌語帶歉意地說道，這時又不免想起針掌也知道這祕密。

「沒關係，你當時也沒別的選擇。」

「所以我們要怎麼處理天族這件事？那些失散的天族貓怎麼辦？」赤楊掌問道，他父親對他做法的認同多少令他如釋重負。「還有峽谷裡那些可怕的惡棍貓要怎麼對付？」

「我已經想過了，」棘星回答，琥珀色眼睛專注看著他。「我的結論是雷族現在幫不上天族的忙。」

「可是……」赤楊掌正要反駁。

棘星立刻出言制止：「天族貓已經走散了，不知道去了哪裡。除非雷族能得到更確切的消息……」

赤楊掌感覺得到族長目光加諸在他身上的壓力。**他的意思是要等我夢見另一個異象嗎？焦慮彷若烏雲不斷在他內心聚攏。我會再夢到異象嗎？要是我夢不到怎麼辦？**

「我告訴所有雷族貓你已經抵達你在異象所見到的那個地方，」棘星匆忙說道，「但你在那裡什麼也沒找到。這說法應該足以守住天族這個祕密，等到星族提供我們更充分的消息再作打算吧。不過……」他猶豫了一下，「針掌那兒守得住祕密嗎？」

「我有請她保守祕密，」赤楊掌回答：「但我不知道她做不做得到。」

棘星若有所思地點點頭。「好吧，我們目前也只能做到這樣了。」他最後說道。「晚點我們再來和松鴉羽、葉池討論小貓的事。」他結語道。

赤楊掌如今回想起先前那番談話，不免揣測此刻找他去，八成就是要討論小嫩枝和小紫羅蘭的事。**希望她們可以留下來**，他心想。

松鴉羽身手矯健地爬上亂石堆，舉止從容不迫，彷彿看得見眼前的路。赤楊掌跟在後面爬，遠遠看見葉池和松鼠飛已經在高聳岩上的棘星窩穴裡等候。

「太好了，你到了。」棘星喵聲道，尾巴親膩地掃過赤楊掌的背，似乎仍在訝異他的兒子竟能平安歸來。「體力恢復了嗎？」

「嗯，恢復了。」赤楊掌回答。

「那我們就來聊聊未來的事，」棘星宣布道。「目前的當務之急是小嫩枝和小紫羅蘭兩隻小貓。」他揮動尾巴，請其他貓兒坐下。「赤楊掌，把你所知的告訴我們吧。」

赤楊掌站著向大家說明沙暴是如何來到他夢裡留下線索，讓他和針掌找到地道裡的小貓。

「所以針掌真的有幫上忙？」松鼠飛問道，語氣驚訝。

「有啊，改走地道就是她出的主意。而且她還幫我把小貓帶回湖邊，也幫忙餵食和照顧她們，她對她們真的很好。」

「所以問題仍卡在現在究竟要如何處置這兩隻小貓？」棘星繼續說道：「葉池、松鴉羽，你們認為這兩隻小貓會不會就是預言裡『幽暗處所找到的』那個東西？」

松鴉羽動動肩膀，好像渾身不自在。「我不知道。但我總覺得這個答案太簡單了點。也許她們只是一對被遺棄的小貓，貓媽媽可能死在轟雷路上，又或者被狐狸抓走了。」

「可是沙暴告訴赤楊掌，還有時間可以完成他的探索之旅。」葉池直言道，當她提到她死去的母親時，眼神不禁一黯。「後來又告訴他如何找到那兩隻小貓，所以我想她們有可能就是『你在幽暗處所找到的』這句話的意思。如果我們擁抱她們，『天空就會轉晴』。」

「赤楊掌，你的看法是什麼？」松鼠飛問道。

突然成為目光焦點的赤楊掌，緊張地眨眨眼睛。「她們**有可能**就是預言裡要我們找到的東西，」他回答：「不過我覺得現在下斷言還太早。等小貓們長大一點，我們就會更清楚是怎麼回事。」

「有道理。」棘星稱許道：「這表示我們不能拱手讓出小貓。」

松鴉羽哼了一聲。「我想影族不會同意。我雖然也不情願，但我必須得說，在小貓這件事情上，影族其實站得住腳。因為就像赤楊掌說的，能找到小貓，有一半功勞得歸功針掌，所以影族也有權利要回小貓。」

「這倒是真的，」棘星嘆口氣附和道。「那就等大集會的時候再見機行事吧。」

「想也知道影族會提出要求，」松鴉羽抽動鬍鬚。「哪怕花楸星根本不想再多撫養兩隻小貓。」

棘星強忍住笑意。

但赤楊掌不覺得好笑。因為一提到影族，就讓他想起針掌……

✦✦✦

寒風吹皺湖水，湖面的月亮倒影全被打碎，皎潔明月寧靜地浮在夜空之上，樹枝在風中嘎嘎打顫，沙沙作響，枯葉半空飛舞。

赤楊掌蓬起毛髮，抵禦寒意，緩步跟著族貓們沿著湖邊前進。小紫羅蘭騎在他背上，小小爪子戳進他毛髮裡，他旁邊的火花掌則載著小嫩枝。

「我想河族和風族根本不知道我們的天族探索之旅，也不知道『你們在幽暗處所找到的』東西，」她對赤楊掌喵聲說。「他們到時一定很驚訝！我的意思是我們真的在幽暗處找到了東西。而且當他們發現是雷族貓找到時，一定會氣得想把自己的耳朵拔掉。」

「可是棘星不確定那個預言就是指這兩隻小貓。」赤楊掌語氣平和地說道。

「你意思是，他不會提這件事？」火花掌回答，同時興奮地跳起來，差點害小嫩枝跌下來，小嫩枝嚇得吱吱尖叫。「哦，對不起，小嫩枝。」火花掌繼續說道：「反正小貓百分之百是你在幽暗處找到的，除非你是坨笨毛球，才會不懂這中間的關連。」

赤楊掌滿意地眨眨眼睛，就這樣一路上聽著她喋喋不休。他們涉過小溪，跟著棘星和資深戰士們沿著湖邊穿過風族領地。在經歷過這麼多險境之後，能再度與樂觀自信的火花掌重逢為伴，感覺真好。

當他們快走到風族領地邊緣時，赤楊掌瞄到一星和風族貓正魚貫步下山腰，繞著湖走在他們前面，途中經過馬場。

「那些貓是誰啊？」小紫羅蘭問道，語氣緊張。

「哦，那是風族貓，」赤楊掌回答。

「從來沒有貓兒告訴妳們四大部族的事嗎？」火花掌問道。「他們應該告訴妳們的。事情是這樣的……」她繼續說道，顯然很得意可以在小貓面前賣弄自己的知識，「湖的四周有四大部族，我們是雷族——最棒的部族！走在前面那些愛追兔子又瘦巴巴的貓是風族。然後還有河族和影族。妳們今晚都會見到他們。」

「是啊，所有部族都會在月圓時碰面，這叫做大集會。」赤楊掌補充道：「湖上有座島嶼……妳們看到了嗎？」他揮動尾巴，指著幽暗的島影。

「我好害怕哦！」小嫩枝喵嗚道：「我不想看見那麼多貓。」

「沒什麼好怕的，」火花掌語氣輕快地告訴她：「貓兒們從不在大集會上打架。事實上，妳們很幸運。通常小貓都不准來大集會。妳們能來，是因為妳們很特別。」

「想想看，等妳們回家後，就有這麼多見聞可以告訴小葉、小雲雀和小蜂蜜了。」赤楊掌喵聲道，**如果妳們回得了家的話**，他在心裡默默加了一句。

赤楊掌和火花掌背著小嫩枝和小紫羅蘭穿過通往島嶼的樹橋，兩隻小貓緊緊巴住他們。赤楊掌穿過灌木叢，抵達巨橡樹旁的空地，看見空地上早已擠滿貓兒。空氣裡充斥著其他部族的氣味，他才知道雷族是最晚抵達的部族。

他和火花掌把小貓放在空地邊緣的灌木叢底下，小貓瞪大眼睛，探看四周。

「我從來沒想到這世上有這麼多貓欸！」小紫羅蘭喵聲道。

幾乎就在同時，赤楊掌瞄見針掌站在巨橡樹後方空地的盡頭處。她一看到赤楊掌和兩隻小貓，立刻瞪大眼睛。

赤楊掌原以為她會走過來找他。但是她動也不動，這時一隻白色的影族公貓朝她走去。針掌和他說了幾句話，便轉身背對赤楊掌，跟著公貓走進貓群裡，從赤楊掌的視線裡消失。

赤楊掌只覺得一顆心空蕩蕩的，感覺很怪。他很高興回到自己的部族，尤其他的族貓們都很歡迎他回來，但是他還是很難過針掌沒跟他說再見就走了。此外，他也很緊張她會把天族的事告訴她的族貓。有一部分的他其實很想跑過空地去找她，可是他知道他現在必須以小貓為重。而且等到小貓們的未來決定之後，他和針掌勢必從此成為陌路。

赤楊掌思緒紊亂，等他回神時，四位族長已經跳上巨橡樹的樹枝。副族長們齊聚樹根處，巫醫貓們則坐在附近。空地上的貓兒們漸漸噤聲。

「我先嗎？」霧星和四大部族打過招呼後，開口問道。「河族的獵物源源不絕，而且……」

花楸星卻在這時站起來，走到樹枝尾端。被他打斷的霧星，眼神很不悅。

「我們何必在大集會上演戲呢？」影族族長質問道：「我知道棘星有消息要宣布……是不是？」他補充道，同時朝雷族族長轉身，狠瞪著他。

棘星愣了一下。赤楊掌知道棘星心裡在想什麼，因為他也跟他一樣惶恐不安。**針掌已經把天族的事告訴花楸星了嗎？**

「而且這消息恐怕跟那個預言有關吧？也許也跟兩隻小貓有關？」花楸星繼續說道，聲音格外諷刺。「我相信你會把話說明白的。」

赤楊掌深吸一口氣，如釋重負。**針掌應該沒有洩漏祕密。**

棘星清清喉嚨，站了起來。「是的，我有消息要宣布。」他喵聲道，同時抬高音量，讓空地上每隻貓兒都聽見。「可是我不確定這是不是跟預言有關。我們的巫醫貓見習生赤楊掌展開探索之旅，前往外地，尋找藏在幽暗處的東西。很不幸的，我們的年長智者沙暴在途中喪命，雷族為她同聲哀悼。但就在赤楊掌回程的路上，他發現了兩隻小貓，」棘星用尾巴指著，「就在我們領地外面發現。」

赤楊掌驚覺現場每隻貓兒都瞪著他和身邊的小貓看。他雖然很想躲進附近的灌木裡，但仍坐定不動，盡量以冷靜的目光面對大夥兒的好奇。

「棘星，你的說法不太對哦，」花楸星繼續說道：「你怎麼不說是赤楊掌和針掌共同發現兩隻小貓的？難道針掌沒在探索之旅裡救過赤楊掌的命嗎？當他溺水的時候，是誰把他拖上岸？」

棘星垂下頭。「你說得沒錯，但是針掌當初怎麼會跑來參加雷族的探索之旅呢？難道影族的見習生都習慣獨自在外遊蕩嗎？」

「這不關你的事，」花楸星氣沖沖地說道。赤楊掌看得出來這問題令花楸星顏面無光。「影族會自己管教見習生，不勞你費心。重點是雷族要是沒有影族的協助，根本找不到兩隻小貓。而且就我所知，」他補充道，鬍鬚不停抽動：「當初是因為小貓們需要雷族巫醫貓緊急接手照料，才先暫時送到雷族去，至於她們未來要住在哪裡，將在大集會上定奪。」

棘星還沒來得及開口，霧星就上前一步。「我想如果你們可以把話說得更清楚一點，我和一星會很感激。」她很有禮貌地說道：「這是我們第一次聽說有探索之旅這回事。」

「何止是感激。」一星蹲在低矮的樹枝底下低吼，幾乎只看得到他的眼睛。「還是說這次又是雷族自作主張，自以為整座森林都歸他們管？」

「我們沒有這意思。」棘星回答。赤楊掌感覺得出來棘星正努力壓抑自己的怒氣。雷族族長解釋這是一場探索之旅，刻意不提天族。「是沙暴的靈魂引導赤楊掌找到小貓，」他結語道。「所以哪怕預言裡『你在幽暗處所找到的』這句話並非指這兩隻小貓，我們還是認為她們對我們來說非常重要。」

空地上的貓兒們開始興奮起來，彼此大聲爭論。赤楊掌很擔心吵雜的聲音恐怕驚嚇到小貓。但是她們似乎並不緊張，仍緊緊偎在一起，聽著外面的動靜，顯然不明白大家正在決定她們的未來。

就連族長們也在巨橡樹的樹枝上爭論不休。

「我不相信這些小貓就是預言中要我們去擁抱的東西，」一星嘟囔道：「我意思……她們是小貓！懂什麼啊？」

「她們不需要懂什麼，」花楸星憤憤不平地甩著尾巴。「但她們是星族帶我們找到的，這對我來說就夠重要了。」

霧星同意地點點頭。

「這一點我們還不確定，」棘星喵聲道，目光掃視另外三名族長。「除非等到兩隻小貓長大後，才能找出更多有關她們身世的事。現在唯一能確定的是，部族貓有責任撫養她們長大。」

「說得好，」花楸星齜牙咧嘴地回答，「但這不代表小貓們就得待在雷族。也許她們應該跟針掌住在影族裡，因為是她幫忙找到的，而且也照顧過她們。」

「可是她們現在過得很開心，生活無虞，」棘星爭論道：「把她們拆散，未免太殘忍了。」

「棘星，我就知道你會這麼說。」一星沒好氣地說：「你只想把小貓都留在雷族。」

「看來似乎是如此。」霧星語氣帶點歉意，「但這預言適用於所有部族，不光只有雷族，所以雷族沒有權利留置兩隻小貓。」

「這太沒道理了。」火花掌抗議道，但赤楊掌揮動尾巴，要她安靜。他不想漏聽任何一句話。

「我接受妳的指教。」令赤楊掌失望的是，棘星竟然這樣回答他們。「而且我同意影族有小貓的撫養權……至少是其中一隻小貓。」

「那麼為了公平起見，」霧星直言道：「就由雷族撫養其中一隻，另一隻交給影族撫養。」

赤楊掌驚慌地低頭看著小嫩枝和小紫羅蘭，**把她們拆散，這太殘忍了！**

「發生什麼事了？」小嫩枝問道，不安地眨眨眼睛。

「是啊，為什麼大家都在生氣？」小紫羅蘭追問。

「沒什麼事啦，小東西。」赤楊掌親膩地舔舔她們的耳朵。「族長們總是爭論不休。」

小貓們接受他的說法，安下心來。赤楊掌卻滿心愧疚，覺得自己欺騙了她們。

「棘星不會真的要拆散她們吧？」火花掌在他耳畔低語。

「我不知道。」赤楊掌低聲回答，但其實也很擔心他的族長會答應。**不過其他族長都持反對意見，看來他其實沒有選擇**。

赤楊掌又回頭去聽族長們之間的對話，這時棘星開口了：「我不滿意這結果，」他喵聲道：「但我不得不同意其中一隻小貓歸影族撫養的決定。」

「其實這安排也不是最理想的，」一星抗議道，這時赤楊掌已經絕望到全身冰冷。「那風族和河族怎麼辦？這兩隻小貓應該由四大部族共同撫養吧？」

但其他族長都對他的提議默不吭聲。「他是鼠腦袋嗎？」火花掌向赤楊掌嘟囔。「怎麼可能共同撫養？」

一星沒好氣地嘶吼出聲，退回樹葉叢裡，怒目看著外面。

空地上的貓兒們還在竊竊私語。甚至有幾隻貓兒聚了過來想好好端詳兩隻小貓。小嫩枝和小紫羅蘭縮成一團，相較於居高臨下的眾多成年貓兒，她們更顯得渺小。

「退後點，你們這些跳蚤貓！」火花掌嘶聲道：「你們這樣會嚇壞她們！」

巨橡樹上的霧星垂頭喪氣地甩著尾巴。「還有什麼事要討論嗎？」她喊道，抬高音量，試圖蓋過底下的嗡嗡聲。

「別傻了，」一星吼道：「發生這種事之後，誰還有興趣知道那些瑣事啊。」

「那我就此宣布散會。」霧星大聲喊道。隨即跳下樹，消失在河族戰士群裡。

赤楊掌很是緊張地看著棘星和花楸星相偕從樹上跳下來，穿過貓群，走到他和火花掌陪伴小貓的灌木叢旁。

「我不敢相信你竟然同意了！」他父親一走過來，赤楊掌便脫口而出。

棘星表情沉重，低頭回答：「沒別的辦法了。花楸星，你自己選隻小貓吧！」

花楸星遲疑了一下，赤楊掌感覺得到影族族長其實也不是很滿意目前的做法。他雖然會為了保護影族權益而不惜與任何貓兒為敵，但也並非毫無悲憫之心。他顯然知道自己正在做什麼。

「我選黑白色的小貓。」他喵聲道。

「她叫小紫羅蘭，」赤楊掌告訴他，聲音忍不住發抖，「拜託你好好照顧她。」

花楸星垂下頭。「她在影族會受到妥善照料的。」他承諾道，隨即輕輕叼起小紫羅蘭的頸背。

小貓們終於明白了怎麼回事，小紫羅蘭尖聲哭喊，無助揮舞著小小的腳爪。

「不要！不要！不要帶她走！」小嫩枝尖聲喊道，同時撲向花楸星的腿，爪子狠抓他的毛髮。

「赤楊掌，快幫我！」小紫羅蘭哀求道：「我要回家！我要百合心！」

赤楊掌覺得他的心都快碎了。他用尾巴蜷起小嫩枝，把她從花楸星那裡拉回來。「沒有用的，小東西，」他喵聲道：「我們沒別的辦法。」

「快點把她帶走！」棘星對花楸星怒氣沖沖地說。

影族族長立刻轉身，朝正準備離開的影族貓們走去。被叼在他嘴巴底下的小紫羅蘭為了想看見她的小姊妹，死命扭動身子。

「小嫩枝！小嫩枝！」她不停地喊，直到消失在赤楊掌的視線裡。

赤楊掌想像自己若是被從火花掌身邊帶走，心會有多痛。而現在他的心就猶如被一隻爪子劃過一樣疼痛不堪。他總覺得現在四大部族被掃進一條又長又暗的地道裡，而這可怕的拆散之舉只是個開端而已，未來還會有更可怕的問題發生。

我應該要開心才對，他告訴自己，**我找到了小貓，如果我們擁抱她們，她們可能就是未來拯救四大部族的關鍵所在**。但他心裡卻有一種不祥的預感，就像有暴風雨正伺機肆虐。

火花掌推了他一把，他這才回神。「別再發呆了，小嫩枝需要你。」

小灰貓已經癱在地上痛哭失聲。赤楊掌彎下腰，舔舔她的頭顱和耳朵。「別難過，小東西。」他低聲道：「我們會照顧妳，等妳再大一點，來參加大集會，就會再見到小紫羅蘭了。」

「可是那不一樣，」小嫩枝嚶嚶哭泣。「我現在就要小紫羅蘭！她沒有百合心要怎麼辦？」

「會有一隻影族貓專門照顧她，」火花掌承諾道。「而且是一隻很疼愛她的影族貓。」

赤楊掌用尾巴輕搓小嫩枝的頭。火花掌也從另一側用鼻子搓她，但小貓還是難過不已。

「大家都離開了。」火花掌喵聲道：「我們也該走了。」

赤楊掌抬頭看，發現棘星和雷族貓正在巨橡樹樹下集合，影族貓正從他們旁邊魚貫經過，朝樹橋走去。他瞧見了隊伍裡的針掌，小紫羅蘭就騎在她背上。

針掌一度捕捉到赤楊掌的目光，赤楊掌直視著她，滿腦子的疑問像蜂巢裡的蜜蜂一樣數不清。

妳把天族的事告訴他們了嗎？妳會告訴他們嗎？妳會好好照顧小紫羅蘭嗎？妳會想念我嗎？

但針掌的眼神並不友善，她很快別過臉去，跟著影族貓走了。當針掌壓低身子，鑽進灌木叢時，巴在她背上的小紫羅蘭臉上露出驚駭的表情，然後她們就消失不見了。

赤楊掌不免納悶小紫羅蘭的未來命運如何。他記得他曾在針掌身上感覺到一種孤寂的情緒，他好奇小紫羅蘭和小嫩枝分開之後，會不會也一樣覺得孤寂。可是他知道他再也無能為力左右小紫羅蘭的未來。**我會好好照顧小嫩枝**，他低頭看著小灰貓，心裡這樣想道，**我一定會，而且我會盡全力讓她過得幸福快樂**。他用鼻子輕觸小嫩枝的鼻子，一股暖意襲上全身。**就算我的探索之旅沒有結果，但至少我會確保這小東西過得很好。**

WARRIORS

貓戰士 外傳

說不完的故事

關於這些貓戰士一生中不被聲張的祕密插曲。
貓戰士們在生命的分叉點上徬徨、掙扎與思索，
最終選擇了屬於他們自己的道路。

以下每本定價：250 元

說不完的故事 1

誰能確定鼓起勇氣做的抉擇是一條正確的戰士之路？
〈雲星的旅程〉〈冬青葉的故事〉〈霧星的預言〉

說不完的故事 2

不能同時踏行兩條路，貓戰士時時在分叉點上徬徨思索。
〈虎爪的憤怒〉〈葉池的願望〉〈鴿翅的沉默〉

說不完的故事 3

這些貓兒將走上的道路，都是來自他們內心的吶喊與渴望。
〈楓影的復仇〉〈鵝羽的詛咒〉〈烏掌的告別〉

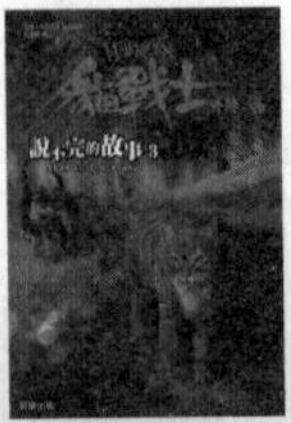

說不完的故事 4

揭開三位雷族貓的神祕面紗，一探富有傳奇色彩的歷程。
〈斑葉的心聲〉〈松星的抉擇〉〈雷星的感念〉

WARRIORS 貓戰士 外傳

本傳之外的精采故事！
聚焦貓兒的成長、本傳事件未竟的始末、部族之間的恩怨情仇。
哪位貓兒讓你念念不忘，你又對哪位貓兒心生好奇？
讀過外傳，相信你將無法自拔地為他們動容！

以下每本定價：399 元

火星的追尋

星族祖靈對火星隱瞞一個天大的祕密，火星必須展開一場危險的追尋，找出久被遺忘的真理，即便這將是他戰士之路的終點。

曲星的承諾

戰士曲顎只因年幼時一個無知的承諾，歷盡掙扎苦痛。在背叛與守信之間，該如何保護他所愛的一切——關於河族族長曲星的一生。

虎心的陰影

當影族陷入滅族危機之際，副族長虎心卻失蹤了，同時失去蹤影的還有雷族戰士鴿翅，他們是否背棄自己的部族，以及堅守的戰士守則？

松鼠飛的希望

神祕貓族是敵是友？松鼠飛與棘星間的矛盾浮出水面，在職責與心中的正義之間，該如何取捨？

國家圖書館出版品預編目資料

貓戰士幽暗異象六部曲．一，探索之旅 / 艾琳．杭特（Erin Hunter）著；高子梅譯．-- 初版．-- 臺中市；晨星，2017.12
面；　公分．--（Warriors；46）
譯自：Warriors : The Apprentice's Quest
ISBN 978-986-443-363-6（平裝）

874.59　　106018601

貓戰士六部曲幽暗異象之 I

探索之旅 *The Apprentice's Quest*

作者	艾琳．杭特（Erin Hunter）
譯者	高子梅
責任編輯	謝宜真
文字編輯	許仁豪
文字校對	許仁豪、陳品蓉、蔡雅莉、謝宜真
美術編輯	張蘊方
封面繪圖	萬伯
封面設計	陳嘉吟
創辦人	陳銘民
發行所	晨星出版有限公司 407台中市西屯區工業區30路1號1樓 TEL：04-23595820　FAX：04-23550581 行政院新聞局局版台業字第2500號
法律顧問	陳思成律師
初版	西元2017年12月01日 西元2024年06月30日（六刷）
讀者訂購專線	TEL：（02）23672044 /（04）23595819#212
讀者傳真專線	FAX：（02）23635741 /（04）23595493
讀者專用信箱	service@morningstar.com.tw
網路書店	http://www.morningstar.com.tw
郵政劃撥	15060393（知己圖書股份有限公司）
印刷	上好印刷股份有限公司

定價250元

（缺頁或破損的書，請寄回更換）
ISBN 978-986-443-363-6

請填妥後對折裝訂，再貼妥郵票寄出

請黏貼
8 元郵票

407

台中市工業區30路1號

晨星出版有限公司

TEL：（04）23595820　　FAX：（04）23550581
e-mail：service@morningstar.com.tw
http://www.morningstar.com.tw

請沿虛線摺下裝訂，謝謝！

貓戰士VIP會員

加入即享會員限定優惠折扣、不定期抽獎活動好禮、最新消息搶先看。

【三個方法成為貓戰士VIP會員！】

1. 填妥本張回函，並寄回此回函。
2. 拍照本回函資料，回傳至少年晨星Line。
3. 掃描右方QR Code，線上申辦。

Line ID：
@api6044d

線上申辦

★因人工作業，回函寄出後需約兩週作業時間。
感謝您的耐心等候。

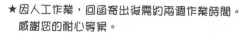

□ 我已經是會員，卡號 ____________

□ 我不是會員，我要成為貓戰士VIP會員

姓　名：____________ 性 別：________ 生 日：____________

e-mail：________________________________

地　址：□□□ ______ 縣／市 ______ 鄉／鎮／市／區 ______ 路／街

______ 段 ______ 巷 ______ 弄 ______ 號 ______ 樓／室

電　話：________________________________

我要收到貓戰士最新消息　□要　□不要

我要成為晨星出版官網會員　□要　□不要

貓戰士鐵製鉛筆盒抽獎活動

請將書條的蘋果文庫點數與貓戰士點數黏貼於此，集滿2個貓爪與1顆蘋果（點數在蘋果文庫書籍）後寄回，就有機會獲得晨星出版獨家設計「貓戰士鐵製鉛筆盒」乙個！

點數黏貼處

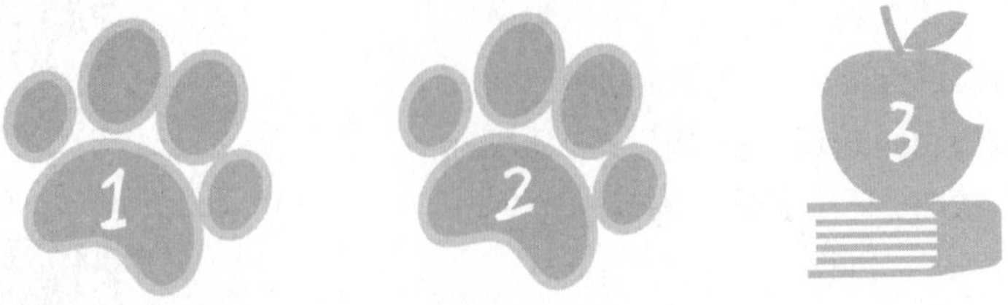

若有問題，歡迎至官方Line詢問